BELLE-MÈRE

ET

BELLE - FILLE

PAR

Mme E. THURET

Auteur de MADEMOISELLE DE SASSENAY

PARIS

Librairie académique

DIDIER ET Cie, LIBRAIRES-ÉDITEURS

35, quai des Augustins, 35

—

VERSAILLES, BERNARD, LIBRAIRE, RUE SATORY, 9

BELLE-MÈRE

ET

BELLE-FILLE

VERSAILLES. — IMPRIMERIE DE E. AUBERT

6, avenue de Sceaux.

BELLE-MÈRE

ET

BELLE-FILLE

PAR

Mme E. THURET

Auteur de MADEMOISELLE DE SASSENAY

PARIS

Librairie académique

DIDIER ET Cie, LIBRAIRES-ÉDITEURS

35, quai des Augustins, 35

VERSAILLES, BERNARD, LIBRAIRE, RUE SATORY, 9

—

1868

BELLE-MÈRE

ET

BELLE-FILLE

I

Par une belle matinée de juin, dans une chambre toute coquette où régnait la plus agréable fraîcheur, quoiqu'il fît au dehors un soleil ardent, une jeune femme allait, venait, rangeait, dérangeait et semblait toute pénétrée de l'importance de son travail. Le lit, les meubles, le parquet offraient un gracieux pêle-mêle de fleurs, de dentelles, de broderies, de cache-mires, de robes, de chapeaux : il y avait de tout, jus-qu'à des livres, de la tapisserie, de la musique et des crayons. Elle s'arrêta tout-à-coup en entendant frapper.

— Madame est servie, dit un domestique.

— C'est bien, répondit la jeune femme. Marine !
continua-t-elle, ne serrez que le linge, je finirai le reste
après le déjeuner.

Et, d'un bond, elle fut au bas de l'escalier, entra
en courant dans le salon, embrassa sa mère, ses
tantes, ses jeunes cousines, et, après avoir donné la
main à ses parents et à quelques amis, elle la tendit à
son mari, mais d'un air si affectueux et si tendre, qu'il
était facile de voir que les convenances seules l'empê-
chaient d'agir avec moins de cérémonie.

— Allons, embrasse-le donc, dit sa mère ; une nouvelle mariée a des priviléges. N'es-tu pas en pleine
lune de miel ?

Et Marguerite d'Engennes obéit sans plus se faire
prier. Puis elle accepta le bras qui lui fut offert et vint
s'asseoir à table en face de son mari, cachant sous un
petit air grave l'embarras que lui causaient encore ses
devoirs si nouveaux de maîtresse de maison. Mais le
déjeuner était si gai, qu'elle partagea bientôt l'aimable
abandon qui régnait autour d'elle.

Le comte Georges d'Engennes, marié depuis trois
semaines à Marguerite de Chaville, était revenu, après
le voyage de noces, à son château d'Emblimont, où il
avait réuni ses deux familles afin de fêter l'arrivée de
la jeune femme. Le comte ayant, dès son enfance,
perdu ses parents, se trouvait possesseur d'une fortune considérable. Marguerite avait encore sa mère.

La baronne de Chaville semblait ravie du mariage de sa fille, et le témoignait en toute occasion à son gendre par la grâce de ses manières et par ses affectueuses paroles. Restée veuve à vingt ans d'un mari qui ne lui laissait que des dettes, elle avait été recueillie et adoptée par un frère de sa mère, et afin d'assurer à Marguerite les grands biens de l'amiral de Silvas, elle renonça au monde et se consacra tout entière à son oncle et à sa fille. La vie qu'elle mena fut d'autant plus sérieuse que l'amiral était d'humeur sévère, se plaisait à faire revivre dans son intérieur la discipline que jadis il exerçait à son bord, ne badinait point avec ce qu'il jugeait lui être dû, et, à force de se réserver des droits, ne laissait pas la moindre liberté aux gens qui vivaient avec lui. Chaque occupation avait son heure fixe, et la baronne prétendait que le respect humain seul empêchait son oncle de faire battre la diane pour le lever, et de commander le branle-bas quand venait l'heure de faire disparaître les joujoux et de préparer la salle d'étude. Néanmoins elle se soumettait à tout, se montrait remplie de soins et de gratitude envers M. de Silvas, et fut encore bien plus reconnaissante quand elle le vit doter magnifiquement sa fille; car le comte d'Engennes, à tous les points de vue, plaisait au vieillard et flattait son amour-propre en satisfaisant sa prévoyance et sa raison. C'était un jeune homme qui présentait toutes les garanties morales que des parents peuvent souhaiter.

Généreux sans être prodigue, hospitalier sans être fastueux, aimant à s'amuser, sans chercher à étourdir le monde du bruit de ses folies, il avait usé de sa richesse sans en abuser, et comme l'amiral savait compter, cette question ne lui fut pas indifférente. Georges ne passait que trois mois à Paris, vivait le reste du temps à Emblimont, et la gestion de ses propriétés, la chasse, la peinture pour laquelle il était passionné, la musique, — il avait une belle voix et savait s'en servir, — faisaient de lui l'oisif le plus occupé de la terre.

M. de Silvas avait été d'autant plus porté pour cette union que M. d'Engennes s'était conduit avec une grande délicatesse, laissant voir, en demandant la main de la jeune fille, qu'il ne s'attendait pas à une dot. Ce mariage n'était cependant pas pour lui ce qu'on appelle un mariage d'inclination, ce n'était pas non plus un simple mariage de convenances ou de raison, c'était un mariage de sympathie. Assez riche pour épouser sans compter, Georges s'était promis de ne jamais prendre une femme en vue de la fortune qu'elle pourrait lui apporter, mais de s'attacher uniquement aux rapports de goût, de caractère, et à l'agrément de la personne.

L'éducation que Marguerite avait reçue lui plaisait, et ils étaient assez voisins de terre pour que M. d'Engennes pût suffisamment s'édifier sur les penchants et sur les qualités de sa future.

Ce mariage s'était donc accompli sous les plus heureux auspices et à la plus entière satisfaction des deux familles.

Après le déjeuner, Marguerite monta dans sa chambre et reprit son occupation du matin. Tout en achevant de ranger son trousseau, qu'elle avait reçu la veille, elle y jetait des regards de complaisance.

— Quelle précieuse petite femme de ménage tu fais! lui dit Georges qui vint la rejoindre. Mais, en vérité, le parquet est si encombré que je ne sais, par respect pour tes chiffons, où je dois poser le pied.

— Viens dans mon petit salon; et, lui sautant au cou, Marguerite l'y entraîna. Comme c'est joli, n'est-ce pas? Comme tu m'as gâtée! Jamais je n'ai rien vu plus à mon goût! Ces panneaux de laque font mon bonheur. Tu craignais que ce noir et or fût trop sévère, mais non, et je trouve que, pour un cabinet d'étude, rien ne pourrait avoir meilleur air. Admire maintenant comme tout est dans un ordre parfait : ma table à écrire, ma table à dessiner, ma bibliothèque sont des modèles d'arrangement. Regarde aussi, ce casier à musique ne me fait-il pas le plus grand honneur? Mais c'est la musique légère; les classiques, en leur qualité de grands dignitaires, sont dans l'armoire, puis, au-dessous, les partitions.

— Petite folle; voyons, laisse là tes arrangements, et joue-moi quelque chose du *Pré aux Clercs*.

Elle se mit au piano, et ses doigts légers coururent

sur les touches et les firent si bien chanter que
Georges, entraîné par la mélodie, se mit à fredonner :

> Dans la prairie
> Verte et fleurie.....

— A votre tour, monsieur, dit la jeune femme, et
bientôt leurs voix fraîches et bien timbrées se ma-
rièrent harmonieusement.

— De l'intention, de l'intention, monsieur, s'écria-
t-elle en s'arrêtant tout à coup, vous en manquez,
vous êtes trop froid.

Il se mit alors à genoux ; elle lui passa son bras autour du cou.

— Te souviens-tu, et elle éclata d'un rire plein de
bonheur, du soir où notre oncle de Silvas découvrit
enfin que je te plaisais? Il fallait voir de quel air solennel, dès que tu fus parti, il dit à ma mère : « Mais
je crois, ma nièce, que le comte vient de chanter avec
des intentions; n'avez-vous donc pas d'yeux? — Mais
si, j'en ai, reprit ma bonne mère, je suis enchantée de
ce qu'ils voient, et si vous voulez bien l'avoir pour
agréable, le comte qui, je crois aussi le deviner, sou-
pire tout bas pour Marguerite, viendra demain vous
demander la permission de l'aimer tout haut. » Puis,
te souviens-tu du lendemain? Je vois encore mon
oncle se levant à ton arrivée, et, appuyé sur sa canne
avec le même air qui devait tout faire trembler sur *la
Victorieuse*, je l'entends te dire : « Comte, j'ai appris

que vous songiez à ma nièce, — et il fronça les sourcils comme si tu étais soumis à notre discipline et comme si tu ne pouvais penser sans son autorisation, — eh bien! je vous l'accorde; je signerai même avec plaisir au contrat, et il se rassit en ajoutant : mais je vous préviens que je ne donne rien à ma nièce. » Puis voyant, cher, que tu prenais toujours d'aussi bonne grâce ta femme, et elle embrassa son mari avec amour : « Mais j'assure toute ma fortune à sa mère, et elle lui donnera ce qu'elle voudra. » Pauvre oncle, nous lui aurions sauté au cou, si nous avions osé et s'il n'avait promené sur ma mère et sur moi les plus terribles regards. Avoue toutefois, monsieur, que l'amiral y avait vu clair, et que tu avais chanté la romance du *Lac* avec des intentions. Allons, reconnais que tu voulais me transpercer le cœur.

Georges l'embrassa avec passion; elle était ravissante.

— Tu m'aimais donc? lui dit-elle avec une tendresse pleine de grâce. Tu n'as jamais aimé que moi? murmura-t-elle tout bas.

Un second baiser lui ferma la bouche. En ce moment, les yeux du comte rencontrèrent la pendule.

— Deux heures ! Une exclamation d'étonnement lui échappa. Comme le temps passe avec toi, petite sirène ! Il faut pourtant que je te dise adieu; tu sais qu'on m'attend à Tours. Il y a je ne sais quel imbroglio pour notre orchestre de ce soir, et il est indispensable que

je voie le colonel. Maudite visite! j'étais si bien ici!
Mais je suis à la minute, et j'ai tout juste le temps, car
ce farouche guerrier m'attend à trois heures. Je t'en
prie, continua M. d'Engennes en se levant, laisse Marine
ranger tes chiffons et pense au bal. Seras-tu bien belle?

— Jamais assez, à mon gré, pour te plaire.

Et Marguerite, ouvrant la porte d'un cabinet, fit
voir à son mari une robe de tulle illusion, vrai souffle
de fée tout parsemé de roses du Bengale.

— Coquette, tu veux les faire pâlir.

Elle rougit de bonheur à ce compliment.

— Quels bijoux mettras-tu?

— Que tu fais bien de m'y faire penser, car j'allais
oublier de te demander la clef de ton secrétaire.

— La voilà. Mais, désormais, ce n'est plus mon secrétaire, c'est le tien, et il appuya sur ce mot.

— Et je puis toucher à tout? et il n'y a pas de réserve?
ajouta-t-elle malicieusement.

— Non; est-ce qu'il y a des réserves entre nous? Tu
n'as pas oublié, n'est-ce pas, comment on appuie sur
le secret?

Et tout en parlant, Georges s'acheminait vers la
porte. Comme il l'ouvrait, Marguerite l'arrêta pour
l'embrasser. A peine eut-il refermé la porte qu'elle la
rouvrit :

— Georges! j'ai oublié de te dire quelque chose.

Il revint.

— Je t'aime, dit-elle.

Il la serra contre son cœur.

La jeune comtesse, le regard voilé de larmes, suivit des yeux son mari jusqu'au bas de l'escalier. Puis elle rentra toute triste et courut à la fenêtre afin de le revoir encore une fois. Bientôt elle l'aperçut descendant à cheval la grande allée qui menait à la grille; il se retourna et lui envoya un baiser. Le cœur de Marguerite tressaillit d'aise. « Comme il est bon, se dit-elle, et aimable et beau ! Comme j'aime le regard tendre de ses grands beaux yeux noirs; comme ses cheveux bruns encadrent bien son front, aussi noble que sa pensée; et sa bouche tant soit peu moqueuse, et son nez qui, dit-on, annonce de la fermeté de caractère ! Mais qu'est-ce que cela me fait? je ne tiens pas à être la maîtresse; je n'ai qu'un désir, celui de lui plaire et d'en être aimée. »

Tout en pensant, elle s'arrangeait commodément dans un grand fauteuil, l'attirait le plus près possible du balcon qui était abrité par une tente de coutil, puis elle se laissa aller à savourer son bonheur, tout en regardant, sans en avoir conscience, l'ombre d'une petite branche de tilleul qui tremblottait à ses pieds sur la pierre.

La comtesse Marguerite n'était pas ce qu'on appelle une jolie femme, mais c'était une de ces charmantes créatures qui, sans régularité dans les traits, sans beauté réelle, ont néanmoins dans les yeux et dans le sourire de quoi mettre le monde à leurs pieds. Sa taille, assez élevée sans être remarquable, avait une

1.

suprême élégance et sa tournure une rare distinction.
Sa chevelure châtain clair était abondante, et deux
belles boucles soyeuses et dorées, qui glissaient le long
de ses joues et tombaient jusque sur sa poitrine, la
faisaient ressembler à une de ces mélancoliques et gracieuses filles de la brumeuse Écosse.

Son esprit fin, aimable, enjoué, avait les qualités et
les défauts de son caractère qui était dévoué, tendre,
soumis, passionné, ingénu, sincère et confiant à l'excès,
mais susceptible, exigeant, capable de beaucoup donner, mais voulant aussi beaucoup recevoir, et prédis-
posé par sa sincérité même à souffrir au-delà de toute
expression d'un manque de foi ou d'une tromperie.
Alors elle pouvait devenir défiante en proportion de la
confiance excessive qu'elle avait accordée; alors son
cœur blessé égarait sa raison, et cette âme, qui comprenait si bien toutes les délicatesses de l'amour, cette
femme que l'affection aurait pu conduire à tous les sa-
crifices, se raidissait contre l'affection même, n'écoutait plus rien, devenait de fer, ne savait pas oublier.
Marguerite était enfin une de ces natures faites pour
ressentir avec une égale violence la douleur et la joie,
faites pour donner beaucoup de bonheur ou pour causer beaucoup de peine, suivant qu'elles sont bien ou
mal comprises, bien ou mal dirigées.

Élevée dans la solitude, et, par conséquent, dans
l'ignorance du monde réel, elle s'en était créé un à sa
fantaisie, l'avait orné des plus séduisantes vertus,

l'avait paré des plus riantes couleurs. Si les passions mauvaises ne figuraient point dans son Eden, ce n'est pas qu'elle les en eût bannies, c'est qu'elles lui étaient inconnues, c'est que, pour elle, le mal n'existait pas.

Marguerite, le cœur et l'esprit remplis des plus douces illusions, se livrait donc en toute sécurité à son bonheur. Elle l'analysait, elle s'y complaisait, car à l'envi le présent et l'avenir souriaient à ses dix-huit ans.

C'était avec ravissement que ses regards se reposaient tantôt sur sa chambre, un de ses rêves de jeune fille réalisé par son mari, tantôt sur le parc.

Au travers de l'ombreuse allée de tilleuls qui faisait face à ses fenêtres, elle voyait scintiller la rivière, dont les eaux coulaient au milieu de la prairie ; elle apercevait au loin l'enclos réservé aux daims et s'amusait à les regarder prendre leurs ébats. Son imagination s'égarait à plaisir dans les allées touffues dont les détours lui étaient déjà connus ; elle admirait le gracieux dessin du parc, la beauté des arbres qui formaient d'imposantes masses de verdure. Par-ci, par-là, quelques charmilles venaient rappeler le temps passé ; puis elle considérait, au travers d'une échappée, le paysage frais et varié que terminaient des collines couronnées par des forêts dont le vert sombre se détachait sur un fond d'azur rayé d'or. Elle pensait avec une joie indicible que la plus grande partie de sa vie s'écoulerait dans ces lieux enchanteurs, mais elle sentait qu'ils lui plaisaient surtout parce qu'elle devait les habiter avec

Georges, et que, sans lui, ils perdaient tout leur
charme.

Un nouveau coup d'œil jeté vers sa chambre rappela
à la comtesse qu'il lui restait encore beaucoup à faire.
Elle sonna, et quand Marine l'eut aidée à mettre tout
en ordre, elle la congédia, s'établit devant son secrétaire, et, ouvrant le compartiment où se trouvaient ses
bijoux, elle choisit ceux qu'elle désirait porter au bal.
Ce fut d'abord un beau fil de perles, avec une croix
également en perles, séparées par des diamants. La
jeune femme admira leur égalité, leur grosseur, leur
bel orient; puis, après avoir mis de côté plusieurs
bracelets, elle prit un plaisir d'enfant à ouvrir tous ces
écrins qui étaient ou des présents mis par son mari
dans sa corbeille, ou des cadeaux de ses parents et de
ses amis. Elle ne dédaigna même pas les plus modestes
qui lui rappelaient ses joies d'enfant, ses bonheurs de
jeune fille; tous évoquaient en elle d'agréables souvenirs. Cette bague était le premier bijou qu'elle eût reçu
de sa mère; cette montre, l'amiral la lui avait donnée
le jour de sa première communion; ce flacon était le
premier présent de Georges; cet anneau était son anneau de fiançailles, elle le porta à ses lèvres et se promit de ne plus le quitter. Enfin, au fond du tiroir, restait un portefeuille en cuir de Russie, fort simple, mais
du meilleur goût. Ne le reconnaissant pas pour lui appartenir, Marguerite pensa que le comte l'avait placé
là afin de lui faire une surprise, et trouva l'attention

charmante. Elle le tourna, le retourna, tout en respirant le parfum qui s'en dégageait, et, enfin, se décida à l'ouvrir. De chaque côté il y avait une poche de moire assortie à la couleur du cuir, ces poches ne renfermaient rien; les feuillets étaient intacts; on voyait que le portefeuille n'avait jamais servi. Il m'est certainement destiné, pensait-elle. Le crayon surtout l'enchanta; un diamant taillé en cachet formait la tête; cependant son chiffre n'y était pas gravé, c'était celui de Georges. « Décidément, ce n'est pas pour moi, se dit-elle. Mais d'où peut lui venir ce joli objet? Ce doit être un cadeau? Il n'eût pas fait faire ce crayon pour lui-même? » Et son cœur se serra, sans qu'elle pût s'expliquer pourquoi. « Ah! c'est sans doute à l'occasion de notre mariage qu'il l'aura reçu? » Alors elle se creusa la tête pour savoir qui avait pu le lui donner. Elle ne se connaissait aucune raison d'être inquiète, sa foi en son mari était entière; pourtant elle éprouvait je ne sais quel besoin de se rassurer et s'en voulait de ce que ce joujou, ce rien qui ne valait pas une pensée sérieuse, eût le pouvoir de la troubler, de la jeter malgré elle dans une sorte de tristesse.

Peu à peu, elle tomba dans cet état qui n'est ni la vie, ni la mort, ni la veille, ni le sommeil; on ne pense plus, on n'entend plus, l'âme comme le regard s'abîme dans le vague.

Depuis un instant déjà, Marine se tenait devant sa maîtresse, mais sa maîtresse ne la voyait pas.

— Madame serait-elle indisposée ? demanda timidement la femme de chambre.

Mme d'Engennes, arrachée inopinément à elle-même, tressaillit et laissa échapper le portefeuille ; dans sa chute, il frappa si rudement le parquet qu'un ressort, placé entre la couverture et une des poches de moire, s'ouvrit. Marguerite s'en aperçut aussitôt et devint d'une pâleur mortelle.

— Mais madame se trouve mal ?

— Non, ce n'est qu'un peu de fatigue.

Et, après avoir décidé la question de toilette, qui amenait Marine :

— Je veux me reposer, ajouta la comtesse ; ne venez pas avant que je vous sonne.

Une fois seule, Marguerite se prit à trembler. Ce portefeuille lui brûlait les doigts ; elle le rejeta, puis le reprit ; elle désirait, elle voulait voir, mais n'osait pas ; elle avait peur...

Pourquoi ce secret ? Que pouvait-il renfermer ?...

Quand, enfin, ses yeux s'enhardirent à regarder, un délicieux visage de femme s'offrit à eux. Une tresse de cheveux blonds encadrés dans deux rangs de brillants servait d'entourage au portrait, au bas duquel se trouvait écrit à la main :

Nessun maggior dolore
Che ricordarsi del tempo felice nella miseria.
Roma, 18 septembre 1839.

Mais... elle ne se trompait pas, ce visage, elle le

connaissait, cette femme... oui, cette femme était bien Mme de Marsilly. Un gémissement, un sanglot de désespoir lui échappa; elle jeta le portefeuille loin d'elle... Marguerite maintenant connaissait la douleur.

Alors ce pauvre cœur si confiant, si heureux tout à l'heure encore, passa de toute la plénitude de sa joie à toutes les horreurs du doute, à tous les tourments de la jalousie.

Mme de Marsilly était une des rares personnes que l'amiral avait consenti à admettre dans l'intérieur de ses nièces; il la citait à tout propos comme une femme d'exception, comme un modèle de grâce, de réserve, et Marguerite l'aimait, l'admirait, fêtait toujours sa venue. Mais à présent que le jour se faisait, à présent que ses yeux s'ouvraient à la lumière, elle lisait clairement dans le passé, et ce qu'elle y voyait lui faisait haïr cette femme.

Elle se rappelait les regards que Mme de Marsilly et Georges échangeaient en chantant, et elle s'expliquait tout ce qu'il y avait de brûlant dans ces regards; elle se rappelait qu'ils aimaient à se promener ensemble, et certains mots qu'elle avait saisis en arrivant à l'improviste lui revenaient à la mémoire; elle les comprenait maintenant. Elle se rappelait aussi que le soir Georges ne laissait jamais échapper l'occasion d'accompagner à cheval la calèche de Mme de Marsilly; elle pensait à leur joie d'être ensemble, et elle se torturait à plaisir. Mais quand elle en vint à se dire que les mots si doux, que les expressions si tendres, que tous ses bonheurs enfin avaient été les bonheurs de cette femme, son cœur se brisa, et elle éprouva un de ces désespoirs qui n'ont pas de nom dans la langue humaine.

Elle se rappela qu'en effet, peu après la date indiquée au bas de la miniature, quoique ce fut la saison de la chasse, tout à coup Georges était parti pour Rome, sans que rien expliquât cette résolution subite, et, saisie d'une rage jalouse, elle se leva pour fouler aux pieds cet odieux portrait. Mais elle s'arrêta. Il est si beau ! si bon ! pensa-t-elle ; et, retombant sur son fauteuil, elle y demeura comme anéantie de douleur ; car elle se souvenait de tout : d'un geste, d'un mot, d'un sourire. Son corps n'avait plus la force de supporter l'excès de son affliction, mais son âme semblait animée d'une double vie pour la faire deux fois souffrir.

II

Quand Georges rentra, Marguerite, défigurée par le chagrin et par les pleurs, était étendue sans mouvement ; il crut d'abord à un épouvantable malheur, il

crut qu'elle était morte ; mais non, elle vivait, car des
larmes coulaient lentement de ses yeux fermés. Il courut à la sonnette, puis une sensation étrange, une
sorte de pressentiment l'arrêta ; il revint vers elle.

— Marguerite, mon amour, ma femme bien-aimée,
que t'est-il arrivé?

Elle ne répondit pas. Il la souleva, il voulut lui appuyer la tête sur son épaule, mais elle, s'arrachant de
ses bras, le repoussa avec une sorte d'horreur.

— Qu'as-tu donc, lui dit-il? Ne me reconnais-tu pas?
Que t'ai-je fait? Que t'est-il arrivé? Au nom de Dieu,
Marguerite, parle, ou tu me rendras fou !

Alors, d'un geste, elle lui montra le portefeuille gi-
sant sur le parquet, et, cachant son visage, elle pleura
silencieusement. Pas de cris, pas de sanglots; elle avait
un de ces désespoirs mornes bien plus saisissants que
l'éclat des plus bruyants reproches.

La vue du portrait révéla tout à Georges qui, à genoux près de sa femme, demeurait terrifié; les pensées
se pressaient confuses dans sa tête, mais les paroles ne
lui venaient pas.

— Je ne l'ai jamais aimée comme toi, finit-il par lui
dire, je ne l'ai jamais aimée comme je t'aime.

Le comte avait trop de noblesse dans le cœur pour
renier une affection passée.

— Tu l'as donc aimée? reprit la malheureuse enfant
avec une curiosité inquiète, car elle était dévorée de
ce besoin de savoir qui accompagne toujours les tour-

ments du doute, et tu l'aimais encore, quand je croyais.
que tu ne pensais qu'à moi !

Le visage de Marguerite portait en cet instant l'em--
preinte d'une douleur si profonde, que M. d'Engennes
en fut effrayé et rappelé à lui-même.

— Ecoute, ma bien-aimée, lui dit-il, je te demande
pardon à genoux d'avoir par une trop coupable négligence troublé ton repos, je déplorerai ce fatal oubli
tant que je vivrai, et je consacrerai mon existence à
effacer, à force de tendresse et d'amour, ce que tu souf-
fres en ce moment. Mais tu dois voir que je souffre
autant que toi ; sois donc deux fois généreuse : oublie
ce que tu as vu, oublie ce que tu crois savoir, et dis-
moi que tu m'aimes encore.

— Oui, je t'aime, mon amour, ma vie, — elle l'embrassa passionnément ; — mais jamais, jamais je ne
pourrai oublier, et, le repoussant, elle se rejeta en arrière dans son fauteuil, et ses pleurs coulèrent de nouveau.

— Marguerite, ma Marguerite aimée, la plus grande
punition de cette erreur de ma jeunesse n'est-elle pas
dans l'aveu que je suis obligé de t'en faire ? n'est-elle
pas dans les larmes que je te vois répandre ? Aussi,
toute la punition devrait se borner là, car j'étais libre
alors, je ne te devais rien. La vie d'un jeune homme
ne ressemble pas à la vie d'une jeune fille ; ce qui te
paraît si criminel l'est beaucoup moins que tu ne le
crois. Avec la connaissance du monde, un jour viendra

où tu me jugeras moins sévèrement, et où tu te repentiras peut-être de ce que tu me fais souffrir aujourd'hui. Oui, j'aurais dû détruire ce portrait; mais regarde la date... Tu le vois, je ne t'avais pas encore demandée, à peine te connaissais-je, je ne suis donc pas coupable envers toi?

— Si, tu es coupable, car trop peu de mois s'étaient écoulés entre ton mariage et la rupture de ta passion — un suprême dédain accompagna ces derniers mots — pour que tu n'aies pas eu le cœur plein d'un autre amour quand tu es venu me demander ma tendresse. Que dirais-tu, si tu apprenais qu'avant toi un autre a souhaité m'épouser, et qu'autorisée par mes parents et obéissant aux sentiments très permis que cet autre m'inspirait, je lui ai dit : je vous aime? Ton cœur à toi se serrerait, et pourtant il n'y aurait là ni échange de portraits ni rien de coupable. Mais je suis certaine que tu ne m'en voudrais pas moins, que je perdrais dans ton estime, dans ton affection, et que, sans oser me le dire, tu irais jusqu'à penser que tu as été trompé, qu'une femme doit à son mari son premier amour. Et toi, tu m'apportes un cœur désillusionné, fatigué, qui peut-être même ne croit plus à rien et prend en pitié la naïveté et la foi du mien; tu m'apportes enfin un cœur qui a déjà subi tous les orages, tous les tourments d'une passion; car, belle, aimable comme elle l'était, tu as dû l'adorer. Comment, d'ailleurs, ne serais-je pas jalouse, comment ne pas m'affliger? Crois-tu donc que, malgré ma jeunesse et mon inexpérience, je ne sente pas que tes paroles ne sont que l'écho de celles que tu lui a adressées, que tes tendresses sont peut-être moins vives que celles que tu lui a prodiguées ; car je ne suis encore qu'une enfant, et je n'ai point le charme, je n'ai pas encore les séductions avec lesquelles elle a su t'attirer. Et tu veux que je n'en souffre pas, et tu veux que je sèche mes larmes ! Mais, Georges, la défiance est entrée dans mon cœur ; mais je ne pourrai plus me reposer en toi ; je ne pourrai plus être heureuse. Toutes les fois que je reverrai cette femme, j'aurai des révoltes de cœur, j'aurai un désespoir, insensé, si tu veux, mais je l'aurai ; mais je la haïrai, mais je te haïrai avec elle. Eh bien ! ajouta-t-elle avec vivacité, si tu veux que je te croie, jure-moi que tu ne la reverras jamais.

— Comment veux-tu que je te fasse un serment aussi impossible à tenir ? Comment veux-tu que, par cette affectation, je mette le monde dans la confidence d'un secret qu'il ignore, que je lui livre le repos et l'honneur d'une famille ? Rien ne me déterminerait à commettre une pareille lâcheté ; rien ne me déterminerait à faire subir une pareille humiliation à cette femme. Toi-même, Marguerite, tu me mépriserais, si je consentais à ce que tu me demandes sans réflexion ; sache bien que le respect d'une affection passée, même coupable, est le plus sûr garant des sentiments à venir. Je n'ai pas besoin de te promettre que je ne la rechercherai pas, mais je ne la fuirai pas non plus. Elle est notre voisine ; à chaque instant nous sommes appelés à nous rencontrer ensemble ; en lui fermant ta maison, en évitant celles où tu pourrais la rencontrer, ce serait éveiller la malignité publique. Sois assurée, d'ailleurs, qu'elle ne nous recherchera pas, et qu'elle souffrira plus de se trouver en ta présence que tu ne pourras souffrir de te trouver en la sienne. Maintenant, Marguerite, réfléchis, ne te tourmentes pas à plaisir ; n'exagère pas volontairement ce que tu nommes ton malheur. Quand je t'ai demandée en mariage, ce qui t'afflige était complétement rompu. Tu parles des orages qui avaient dévasté mon cœur, mais tu sais que l'orage entraîne, déracine, bouleverse tout sur son passage et ne laisse après lui que le vide et la désolation. Si tu as comblé ce vide, si tu m'as consolé, si tu as fait renaître en moi le calme et le bonheur, as-tu donc tant sujet de te plaindre ? Pourquoi, au lieu de te tourmenter pour un mal sans remède, ne pas plutôt chercher à apaiser ton cœur et ta tête en te disant que ce n'est pas ta fortune qui m'a attiré à toi, mais ma libre volonté séduite par le charme de ta personne, par ton éducation simple, par cette habitude d'une vie retirée et sérieuse qui faisait de toi une femme bien plus disposée à partager les goûts de ton mari qu'à lui imposer les tiens. Si je n'avais pas à la fois compris la douceur et la gravité du lien au-devant duquel j'allais, si je n'avais pas voulu m'y soumettre, pourquoi l'aurais-je contracté ? J'étais mon maître ; personne n'avait intérêt à me voir marié ; toi seule, chère Marguerite, m'as donc réellement attiré ! Si tu m'aimais comme je t'aime, tu croirais en moi, tu croirais à la délicatesse de mes sentiments ; tu ne me ferais pas l'injure de mettre en doute ma sincérité. Depuis près d'une année, tout est rompu entre cette personne et moi. Je te jure que le sentiment que j'ai pu lui porter est tout à fait éteint, qu'il ne peut se rallumer, et ne serais-tu pas entre nous que je tiendrais le même langage. Si tu le veux, je suis prêt à détruire ce portrait, cause de ta douleur.

— Oui, je veux que tu le détruises; mais ce n'est pas un sacrifice que je te demande, c'est un devoir que je t'engage à remplir, afin que d'autres yeux ne puissent voir ce que les miens ont vu. Ce n'est pas non plus un acte de vengeance, Dieu me garde d'exiger que tu méprises celle à qui tu as donné ton premier amour.

Il y avait en ce moment bien du ressentiment, bien de l'amertume dans la voix de la jeune femme. Georges voulut l'apaiser.

—Je t'en supplie encore une fois, Marguerite, sois généreuse, et, au lieu de continuer à m'accabler, dis-moi que tu m'aimes toujours, j'ai tant besoin de l'entendre.

— Oui, je t'aime, je n'ai jamais aimé que toi, et tu as toute la vivacité, toute la force de mes sentiments. Oh ! Georges, Georges, tu ne saurais m'en dire autant ! N'essaie pas de le faire, car, malheureusement, je ne puis plus te croire.

— Mais si ! enfant cruelle, qui sembles jouer avec
mon cœur et prendre plaisir à le déchirer ; mais si ! je
te le dirai, et tu me croiras. N'as-tu pas mon amour ?
N'as-tu pas ma tendresse, comme jamais je ne les lui ai
donnés ? Ne sois pas jalouse du passé, et sache que, si
ce passé avait pu lire dans mon âme, c'est lui qui eût
été jaloux de la puissance qu'exerçaient sur moi ces
deux seuls mots : ma femme ! Car l'image de celle qui
devait m'appartenir à ce titre se glissait déjà mysté-
rieusement près de moi, dans mes jours de peine, pour
me parler de repos, de consolation, de bonheur enfin.
Ma femme ne sera pas coquette, me disais-je ; ma
femme n'aimera pas follement le monde et la dissipation ; ma femme comprendra ma tendresse, me donnera la sienne en échange et sera douce et indulgente.
Tu le vois, ma bien-aimée, dès lors tu étais mon bon
ange, et, sans te connaître, je rêvais de toi. Crois donc
que le mari qui se choisit une compagne digne d'être
aimée, estimée, admirée, se prépare la vraie vie heureuse. Pourquoi t'obstiner à ne pas voir qu'un jour
doucement mêlé de clarté et d'ombre est bien préfé-
rable à celui dont le matin voit se lever un soleil
éblouissant, mais dont les ardeurs trop brûlantes font
pour le soir présager la tempête ? Puis, laisse-moi te
redire encore que la vie d'un homme et celle d'une
femme ne peuvent se mesurer de la même manière.

— Tous deux, cependant, font les mêmes serments ?

— Oui. Néanmoins, la différence est grande.

— Comment ! Mais, alors, tu peux donc m'oublier,
tandis que moi je suis tenue de me souvenir ?

— Non, chère Marguerite, tu me comprends mal...

— Oui, tu as raison, interrompit-elle avec vivacité,
je te comprends mal, ou plutôt je ne te comprends pas.
Jamais je ne pourrai admettre qu'il y ait des accom-
modements avec le devoir, ni qu'il soit difficile à remplir. Quand on s'aime sincèrement, on ne doit pas être
tenté de s'oublier, et ce qui est une faute pour l'un doit
être une faute pour l'autre.

— Tu vas trop loin, Marguerite ; il ne s'agit que du
passé, et, quant à l'avenir...

— Oh ! quant à l'avenir, répartit-elle avec amertume, je n'y crois guère ! L'heure qui vient de s'écouler m'a trop éclairée ; elle m'en a plus appris à cet
égard que tout le reste de mon existence. Elle m'a
expliqué les chuchotements, les sourires malicieux
qu'on échangeait devant moi quand j'étais jeune fille,
en parlant des légèretés de certains maris ; elle m'a
forcé à comprendre que le monde, loin de blâmer ce
qui nous perce le cœur, à nous autres femmes, ne fait
que s'en divertir.

Le coup était porté, le trait s'enfonçait de plus en
plus. Aussi, à partir de cet instant, le caractère de
Marguerite changea ; elle devint mélancolique, fantasque ; sa mère elle-même en fut étonnée et s'en
alarma ; elle ne l'avait jamais vue ainsi et ne pouvait

s'expliquer cette brusque métamorphose. Parfois la
jeune comtesse avait encore des accès de gaieté, la
vivacité de son esprit prenait le pas sur son humeur
sombre ; puis, tout à coup, il lui échappait quelque
parole bien amère, comme si elle, l'heureuse, l'enviée,
avait à se plaindre du monde et de la vie. Alors cette
joie s'éteignait ou prenait un redoublement fébrile,
plus douloureux à supporter pour ceux qui l'aimaient
que sa tristesse même. Parfois aussi elle restait morne,
silencieuse, abattue, et, si elle parlait, c'était pour
laisser voir un pénible désenchantement.

L'affection si vive qu'elle témoignait d'abord à son
mari avait fait place à une sorte de réserve ; ses regards ne s'attachaient plus sur lui avec bonheur
comme autrefois, mais avec une expression douloureuse, et quand elle rencontrait Mme de Marsilly, malgré toute la politesse, le calme et la douceur de ses
manières, le bouleversement de ses traits accusait une
souffrance intérieure qui, à la fois, affligeait et inquiétait Georges. Le comte n'était plus heureux ; il sentait
qu'entre lui et sa femme il y avait un obstacle insur-
montable, car ce n'était pas un orgueil froissé, une
vanité blessée, c'était une véritable plaie du cœur à
laquelle aucun baume n'apportait de soulagement, et
qui semblait, au contraire, chaque jour s'envenimer
davantage. Dans son intérieur, Marguerite avait ou de
brusques élans de tendresse et de sensibilité maladive,
ou des froideurs désolantes. Georges aurait voulu apai-

2

ser le mal qui la faisait souffrir, mais il avait presque
peur de l'interroger, car toujours elle revenait sur le
même sujet, ce qui devenait un supplice pour son
mari. Si par hasard M. d'Engennes restait absent un
peu plus longtemps que de coutume : « Tu as été la
voir? » lui disait-elle au retour; ou bien, si elle le
voyait triste : « Tu penses à elle? tu la regrettes? »

— Non, lui répondit-il un jour avec une sorte d'emportement, non, je l'ai oubliée, seule tu te charges de
m'en faire ressouvenir, et si tu continues à me tortu-
rer, j'en arriverai à te moins aimer, et tu ne pourras en
accuser que toi-même.

Ainsi, par une susceptibilité de cœur exagérée, par
une tendresse mal entendue, elle faisait le tourment de
l'être qu'elle chérissait jusqu'à l'idolâtrie. Son imagination malade grossissait, envenimait les choses les
plus simples, et cette femme, dont la nature se re-
fusait jadis à comprendre le mal, finissait maintenant par le voir dans les choses les plus innocentes.
Ayant la conscience d'être moins aimable et la crainte
d'être moins aimée, elle voulait, par moment, s'effor-
cer de revenir sur ses pas; mais sa tête l'emportait sur
son cœur, elle manquait à ses résolutions et souffrait à
la fois de ce qu'elle faisait et de ce qu'elle ne faisait
pas. Georges le sentait, l'excusait, et en avait compassion; il lui montrait une douceur et une indulgence extrêmes; il cherchait à l'aider à se vaincre, et un jour,
tout en l'embrassant, il lui passa au doigt un anneau

sur lequel se trouvait gravé : *Vouloir, c'est pouvoir.*

— Non, dit-elle en fondant en larmes, c'est inutilement que je veux oublier, je ne le puis pas.

Un instant, l'espoir d'être père vint apporter une sorte de consolation au comte, mais cet espoir, qui eût dû le rendre le plus heureux des hommes, fut cruellement troublé par l'état de santé où se trouvait Marguerite. De violentes crises nerveuses, revenant par accès de plus en plus rapprochés, menaçaient à chaque instant la vie du cher petit être si ardemment souhaité par tous deux, et le docteur Lenfret, vieil ami de la famille, qui avait soigné l'enfance de Georges et lui était tout dévoué, ne lui cacha pas que l'existence de la comtesse elle-même se trouvait en danger. Comme le docteur comprenait bien que cet état physique provenait d'une disposition morale, il engagea M. d'Engennes à le faire cesser, si cela lui était possible ; alors Georges se décida à tout confier à sa belle-mère.

Mme de Chaville regretta de ne pas avoir été plus tôt mise à même de venir en aide à son gendre ; elle raisonna sa fille et fit tous ses efforts pour la calmer. La jeune femme parut heureuse de pouvoir ouvrir son cœur à sa mère ; elle lui dit qu'elle l'aurait fait déjà depuis longtemps si elle n'avait pas craint d'accuser son mari. Les paroles maternelles, toutes salutaires qu'elles fussent, apportèrent cependant à Marguerite une désillusion plus complète, en achevant de la convaincre que ce qui lui semblait si monstrueux, si coupable, était malheureusement très fréquent, et admis pour ainsi dans les habitudes de ce qu'on appelle le monde, et qu'une femme, avant tout, devait savoir pardonner.

Le réveil de ses beaux rêves d'amour sans fin, de fidélité à toute épreuve, la révélation de la vie comme elle l'est, de cette vie dont elle s'était complue à faire un poème, tout en la guérissant, lui causèrent plus de mal que tout le reste. Sa manière d'être subit une transformation complète. Elle cessa de fatiguer son mari de ses reproches et de ses récriminations, s'abstint de toute allusion au passé, et, loin de le poursuivre de ses défiances, elle se montra si indifférente que le comte, douloureusement blessé, en vint à regretter le temps où elle lui adressait des reproches. Il pouvait aller, venir, s'absenter, s'occuper ou ne pas s'occuper de sa femme, sans qu'elle parût s'en apercevoir. Marguerite montrait maintenant une si grande égalité de caractère que tout semblait glisser sur elle sans l'atteindre. Cependant, soit que l'effort fût trop grand, soit disposition naturelle, son état de santé s'aggrava chaque jour davantage et répandit l'inquiétude autour d'elle.

Le docteur Lenfret, ex-chirurgien militaire, jadis attaché au régiment dont le père de Georges était colonel, avait fait avec lui les dernières campagnes du premier Empire. Plus tard, sous la Restauration, le docteur

ayant quitté le service, céda aux sollicitations du vieux
comte, et vint s'établir à Emblimont, où, grâce à son
talent, grâce aussi à la bienveillance que lui témoignait
la famille, il vit sa clientèle s'étendre non-seulement
aux bourgs, mais aux châteaux environnants. Son couvert se trouvait toujours mis à Emblimont, car c'était
pour le vieux colonel un plaisir toujours nouveau que
de revenir sur ses anciennes campagnes, et quand il
commençait à dire, après le potage : « Lenfret, vous
souvenez-vous? » le maître-d'hôtel faisait vite prévenir
le cuisinier qu'il eût à ne pas presser le rôti, et la famille savait que le dîner se prolongeait indéfiniment
quand on passait la Bérésina ou quand on attaquait la
Haie-Sainte. Le docteur était doué d'une nature franche, loyale, ouverte. Bon par excellence, toujours prêt
à obliger, il avait le cœur sur la main, comme on disait
au village, et, avec une apparence rustique, avec une
bonhomie qui semblait toucher à la simplicité, il possédait de la finesse, du tact, un jugement sûr et une
grande expérience. Il la devait non-seulement à ce
qu'il avait vu, mais à ce qu'il avait lu; car, malgré sa
modestie, c'était un chercheur, curieux de savoir et
toujours en quête d'apprendre. Grands et petits, riches
et pauvres se trouvaient égaux devant sa sollicitude.
Beau mangeur et joyeux convive, il quittait la table
avec autant d'empressement et de vivacité pour une
paysanne que pour une châtelaine, et le mets le plus
exquis ne lui aurait pas fait retarder son départ d'une

minute. « Mais attendez donc, Lenfret, lui disait alors
le vieux comte qui aimait à le tourmenter, attendez
donc, vous arriverez toujours assez à temps pour le
faire mourir. »

Puis, quand on entendait, sous les fenêtres de la salle
à manger, le bruit des grelots de la courte et replète
Dévorante; quand le docteur, avec sa blouse bleue, sa
casquette de drap ou son chapeau de paille un peu sur
l'oreille, apparaissait carrément installé dans sa baignoire (ainsi avait-on baptisé sa carriole) : « Cœur d'or !
disait M. d'Engennes en le saluant de la main ; quelle
vie à nous faire mourir de honte, nous autres oisifs
qui allons demeurer là à rien faire, tandis que lui s'en
va semer le bien sur son passage. »

En effet, la baignoire avait un coffre très connu des
paysans. Ce coffre renfermait des trésors inépuisables, car le docteur avait de l'aisance. Fort économe
pour lui-même, il destinait ce qu'il nommait son su-
perflu à soulager les maux qu'il rencontrait chaque
jour, et donnait généreusement aux vrais pauvres les
remèdes que leur misère les eût empêchés de se procurer.

Le bon docteur s'était pris de la plus vive sympathie pour Marguerite. Sa mélancolie, son abattement
lui allaient au cœur, quoiqu'au fond il ne pût s'empêcher de se demander comment la femme de ce Georges,
type pour lui du bon et du bien, pouvait n'être pas
trois fois heureuse. Malgré ce mystère, il s'attachait

davantage chaque jour à sa malade, et cet homme, habitué à traiter des natures rudes et énergiques, cet homme aux manières tant soit peu brusques, révéla en cette occasion un talent qu'on n'aurait pu lui supposer. Il soigna Mme d'Engennes avec une patience, une douceur, une délicatesse toute féminine ; enfin, après avoir inutilement essayé de tous les calmants, il finit par se décider à recourir au magnétisme.

Georges l'en plaisanta d'abord.

— Bah ! lui répondit le docteur, riez, si bon vous semble, de mes passes, de mes bains, de mes boissons magnétisées ! Le principal est que Mme la comtesse soit plus calme, et vous ne pouvez nier le soulagement qu'elle éprouve.

— Ta, ta, ta, Lenfret, continuait le jeune homme, tout cela est bel et bon ; pourtant, tenez-vous pour heureux d'avoir une mine fleurie, un crâne d'ivoire, une prestance ample et majestueuse ; car si nous étions encore au temps de vos victoires, je ne vous permettrais certes pas de magnétiser ma femme. Je n'aimerais pas, s'il me plaisait, par exemple, de l'emmener à une extrémité du monde, la voir à votre commandement traverser la terre et la mer, pour venir vous retrouver à l'autre extrémité. Je me défierais aussi, je ne vous le cache pas, de tout votre arsenal d'attractions irrésistibles ; car les magnétiseurs en cachent dans tout : dans un bain comme dans un verre d'eau, dans un mot comme dans un geste.

— Ah! ah! comment, comte, vous le sceptique, le
dédaigneux, vous croyez maintenant aux affinités ma-
gnétiques?

— Si j'y crois? Tenez, voyez plutôt, sur cette table,
le volume du docteur Aubin Gauthier; je m'en nourris
depuis ce matin, et, s'il ne m'a pas convaincu, je conviens qu'il m'a fort intéressé, mais en même temps fort
inquiété ; car, enfin, la comtesse est votre sujet, vous
pouvez la forcer à obéir, tandis que moi...

— Pas d'épigramme, Georges, et tranquillisez-vous,
reprit en riant Mme d'Engennes, car je ne serai jamais
qu'un sujet rebelle à tous les courants du monde, et le
docteur compromettrait ses passes et sa puissance s'il
voulait seulement essayer de me faire voyager d'un
fauteuil à l'autre ; tandis qu'à mon premier appel, je
suis certaine qu'il traverserait non-seulement la terre
et la mer, mais encore les airs, pour accourir plus vite
vers moi. Je veux en faire l'expérience ; il est si bon à
tyranniser !

Et elle tendit la main au docteur avec une grâce de
chatte et un de ses plus doux sourires.

Marguerite, sincèrement touchée de l'affectueux intérêt que lui témoignait M. Lenfret, y répondait par
mille gâteries et mille prévenances. C'était avec une
satisfaction évidente qu'elle acceptait le bras du docteur, soit pour se promener, quand elle avait la force
de faire quelques pas, soit pour passer à table, où elle
le plaçait le plus souvent possible à ses côtés. Non-

seulement elle le faisait causer, mais elle semblait
prendre un plaisir marqué à sa conversation, s'intéressait à ce qu'elle savait devoir lui plaire, s'inquiétait
de ses malades, venait en aide aux plus nécessiteux,
et se montrait d'autant plus vraiment aimable qu'à travers tout le charme de son esprit, elle laissait percer
son cœur.

Mᵐᵉ d'Engennes se révolta donc quand le bon Lenfret, qui avait mis au monde toute la génération d'Emblimont et autres lieux, en dépit de sa grande expérience, demanda formellement au comte qu'un médecin
de Paris assistât conjointement avec lui à la naissance
du futur héritier, car il était bien arrêté que ce ne
pouvait être qu'un garçon; aussi le rose avait-il été
banni de la layette pour céder les honneurs au bleu.
La comtesse, après avoir vivement résisté à la volonté
du docteur, finit, de guerre lasse, par s'y soumettre;
et, quand le grand moment arriva, une des célébrités
du monde médical fut mandée en toute hâte.

III

Dès les premiers instants, Marguerite donna les plus sérieuses inquiétudes. La marche adoptée par le docteur X*** n'eut pas l'assentiment de M. Lenfret; il blâma les saignées, donna franchement son avis, qui fut mis de côté avec tous les égards et la politesse imaginables. Cependant l'état s'étant aggravé, il crut de son devoir d'exprimer de nouveau sa manière de penser; s'apercevant alors que son confrère le trouvait non-seulement inutile, mais encore importun, il profita pour se retirer de ce qu'on le demandait au château d'Erblay, situé à deux lieues de là, et s'en fut y raccommoder une jambe cassée. La difficulté que présenta l'opération, les troubles qui s'ensuivirent l'obligèrent à passer la nuit près du malade; il ne put rentrer chez lui que le lendemain dans la matinée.

Là il apprit que, la veille à midi, environ une heure après son départ, la comtesse avait succombé en donnant la vie à un fils. M. Lenfret, ému de douleur, courut au château; il y trouva la désolation.

— Voulez-vous voir ma pauvre maîtresse, monsieur le docteur, dit en sanglotant Marine; ah! si vous aviez été seul, elle vivrait encore; ce Parisien l'a tuée!

En entrant dans la chambre funèbre, le docteur ne put retenir ses larmes à la vue de ce charmant visage qui le matin du jour précédent, au milieu de ses plus cruelles angoisses, lui avait souri pour la dernière fois. La belle et pâle figure de la comtesse respirait la béatitude ; la trace des souffrances de la veille se trouvait effacée : Marguerite était entrée dans l'éternel repos.

Un prêtre se tenait agenouillé au pied du lit et priait avec recueillement. Le docteur voulut suivre cet exemple ; mais le calme angélique, qui donnait à la morte l'air d'une sainte, fit qu'au lieu de prier pour elle, il lui demanda d'intercéder pour lui. Il ne vit et ne désira voir personne de la famille, éprouvant plutôt le besoin de recevoir des consolations que celui d'en donner. Avant de quitter le château, il s'informa pourtant quel médecin avait constaté le décès ; on lui répondit que, ne pouvant savoir quand il rentrerait chez lui, on avait été chercher M. Pinard, l'officier de santé du bourg voisin.

M. Lenfret sortit d'Emblimont avec la désolation dans l'âme ; toute la journée, le douloureux souvenir qu'il emportait le troubla ; le visage de la morte était toujours devant ses yeux. Cette fin prématurée, qui remplaçait par le deuil et le désespoir la joie qu'apporte d'ordinaire un premier-né, le navrait. Il pensait à l'affliction de M\u1d50\u1d49 de Chaville ; il pensait à la douleur de Georges ; il pensait au vide qui allait se faire aussi

dans sa propre existence, et il se laissait aller à de
tristes considérants sur le néant et sur la fragilité des
bonheurs humains. Quoique bien habitué à voir sous
toutes ses faces la mort, cette grande égalitaire, il ne
pouvait lui pardonner de ne pas avoir ménagé une
existence aussi précieuse ; son front demeurait sou-
cieux, il n'ajoutait pas à ses prescriptions les bonnes
paroles qui, pour beaucoup de ses malades, valaient
autant que les plus salutaires remèdes : l'âme est si
souvent la cause des souffrances du corps.

M. Lenfret ne rentra chez lui qu'à une heure assez
avancée ; il se sentait harassé de fatigue et en proie à
un malaise inaccoutumé ; le froid était rigoureux, la
neige avait tombé tout le jour.

Manon attendait impatiemment son maître. En le
voyant arriver tout transi, elle jeta vite une bourrée
dans le feu, approcha la table et le fauteuil du docteur aussi près que possible du foyer, lui donna ses
pantoufles, sa robe de chambre, et lui servit un souper
à point. Mais il mangea à peine ; le cours de ses idées,
en le reportant toujours à Emblimont, lui ôtait l'appé-
tit ; toujours aussi le visage de la comtesse demeurait
obstinément devant ses yeux. Il voulut prendre un
livre, lut quelques pages sans les comprendre, et jeta
le livre de côté ; alors il repoussa la table, allongea ses
pieds sur les chenets, afin d'achever de se réchauffer,
puis, après avoir avalé un grog tout brûlant, il se mit
au lit, en souhaitant un mieux général à tous ses ma-

lades, afin de ne pas être dérangé et de trouver dans le sommeil, s'il voulait venir, l'oubli de ses peines.

Tout en regardant les ombres que la lune projette dans sa chambre, tout en écoutant les sifflements aigus de la bise qui fait rage dans sa cheminée et tourmente la girouette du toit qui grince sans relâche, le docteur peu à peu tombe dans une sorte d'assoupissement sans perdre tout à fait la conscience de lui-même, car il continue à entendre le feu pétiller dans l'âtre. Cependant il lui semble être à Emblimont, dans la chambre funèbre ; il tourne le dos au lit et se trouve assis devant le foyer où brille une vive flamme.

Tout à coup il entend prononcer son nom.... un frisson lui passe dans tous les membres, c'est la voix de la comtesse. En cet instant, il reçoit une commotion comme s'il tombait d'un lieu élevé, ses yeux s'ouvrent, la morte est à son chevet. Il croit à un mauvais rêve : je me suis couché sur le cœur, pense-t-il tout en se retournant, et il s'assoupit de nouveau.

Il se retrouve à Emblimont, toujours dans la chambre mortuaire, et la même voix vient chuchoter son nom si près de son oreille qu'il s'éveille en sursaut. Le visage pâle et suppliant de la comtesse est devant ses yeux. Sauter à bas du lit, allumer une lampe, est pour le docteur l'affaire d'une minute. Il se sent ému au dernier point et tellement dominé par l'impression profonde qu'à deux reprises il vient de subir, qu'il se demande si ce n'est pas un avertissement du Ciel, si ce

3

n'est pas une suite de l'influence magnétique. Alors il sourit tristement, car il se rappelle que Mme d'Engennes s'attribuait le pouvoir de le faire venir à son premier appel; il se reproche de ne pas lui obéir, et l'idée de courir à Emblimont lui traverse l'esprit; mais il se raisonne, se reproche sa faiblesse, se répète que c'est un cauchemar et finit par se le persuader.

Cependant, pour ne pas retomber dans le songe qui l'épouvante, il marche vivement par la chambre, cherchant ainsi à lutter contre l'appesantissement que son extrême fatigue ramène, quelque effort qu'il fasse pour le combattre. Il essaie encore, mais inutilement, de reprendre un livre, et le ferme bientôt; il veut continuer un travail commencé, la plume s'échappe de ses doigts engourdis; insensiblement le froid le gagne, il grelotte et se décide enfin à se recoucher, espérant avoir assez interrompu son rêve pour ne plus le reprendre. Mais la même angoisse vient le saisir. Un lourd sommeil s'empare de lui; sa respiration s'embarrasse, elle devient de plus en plus difficile; une sueur froide couvre son corps, ses cheveux se dressent sur sa tête; il veut appeler, sa langue se colle à son palais; il s'éveille brusquement, entr'ouvre les yeux et continue à voir la morte debout au pied de son lit. Elle a, cette fois, l'air désespéré, et c'est d'un geste impérieux qu'elle lui fait signe de la suivre.

Alors, obéissant à une impulsion surnaturelle, le docteur se lève, s'habille à la hâte, court à l'écurie, selle Dévorante, et, sans répondre à Nanon qui, éveillée par le bruit, veut savoir pourquoi, n'étant pas appelé, son maître s'en va par cette nuit glaciale courir la grand'route, M. Lenfret part et dirige sa monture avec autant de rapidité que le permet le verglas.

Mais il se sent mal à l'aise pendant le chemin ; la solitude, qui habituellement ne l'effraie guère, le remplit d'une appréhension dont il est honteux. Son imagination surexcitée prête à tous les objets une apparence fantastique, et, en entrant dans l'avenue, les deux longues rangées de tilleuls habillés de blanc par la neige augmentent du frisson de la terreur le froid réel qu'il éprouve ; elles lui rappellent sa vision, et il craint tellement de la revoir que, pour s'y dérober, il ferme les yeux, tout en se demandant comment la vue d'une personne à laquelle il était si attaché peut lui causer une si pénible impression, et il songe à ce premier et terrible effet de la mort. Cependant, à mesure qu'il approche d'Emblimont, son anxiété change de nature ; il commence à chercher sous quel prétexte, à ce moment de la nuit, — trois heures sonnaient à l'horloge, — il va se présenter. Cet embarras se dissipe bientôt, car les grilles du parc sont ouvertes ; à l'intérieur du château, aucune porte n'est fermée, et M. Lenfret parvient jusqu'à la chambre de la défunte sans rencontrer qui que ce soit. Il entre-bâille doucement la porte, et voit que l'abbé, Mme de Chaville et la garde veillent seuls. Il fait un signe à la garde qui sort immédiatement, et la prie d'appeler la baronne.

— Excusez-moi, madame, lui dit-il, de venir me présenter devant vous à pareille heure, mais je n'ai fait que penser depuis ce matin aux saignées et à l'emploi de la belladone administrée à haute dose pour combattre les accidents nerveux qui ont causé la mort de madame votre fille. Je crois remplir un devoir en venant vous demander à vérifier de nouveau le décès, avant de laisser procéder à l'inhumation. Veuillez surtout, madame, continua le docteur à la vue du rayon d'espoir qui illumina subitement le visage désolé de la pauvre mère, ne pas donner à mes paroles un sens plus favorable qu'elles ne l'ont réellement. Je viens, je vous le répète, remplir une formalité de pure précaution, et j'obéis uniquement à un scrupule de conscience médicale; n'y voyez rien de plus.

Pendant que M. Lenfret indiquait aux femmes appelées en hâte par Mme de Chaville les objets qui allaient lui être nécessaires, la garde, à sa grande contrariété, s'était empressée d'enlever le suaire. La morte ayant été ensevelie dans la soirée, il aurait voulu voir l'état du linge sur lequel le plus léger souffle eût marqué. Profitant de cet incident, le docteur défendit qu'on fît rien sans son ordre. Il enjoignit à celles qui devaient l'assister de ne laisser échapper, quoi qu'il fît, quoi qu'elles pussent voir, aucune réflexion, aucune exclamation capable d'alarmer la comtesse, dans le cas inespéré où, vivant encore, elle pourrait les entendre.

Il leur donna à comprendre qu'un geste d'impatience ou de découragement, qu'un mot maladroit pourrait lui causer une anxiété capable de déterminer sa perte ; qu'il ne fallait donc tenir autour d'elle qu'un langage rempli d'affection et d'encouragement. Il demanda si Mme d'Engennes avait assez vécu pour jouir de la vue de cet enfant si ardemment souhaité. La baronne répondit que la jeune mère avait eu ce bonheur, et que ses derniers regards s'étaient arrêtés sur son fils. Cette conversation, quoique bien courte, suffit néanmoins pour faire sentir au docteur que le cœur de Mme de Chaville renfermait une force et un courage à la hauteur de son amour maternel, et qu'au besoin il trouverait en elle un puissant et intelligent auxiliaire.

Subissant toujours l'impulsion surnaturelle qui le poussait à agir, M. Lenfret se mit à l'œuvre plein de foi dans ce qu'il allait entreprendre. Néanmoins, la première inspection de la morte n'était pas faite pour soutenir son espoir. Une teinte livide se trouvait répandue sur le visage, les traits s'étaient affaissés, la bouche présentait un signe fatal ; les yeux ayant été entr'ouverts, restèrent insensibles à la lumière d'une bougie. Le corps était froid, raide, allongé. Cependant le docteur ne remarqua aucun signe de décomposition ; le doigt s'enfonçait d'abord, il est vrai, dans les chairs, mais peu à peu et quoique avec lenteur, elles revenaient de l'affaissement éprouvé ; il restait donc encore quelque élasticité aux tissus. M. Lenfret ayant fléchi un doigt, ce doigt se redressa, nouvelle preuve que la vitalité pouvait n'être pas éteinte dans les muscles.

Pendant cet examen, l'anxiété fixait tous les yeux sur le visage de M. Lenfret, qui sentait ceux de la pauvre mère si pleins de prière, qu'il les évitait de peur de succomber à la tentation de lui laisser voir l'impression favorable que les derniers symptômes faisaient naître en lui. Il eut cependant la force de rester impassible, tâcha de s'isoler de tout ce qui l'entourait, et usa, avec une grande présence d'esprit, de tous les moyens qui se trouvaient en son pouvoir.

Il fit d'abord placer de la lumière auprès du lit, afin d'exciter les yeux. Il entr'ouvrit encore plus largement la bouche pour faciliter l'introduction de l'air; il dégagea le col, afin que rien ne pût gêner le cours du sang ni arrêter les mouvements du cœur. Puis il chercha à exciter la sensibilité du cerveau qui seul pouvait tirer de son engourdissement ce corps inanimé. Il fit couler une goutte d'eau salée dans l'œil; il introduisit de l'ammoniaque dans les narines, quelques grains de sel dans la bouche. Les frictions, les sinapismes furent tour à tour employés. Pendant qu'on exécutait ses prescriptions, le docteur approchait un miroir de la bouche, mais aucun souffle, hélas! ne vint le ternir. La flamme d'une bougie ne vacilla pas; l'eau d'une soucoupe placée sur le creux de l'estomac n'éprouva aucune oscillation. L'insufflation faite d'abord par la

bouche de la mère, comme si elle espérait pouvoir redonner une seconde fois la vie à sa fille bien-aimée, et
que M. Lenfret continua ensuite aussi délicatement
que possible avec un soufflet, n'amena pas la plus légère élévation de la poitrine, et il ne parvint à saisir
sur aucune artère la moindre pulsation : tout était
donc fini !

Alors les témoins de ces essais infructueux, qui jusque-là avaient à peine osé respirer, et dont les visages
exprimaient une anxieuse attente, prirent un air de
doute et de découragement qui ne put échapper au
docteur. Seule la baronne le soutenait et montrait un
sang-froid et une présence d'esprit admirables. Aussi,
sans tenir compte des hochements de tête d'incrédulité, il interrogea encore le cœur, mais l'auscultation
ne lui fit pas sentir le moindre frémissement ; pourtant
d'autres symptômes l'engageait à persister, et, toujours poussé par le je ne sais quoi auquel il obéissait,
M. Lenfret épuisait sans se décourager tous les moyens
usités en pareil cas. Bien des fois, pendant le cours de
ces tentatives désespérées, il avait à haute et intelli-
gible voix prononcé le nom de la comtesse, lui demandant comment elle se trouvait, l'assurant qu'il la tire-
rait de là ; l'engageant à espérer ; lui affirmant que
son état offrait un mieux sensible ; lui nommant les
personnes qui se trouvaient autour du lit, afin que, se
sachant bien entourée, elle se rassurât autant que possible.

Sa mère aussi l'avait appelée avec cet accent de l'âme qui semble irrésistible ; mais rien ne la ranimait, rien ne semblait pouvoir l'arracher à la mort. Le cœur du docteur saignait, celui de Mme de Chaville se brisait, ses larmes coulaient, ses sanglots éclataient, elle ne pouvait plus les retenir.

M. d'Engennes, demeuré jusque-là dans son appartement, en proie à une incrédulité farouche, entra alors. En retrouvant le mouvement dans cette chambre où il avait laissé le calme funèbre de la mort, en revoyant celle qu'il avait lui-même enveloppée dans son linceul, et dont il s'était cru séparé à jamais, le comte éprouva une émotion si poignante qu'il s'y laissa aller. Ce fut avec une sorte de douloureux bonheur qu'il étreignit ce corps glacé, qu'il le pressa contre sa poitrine, prodiguant à la chère inanimée les noms les plus doux, les paroles les plus tendres, couvrant de baisers passionnés ses mains et son visage.

À ce moment, M. Lenfret crut saisir une légère contraction de la bouche... Mais non, il s'était trompé, l'immobilité persistait toujours. Ce rayon d'espoir s'éteignit comme les autres, et il s'applaudit d'autant plus d'avoir su se contenir, que déjà, à plusieurs reprises, soit la garde, soit les femmes de service, s'étaient écriées que le corps remuait, causant ainsi de fausses joies qui venaient redoubler la douleur.

Il serait difficile de se faire une idée du spectacle de désolation que présentait cette chambre ; les bougies

finissaient et les premières lueurs d'un triste jour d'hiver la faisaient paraître plus lugubre encore. L'angoisse subie depuis plus de quatre heures par cette
malheureuse famille ne saurait se décrire. Les remèdes étaient épuisés; chacun paraissait au bout de
son courage; personne ne trouvait plus un mot d'espoir; il régnait un morne silence troublé seulement
par le bruit des sanglots. On eût dit qu'une seconde
fois la mort venait de la ravir à leur tendresse, et le
docteur commençait à se reprocher d'être venu, sur la
foi d'un songe, leur imposer une si cruelle épreuve,
quand tout à coup sa pensée première lui revint à l'esprit, et, prenant à part la baronne :

— Où est l'enfant, lui dit-il?

— Dans l'autre aile du château ; nous l'avons exprès
éloigné.

— Eh bien ! essayons de le faire venir; car, sur certaines natures, les stimulants moraux ont plus de prise
que les plus énergiques stimulants physiques.

La nourrice fut promptement amenée.

— Ma bien aimée, dit le comte, voilà notre enfant.

Mais ce seul mot renfermait tant de douleur et de
regrets, qu'il se perdit dans un gémissement de désespoir.

— Marguerite, ma fille chérie ! reprit la mère, qui
gardait toujours ce courage à l'aide duquel elle la
disputait si vaillamment à la mort; il est là, près de

3.

toi, ce fils que tu as tant souhaité ; tiens, regarde ton enfant !

Et la comtesse, par un de ces sublimes élans d'instinct maternel, arracha brusquement la frêle créature des bras qui la tenaient endormie. La vivacité de l'action éveilla le pauvre petit être, qui se mit à jeter ces cris plaintifs particuliers aux nouveaux-nés.

Alors une légère contraction se manifesta dans le visage, les yeux essayèrent de s'ouvrir, se refermèrent, puis s'ouvrirent enfin ; les lèvres écartées jusque-là se rapprochèrent :

— Mon enfant, murmura faiblement la jeune mère.

Ce moment fut si solennel que tous tombèrent à genoux, et une même prière d'actions de grâce les réunit devant Dieu. Puis on n'entendit plus que des chuchotements de joie ; on pleurait bien encore, mais c'étaient de douces larmes ; on s'efforçait de parler bas, mais malgré soi, de temps en temps, on laissait échapper des exclamations de contentement ; on embrassait le docteur ; on lui serrait les mains. En vain aurait-il voulu apaiser tous ces heureux, lui-même se sentait trop ému. Pourtant il ne fallait pas la fatiguer, cette chère ressuscitée que sa mère et son mari étouffaient de tendresses.

— Doucement... doucement... du calme... ménageons-là, disait le bon Lenfret tout en s'essuyant les yeux.

L'enfant, resté près de sa mère, continuait à se

plaindre; mais ses cris, loin de paraître la fatiguer, semblaient être le souffle bienfaisant qui peu à peu la faisait renaître. Marguerite ne pouvait se rassasier de regarder son mari, sa mère, son fils; puis ses yeux, remplis d'une expression affectueuse, revenaient vers le docteur comme pour lui parler de tous ces bonheurs et le remercier de les lui avoir rendus.

A mesure qu'elle reprenait des forces, sa gratitude devenait de plus en plus touchante; elle ne cessait de lui dire qu'elle lui devait la vie; elle le nommait son cher sauveur et son meilleur ami à tout jamais.

Pauvre femme! sa reconnaissance était bien naturelle; elle ne savait que trop à quelle terrible fin M. Lenfret l'avait arrachée comme par miracle, car la léthargie qui paralysait ses membres n'avait pas atteint son cerveau.

Ce fut donc encore toute frémissante de l'horreur que lui causait le seul souvenir de cet affreux engourdissement que la comtesse raconta le supplice de ces vingt-quatre éternelles heures pendant lesquelles, avec toute la lucidité de son intelligence, elle avait suivi les apprêts de la fin terrible que lui préparaient cette mère et ce mari qui l'adoraient.

D'abord la raideur de ses membres, l'insensibilité de son corps, le cri : Elle est morte! se mêlant aux cris de douleur, lui firent croire que la vie l'avait abandonnée. Mais en continuant à entendre ce qui se disait, en continuant à se rendre compte de ce qui se passait autour d'elle, Marguerite s'étonna que son âme, au lieu de s'élancer vers l'infini, demeurât ainsi attachée à la terre, et ses convictions religieuses, sa foi dans une autre existence lui firent douter qu'elle eût réellement quitté celle-ci. Alors un rayon de joie lui traversa le cœur, joie promptement suivie d'une atroce angoisse, car elle se souvint d'avoir entendu raconter l'enterrement de personnes qui se trouvaient en léthargie, et la vie lui causa non moins d'épouvante que la mort. Cependant, ne perdant pas courage, tous ses efforts tendirent à faire un mouvement; efforts inutiles, ses muscles refusaient d'obéir, et chaque seconde, chaque minute, chaque heure augmentaient le danger. Mais ce qui lui semblait le plus incompréhensible était d'avoir pu survivre à l'effroyable torture de se sentir enveloppée dans son suaire par ce Georges qui, elle le savait, eût voulu la ranimer aux dépens de sa propre existence.

— T'imagines-tu, disait-elle à son mari, ce que je devais souffrir en reconnaissant que c'était le dernier témoignage de ta tendresse qui m'enlevait ma dernière chance de salut?—Si vous saviez, cher docteur, quand je vous ai entendu arriver, quand je vous ai entendu parler, quelle joie folle votre voix m'a causée! Je la reconnaîtrais maintenant entre mille, ainsi que votre pas. Combien je vous avais appelé! Combien je vous avais désiré! Aussi, chaque mot que vous m'adressiez me donnait du courage; je vous aidais de toutes mes forces; j'avais une telle peur de vous voir m'abandonner! Docteur, docteur, je guérirai, je vivrai, n'est-ce pas? C'est si affreux la mort! Mais dites-leur bien de rester tous près de moi, de ne pas me quitter. Ne craignez point que je sois fatiguée. J'ai peur du silence. Je veux me sentir vivre, je veux entendre vivre autour de moi. — Mère chérie, approchez-vous, afin que je vous voie encore mieux. — Georges, j'ai tout oublié, lui dit-elle bien bas.

Et la jeune femme gardait avec amour la main de son mari dans les siennes, et, à chaque instant, elle la portait à ses lèvres. Comme M. Lenfret insistait vivement pour que la comtesse prît du repos :

— Mon bon docteur, répondit-elle avec sa douceur la plus câline, je vous supplie, ne me parlez pas de sommeil, dormir ressemble trop à mourir, et j'aurais encore peur de ne pas me réveiller.

Après que Mme d'Engennes eut cessé de parler, les bénédictions recommencèrent, et on alla jusqu'à appeler le docteur un dieu. Alors il les arrêta et dit à cette famille étourdie par son bonheur qu'il y avait en effet là-haut un Dieu bien grand, bien bon, dont les voies détournées et merveilleuses méritaient l'admiration et la reconnaissance; que c'était lui seul qu'il fallait remercier.

M. Lenfret ne parla pas du mystérieux avertissement qu'il avait reçu. Il pensa que les esprits forts l'en railleraient, et que les esprits faibles le prendraient pour

un sorcier. Mais, depuis cet événement, chacun put remarquer qu'il assistait régulièrement à la messe tous
les dimanches, qu'il remplissait avec exactitude ses devoirs religieux, et qu'il se montrait encore plus charitable que par le passé.

IV

Mᵐᵉ d'Engennes avait dit à son mari : « J'ai tout oublié! » En effet, à partir de ce moment, le passé s'ef-
faça de sa mémoire, et elle ne se souvint plus que de
l'attachement dont Georges venait de lui donner une
preuve si touchante. La mort avait fait comprendre à
Marguerite tout le prix de la vie. L'excès de la douleur
du comte, les paroles de désespoir qui lui étaient
échappées au moment où il se crut pour toujours séparé de sa femme, lui révélèrent enfin combien elle
était aimée; aussi ne sembla-t-elle plus vivre que pour
reconnaître cet amour.

Elle réussit à dominer ses susceptibilités, à vaincre
ses exigences affectueuses, et en vint à sentir que la
meilleure manière de prouver à son mari à quel point
elle l'adorait, était de l'aimer plus pour son bonheur à

lui que pour son bonheur à elle. Arrivant enfin à faire
la part de leurs deux caractères, elle cessa de compter
avec Georges, et ne lui demanda que ce qu'il pouvait
donner.

M. d'Engennes était bon, dévoué; il portait à sa
femme l'affection la plus entière et la plus profonde;
mais cette affection, toute vive qu'elle fût, semblait
sommeiller dans l'ordinaire de la vie, et ne se laissait
voir que dans les grandes occasions. D'habitude il se
montrait insouciant, oublieux de ces petites attentions,
de ces petits soins qui eussent fait la joie de la comtesse, dont la nature fine et l'exquise sensibilité s'effrayait d'un mot brusque, s'affligeait d'une négligence.
Elle eût vécu de tendresse, et la moindre froideur,
même involontaire, la faisait souffrir. Si Georges partait le matin pour la chasse ou pour quelque excursion
un peu lointaine sans l'embrasser, elle avait le cœur
malade tout le jour; s'il la quittait pour un peu de
temps sans paraître ému, elle se chagrinait intérieurement et retenait avec peine ses larmes, car la sépara-
tion lui paraissait le plus grand de tous les maux. Pour
Marguerite, rien dans la vie n'avait de valeur sans
Georges. Prenait-elle plaisir à un livre, ce plaisir dou-
blait si elle pouvait lire avec lui les passages qui la
frappaient davantage. Dessinait-elle, faisait-elle de la
musique, il ne lui arrivait jamais de s'y absorber complétement. Quand son mari était présent, elle aimait à
lui faire partager la douceur de ses sensations; quand

il était absent, elle lui rapportait tout ce qui charmait son cœur, tout ce qui élevait son âme.

M. d'Engennes, d'un caractère plus froid et plus réservé, se renfermait davantage en lui-même et ne cherchait pas à provoquer l'expansion de Marguerite, qui eût voulu le consulter pour les moindres détails, et dans les moindres choses ne se diriger que par ses avis. Elle s'affligeait parfois de la réserve de son mari, tout en reconnaissant qu'il ne l'en aimait pas moins; car, si elle était malade, il lui témoignait la plus vive sollicitude; si elle avait un chagrin réel, il s'empressait de la consoler; si elle avait besoin de conseils dans une circonstance importante, ceux de M. d'Engennes ne lui manquaient pas, et, au besoin, elle trouvait en lui un sérieux appui. Quant aux petits soins de tous les jours, le comte les traitait de niaiseries qui ne prouvent rien; il ne voulait pas non plus, disait-il, que sa femme se crût obligée de le consulter à tout propos, mais qu'elle s'habituât à compter sur elle-même. Il croyait de bonne foi montrer de la raison, tandis qu'il ne faisait qu'obéir à sa nature, pour laquelle toute recherche de sentiment était un travail et une fatigue. Cependant les prévenances et les attentions de la comtesse lui semblaient fort douces, et il ne s'en fût pas volontiers passé.

Mais, certain désormais de la tendresse de sa femme, rempli de la plus entière confiance en elle, Georges se laissait aller à son bonheur, aimait Marguerite sans se gêner, et, égoïste avec les meilleures intentions du monde, se laissait adorer sans se douter qu'il rendait moins qu'il ne recevait.

V

Quatre années d'une vie doucement heureuse s'étaient écoulées pour le jeune ménage. Fidèle à son plan de conduite, la comtesse répandait le bonheur autour d'elle, et faisait à la fois la mère la plus soigneuse, la femme la plus tendre, la maîtresse de maison la plus intelligente et la plus adorable. Elle avait l'œil à tout, contenait par sa vigilance, encourageait par sa bonté, savait excuser au besoin, et récompensait avec justice.

Georges prenait le plus vif intérêt à la suivre dans le gouvernement de ce qu'il appelait, en riant, ses états, et jouissait en la voyant si bien comprendre l'emploi de la fortune. A l'intérieur, l'ordre et l'abondance; au dehors, le bien à pleines mains, mais mains intelligentes qui donnaient et ne laissaient pas tomber au hasard.

Emblimont avait la réputation d'être une sorte de

paradis terrestre où l'on recevait le plus charmant accueil et où l'on rencontrait la société la plus choisie. Aussi les journées passaient-elles pour y être trop courtes, et les soirées pour n'y être pas assez longues, car on ne se décidait jamais qu'à regret à se séparer. S'y trouver engagé était donc considéré comme un plaisir et comme un honneur.

Après un été fort gai, l'automne s'annonçait d'une façon non moins brillante, et de nombreux invités remplissaient le château. Ils venaient aider la comtesse à célébrer en grande pompe la fête de sa mère qui, depuis la mort de l'amiral de Silvas, passait la plus grande partie de l'année auprès d'elle.

Un petit opéra-comique, *les Rendez-vous bourgeois*, avait été appris avec le plus grand mystère, et ce mystère n'était pas le moindre plaisir des acteurs, parmi lesquels figurait Mme d'Engennes. Ses débuts devaient former la véritable surprise offerte à la baronne. Marguerite jusque-là s'était refusée à aborder la scène, pour laquelle elle assurait ne se sentir aucune vocation. Mme de Chaville, avec une bonhomie parfaite, feignait de ne pas voir les allées et venues, de ne pas entendre les roulades, de ne pas comprendre les mots à double entente, ni les indiscrétions qui, à tout moment, échappaient à la rieuse jeunesse qui s'était chargée de la fêter, et elle eut bien soin, la veille de la solennité, d'aller se promener du côté opposé à celui où l'on préparait les illuminations et le feu d'artifice.

— Quel bonheur, disait la comtesse, ma mère ne se doute absolument de rien ! Ce sera un vrai coup de théâtre !

Et tout le monde grillait d'être au lendemain.

Enfin, le jour tant désiré se leva avec un luxe de soleil et de chaleur qui prêtait à ce matin d'automne toute la splendeur d'un matin d'été. Voulant continuer à dissimuler les préparatifs et aider sainte Thérèse à garder l'incognito, les chasseurs allèrent, comme de coutume, courir le bois et battre la plaine ; quant à la baronne, toujours aussi discrète, elle demanda sa voiture et se rendit à quelques lieues d'Emblimont pour faire une visite.

Pendant ce temps, on monta le théâtre, les acteurs essayèrent de nouveau leurs costumes, et comme celui de Mme d'Engennes n'arrivait pas, elle dépêcha un exprès pour le chercher à la ville.

Vers trois heures, ceux des chasseurs qui devaient jouer étant rentrés, la répétition générale eut lieu avec un plein succès. Ce fut une grande joie, mais l'inquiétude la plus vive ne tarda pas à s'y mêler. Le soleil, qui s'était déjà voilé à plusieurs reprises, finit par disparaître ; le temps s'assombrit de plus en plus et présenta bientôt tous les signes avant-coureurs d'un formidable orage. La chaleur devenait accablante ; on ne sentait plus un souffle d'air ; les oiseaux se taisaient, et il régnait ce silence précurseur des grandes convulsions de la nature.

A la vue de ce ciel de plomb tout rempli de menaces, les lamentations commencèrent, et la pensée du désastre qui menaçait les illuminations et le feu d'artifice fit oublier qu'une grande partie des chasseurs se trouvaient encore dehors. Quand enfin on se souvint d'eux, on les plaignit, mais sans se troubler; il était si bien dans leurs habitudes de braver le mauvais temps. Puis un orage ne fait pas événement à la campagne; aussi celui qui s'annonçait n'inquiéta-t-il qu'au point de vue du plaisir. Seule la comtesse se sentait alarmée. Elle laissa chacun regagner son appartement, car l'heure de la toilette était venue, et, au lieu d'aller s'habiller, elle demeura en observation à l'une des fenêtres du salon qui occupait le milieu de la façade. De cette place elle pouvait découvrir, dès qu'elle paraîtrait, la voiture qui devait ramener le comte, et elle voyait en même temps ce qui se passait dans les deux ailes du château.

Une grande mélancolie s'était subitement emparée de Marguerite, et la désolation qui frappait ses regards semblait peser sur tout son être.

L'horizon, déchiré çà et là par des éclairs, devenait de plus en plus noir; la pluie commençait à tomber en larges gouttes qui frappaient les carreaux avec un bruit lent et monotone; la pelouse disparaissait sous un tourbillon de poussière mêlée de feuilles mortes, et les arbres et les bouquets de bois qui la bordaient, n'étant plus éclairés par le soleil, formaient de som-

bres masses qu'ébranlait un vent furieux ; la rivière
avait perdu ses reflets argentés, et un frémissement de
mauvais augure troublait ses eaux. Dans le lointain,
le sourd grondement du tonnerre se faisait entendre,
et la tempête qui augmentait toujours, brisait sans pitié les dahlias des corbeilles, et ployait jusqu'à terre
les branches d'un chêne, plusieurs fois centenaire,
placé à l'extrémité de l'avenue, tout proche du château. Un livre, des journaux, un chapeau de paille oubliés sur la table et sur les chaises qu'abritait l'im-
mense ombrage du doyen de la prairie, se trouvèrent
emportés dans l'espace.

La comtesse n'eut pas le courage d'aller sonner pour
qu'on recueillît ces objets ; elle se sentait comme rivée
à la fenêtre et ne pouvait s'arracher à sa rêverie. Par
une étrange disposition d'esprit, toute sa vie de femme,
avec la rapidité de la pensée, se mit à repasser devant
elle depuis les chagrins qui avaient marqué la première
année de son mariage jusqu'aux années si douces qui
l'avaient suivie. En songeant à son bonheur, elle eut
honte de se sentir le cœur aussi mal en train, et se demanda si, avec tant de raisons pour se réjouir, il lui
était permis de se laisser abattre parce que le temps
venait déranger ses projets. Afin de secouer sa tristesse, Mme d'Engennes regarda le château qui, sans se
soucier du bouleversement extérieur, prenait un air de
fête. Déjà la salle à manger se trouvait préparée ; un
gros bouquet de roses marquait la place de sa mère, et

l'élégance du service, les fleurs qui couvraient la table
lui firent oublier le triste aspect du parc. Alors elle
pensa à la soirée, aux ordres qui lui restaient à donner ; elle pensa à l'opéra ; elle pensa à ses entrées, à ses
sorties, aux répliques qu'elle devait faire.

Tout en repassant son rôle, les yeux de Marguerite
se portèrent vers la chambre de son fils. L'enfant, qui
depuis un moment déjà considérait sa mère, lui envoya des baisers ; le cœur de la comtesse tressaillit
d'aise. « Comment est-il possible, se dit-elle, que je
puisse m'attrister quand je suis si heureuse ! J'ai un
enfant adorable, un mari si excellent que je ne puis
supporter d'en être séparée même pour quelques
heures, car, il faut bien l'avouer, c'est son absence,
et non la fête manquée, qui me cause cet accablement.
Comme il me gronderait s'il savait à quel point je m'y
abandonne ! »

En ce moment, elle vit le char-à-bancs qui montait
l'avenue au grand trot ; elle le vit tourner et arriver
devant le perron ; elle vit dans les appartements les
bougies qui changeaient de place ; chacun se disposait
à venir donner la bienvenue aux chasseurs. Alors, elle
aussi se dirigea vers l'antichambre ; mais, quoique son
inquiétude dût être dissipée, elle n'avait pas sa vivacité ordinaire, et le même poids oppressait toujours
son cœur.

La société se trouvait réunie et offrait un mélange de
toilettes de ville et de costumes de théâtre qui excitait

la plus vive gaieté. On se saluait, on se complimen-
tait, on regardait le gibier que les *piqueux* étalaient
sur la table ; on parlait chasse, pluie, opéra tout à la
fois.

Jasmin fredonnait à *Julie* :

Nous souperons ensemble...,

César, son chapeau à cornes crânement posé en travers de la tête, tout en faisant voltiger son bâton,
chantait :

Fortune, en ce monde...,
Tu fais trop pour moi...

Et la fière *Reine* se pâmait d'admiration en répé-
tant : « Il est charmant !... » Ce qu'on redisait en
chœur, car c'était le mot qui, depuis quelques jour,
avait la vogue.

Charles Joujou, dans son habit de taffetas bleu ciel,
cherchait en vain à attirer l'attention de sa *Louise,* qui
était la comtesse, car Mme d'Engennes se trouvait fort
occupée de sa caisse qui venait enfin d'arriver.

— Es-tu contente de ton costume, lui dit Georges en
paraissant tout à coup ?

— Mais, oui, une vraie toilette de jeune fille ; ma
robe est charmante.

— Et toi aussi.

Et comme ils étaient tous deux penchés vers la

caisse, M. d'Engennes effleura d'un baiser le front de sa femme.

— Quel bonheur que vous soyez rentré, dit-elle, j'étais inquiète. N'êtes-vous pas mouillé ? Avez-vous fait une belle chasse ?

— Daigne te retourner, et tu en jugeras. Mais je ne vois pas les bécassines que j'avais tuées à ton intention, La Trace les aura oubliées ; et le comte, traversant vivement l'antichambre, se dirigea vers le char-à-bancs.

— Georges, je vous en supplie, ne sortez pas, cet affreux temps me fait peur ! et Mme d'Engennes, tout en parlant, s'élança sur les pas de son mari.

En ce moment l'orage éclata dans toute sa furie, et la tourmente, redoublant de violence, remplit le château de ses hurlements sinistres. On commença à s'effrayer.

— Mesdames, transcabinettons-nous, dit *César* en ouvrant la porte du premier salon où le couvert des acteurs se trouvait mis.

Quelques femmes le suivirent, les autres demeurèrent à regarder *M. Dugravier* qui, s'essayant à son rôle de poltron, à chaque coup de tonnerre, s'agitait sur sa chaise en roulant des yeux effarés et en faisant claquer ses dents ; tandis que son valet, debout devant lui, tremblait de la façon la plus grotesque : tous deux provoquaient de tels rires que la gaieté chassait la peur.

Tout à coup un formidable éclat de tonnerre fit trembler le château jusque dans ses fondements ; alors les rires cessèrent, et les femmes effrayées jetèrent des cris d'effroi.

Mais un cri, un cri déchirant, un cri terrible domina tous ces cris et répandit la terreur. On se précipita sur le perron, et chacun demeura saisi d'épouvante. . . .

. . . .

Le comte d'Engennes venait d'être frappé par la foudre. Marguerite, folle de douleur, l'appelait en vain ; cette voix chérie ne devait plus se faire entendre.

VI

M. d'Engennes se trouvant à une assez grande distance du vieux chêne sur lequel la foudre était tombée, on espéra d'abord que le choc électrique l'avait seulement étourdi.

Le corps fut déposé sur un divan, dans le premier salon, et la mort avec son funèbre cortége de douleurs vint chasser la joie et interrompre le dîner si gaiement commencé.

Pendant qu'un piqueur courait à bride abattue cher-

cher le docteur, tout ce qui pouvait ranimer le comte
lui fut prodigué, et bientôt le vinaigre et l'éther étouf-
fèrent le parfum des fleurs.

Marguerite montrait un calme qui faisait mal à voir,
car ses traits bouleversés, ses yeux secs et ardents ac-
cusaient la lutte que son courage soutenait contre son
désespoir, et, tandis que les larmes coulaient sur les
visages amis dont la douleur protestait contre les habits
de fête, elle seule ne pouvait pleurer.

Le jour touchait à sa fin ; les bougies allumées sur la
table éclairaient d'une lueur indécise le reste de l'appartement, et les ténèbres qui commençaient à se répandre augmentaient l'horreur de cette scène de désolation ; au dehors, la tempête mugissait toujours.

Quand M. Lenfret entra, ce fut la lueur sinistre d'un
éclair qui lui fit voir le visage de Georges. Il lui tâta le
pouls, lui mit la main sur le cœur. . . . .
. . . .

L'expression de découragement qui suivit cet examen
ne laissa aucun espoir.

Marguerite, à genoux près du divan, le bras passé
sous la tête de son mari, suivait avec angoisse les mouvements du docteur. Elle comprit tout de suite l'affreuse vérité. Alors la force qui la soutenait l'abandonna ; ses yeux se fermèrent, sont front s'inclina, sa
tête tomba près de la tête de Georges. . . . .
. . . .

La mort semblait si bien avoir passé sur leurs deux

visages que Mme de Chaville épouvantée se précipita vers sa fille.

Quand on essaya de la séparer de celui qu'elle avait tant aimé, Marguerite rouvrit les yeux, se releva et refusa de s'éloigner du comte pendant qu'on le transportait dans son appartement.

Là, elle interrogea encore M. Lenfret.

— Ne vous est-il donc possible de rien essayer, lui demandait-elle ? Ne l'abandonnez pas ainsi, je vous en conjure ; faites pour lui ce que vous avez fait pour moi.

Et, les mains jointes, la pauvre femme le priait, comme elle eût prié Dieu.

Mais le docteur secoua négativement la tête, et le mot *inutile* glissa plutôt qu'il ne sortit de ses lèvres. Ces supplications le navraient, son impuissance le faisait affreusement souffrir ; puis, lui aussi, se trouvait frappé dans ses plus chères affections.

Ne pouvant plus douter de son malheur, la comtesse se fit amener son fils, et toujours avec ce calme plus horrible à voir que la plus excessive douleur :

— Guy, lui dit-elle, regarde bien ton père, afin de ne jamais l'oublier.

Elle souleva l'enfant qui embrassa le froid visage ; mais, effrayé par le contact, effrayé par l'immobilité des traits :

— Maman, maman ! Papa dort toujours, s'écria-t-il en fondant en larmes et en jetant des cris de terreur.

Alors Marguerite serra son fils contre son cœur et pleura ; les sanglots de la mère se mêlèrent à ceux de l'enfant. Mais le docteur, craignant pour le jeune comte l'effet d'une émotion aussi violente, l'ôta doucement à Mme d'Engennes dès qu'il la vit plus calme. Elle exprima bientôt la volonté de rester seule auprès de son mari ; la baronne, qui seule eût pu s'y opposer, ne l'essaya pas, car elle sentait qu'elle eût fait comme sa fille.

La nuit fut affreuse. Pendant cette veillée funèbre où la douleur de la comtesse put éclater sans témoins, ses adieux à ce mari adoré furent accompagnés de résolutions qui devinrent la règle de toute sa vie, et de promesses dont, pour l'amour de lui, elle ne s'écarta jamais.

Elle demeura jusqu'au dernier moment près de celui auquel Dieu l'avait donnée, et avec lequel elle avait vécu « unie dans un même cœur, » et ce fut seulement lorsqu'on enleva le corps pour le conduire au lieu de son dernier repos qu'elle consentit à se laisser emmener.

Marguerite reçut les caresses de son fils, les consolations de sa mère sans éprouver aucun soulagement ; elle se sentait insensible à tout. Georges pour elle était le monde, et le monde lui semblait vide, puisque Georges l'avait quitté.

VII

Mme d'Engennes, le lendemain même de la cérémonie funèbre, voulut rentrer dans l'appartement du
comte, car son affliction ne devait pas être de celles qui
fuient les souvenirs, mais de celles qui les cherchent
soigneusement.

Quand elle se retrouva dans cette chambre, où tout
parlait de celui qui n'était plus, où chacune de ses habitudes était encore vivante, le cœur de Marguerite se
brisa ; la vie et la mort se confondirent dans son esprit ;
elle fut prise d'un affreux vertige. Ce lit qui gardait
l'empreinte du corps ; cette veste, ce carnier, cette poire
à poudre jetés sur les meubles, comme il les jetait d'ordinaire au retour de la chasse ; ces habits préparés pour
la fatale soirée ; ce livre resté ouvert sur son bureau et
marqué à une page qu'il ne devait jamais finir, ce fauteuil où il s'asseyait d'habitude ; ce porte-cigares, ces
boutons de manchettes, le moindre objet lui arrachait
des gémissements de douleur. Elle le revoyait dans
tout ; tout semblait l'attendre, et pourtant elle savait
bien qu'il ne pouvait revenir.

A cette pensée, Marguerite fut saisie d'une si poignante angoisse que, pour étouffer ses sanglots, elle se

cacha le visage sur l'oreiller où s'était posée cette tête
dont les yeux n'avaient plus de regards, dont la bouche
n'avait plus de paroles, et que, cependant, elle avait
encore contemplée avec tant d'amour. Elle baisa la
place marquée sur l'oreiller; elle répéta mille et mille
fois le nom de Georges; elle lui parla comme s'il était
encore là. C'est qu'en effet Georges ne devait jamais
être un absent pour elle; c'est qu'en effet, jusqu'à sa
dernière heure, il devait vivre dans son cœur et dans
sa pensée. Elle l'avait bien vraiment aimé, car, même
pour adoucir l'horreur du présent, elle n'eût pas sacrifié un seul instant de son bonheur passé.

Cette chambre fit tout à la fois sa consolation et son
tourment. Elle prenait une satisfaction cruelle à s'y enfermer; et les objets qui plus tard devinrent pour elle
de précieuses reliques, lui causèrent longtemps une vive
souffrance. Elle leur en voulait presque, elle s'irritait
de les voir se conserver, tandis que lui, l'être aimé,
l'être adoré, l'être doué d'âme et d'intelligence, lui,
avait disparu, sans rien laisser que le souvenir. Elle eût
souhaité que tout ce qui avait appartenu à son mari se
fût anéanti le jour ou il avait cessé de vivre; et il lui
fallait songer à son fils, afin de ne pas former le même
souhait pour elle. Pendant longtemps aussi sa douleur
resta sauvage et amère; elle ne pouvait pas se permettre; elle ne pouvait plus prier.

Dans ses jours heureux, sa passion l'absorbait tout
entière; Dieu, pour la ramener à lui, la priva de ce

qu'elle avait de plus précieux ici-bas. Puis, il eut pitié de ce pauvre cœur endolori ; il jeta sur lui un regard de miséricorde, et Marguerite, attirée vers le ciel, y abrita sa douleur.

Depuis lors, elle l'endura plus courageusement, trouva la force de supporter la vie et aima encore une fois Georges dans son fils.

VIII

M.ᵐᵉ d'Engennes passa la première année de son veuvage dans une retraite absolue, uniquement absorbée par ses regrets et par ses devoirs maternels. Ce fut à peine si elle put se décider à admettre, dans de courtes et rares visites, les parents de son mari et les siens.

Le silence qui régnait à Emblimont témoignait dans quel recueillement la veuve du comte portait son deuil.

Une autre année s'écoula encore, durant laquelle Marguerite vécut entourée de sa famille et de celle de M. d'Engennes ; car tout ce qui de loin ou de près lui avait appartenu était devenu pour elle l'objet d'une prédilection particulière.

Elle employa ces deux années à se bien pénétrer des grands devoirs que l'éducation de son fils allait lui créer, et s'efforça de se mettre à la hauteur de la tâche qui lui était imposée. Elle tenait ainsi les serments qu'elle avait faits pendant cette nuit douloureuse passée auprès du corps de son mari.

Guidée par la délicatesse et la sûreté de son jugement, Mme d'Engennes sentit que le meilleur moyen de produire une salutaire impression sur l'esprit de l'enfant et d'acquérir l'empire indispensable pour le bien gouverner, devait être de lui apprendre, par son propre exemple, à pratiquer les principes qu'elle allait lui enseigner, afin que rien dans sa conduite ne vînt démentir ses paroles. Mais, trop droite pour se borner à dissimuler ses imperfections, elle chercha sérieusement à les vaincre, et parvint, peu à peu, à réprimer les petites faiblesses qui auraient pu diminuer le respect qu'elle voulait inspirer à son fils.

Ainsi, naturellement vive et passionnée dans sa manière de sentir et de s'exprimer, elle travaillait à acquérir la patience, cette grande force morale. Elle cherchait à se défaire des sympathies trop subites, résistait à ses antipathies instinctives, et arrivait ainsi à se pénétrer de cet esprit de justice qui devait la faire chérir dans son intérieur et révérer dans le monde. Car, fidèle à sa résolution de rapporter toute sa vie à l'avenir de Guy, elle lui avait sacrifié jusqu'à son goût pour la solitude, et, sans qu'Emblimont se fût remis en

fête, elle revoyait ses amis afin de les conserver à son
fils. La douce gravité de la jeune veuve, loin de répandre la froideur, semblait une séduction de plus. On
sentait bien que son âme gardait une ineffaçable empreinte de tristesse, mais cette tristesse était si douce,
si exempte d'égoïsme, qu'elle rendait Marguerite plus
aimable et plus aimante; jamais son cœur n'avait été
aussi ouvert aux douleurs ou aux joies de ceux qui lui
étaient chers. Puis, toute sa personne portait si bien
l'empreinte de ce calme que donne la paix de l'âme,
qu'on goûtait auprès d'elle une sorte de repos moral.
Pleine de grâce, d'aménité dans sa manière de recevoir, elle mettait tout de suite à l'aise; et le tour bien-
veillant qu'elle imprimait à la conversation, l'inépui-
sable indulgence qu'elle montrait pour les ridicules et
les travers, faisaient qu'on la quittait non-seulement
charmé par son accueil, mais persuadé qu'une fois la
porte fermée, sa bienveillance ne se démentirait pas.
Telle le monde la jugeait, telle était vraiment Marguerite. Elle ne posait pas, elle ne s'étudiait pas à paraître
bonne pour s'attirer l'approbation, mais la réalité répondait si bien aux apparences que c'était un véritable
bonheur de vivre auprès d'elle. Dans son intérieur ré-
gnaient à la fois la régularité et l'activité. Il est vrai de
dire qu'elle-même en donnait l'exemple par le scrupu-
leux emploi qu'elle faisait de son temps. Ses journées
se partageaient entre ses devoirs de famille, le travail,
l'étude et les pauvres qui avaient toujours accès près

d'elle. La comtesse, même quand il y avait du monde
au château, se réservait des heures de solitude pendant lesquelles de bons livres fournissaient à son esprit un aliment sain et substantiel qui lui donnait de la
force et de la souplesse. Ses pensées, en s'élargissant,
la rendaient tolérante et lui faisaient accepter toutes les
manières de voir, même les plus opposées à la sienne.
L'agrément de son salon s'en augmentait, car la discussion y était agréable et libre.

Exempte de préjugés et de superstitions, elle s'était
peu à peu défaite des petites terreurs, et, malgré sa
nature nerveuse, elle maîtrisait assez les grandes émotions pour dominer jusqu'à l'épouvante que lui causait
l'orage depuis le malheur qui l'avait frappée. Et, pour
éviter que son fils ne pût se garder de cette fâcheuse
impression, elle avait défendu qu'on lui parlât de la
mort de son père.

Vouloir, c'est pouvoir, se répétait-elle souvent en
considérant l'anneau que lui avait autrefois donné son
mari ; et, en souvenir du temps aimé, elle appuyait ses
lèvres sur le cher talisman.

Tant de dignité, de mesure, de sagesse, attirèrent
promptement à la jeune veuve l'estime générale. Aussi,
bien avant que l'enfant se trouvât en âge d'apprécier
par lui-même les vertus de sa mère, subissait-il l'influence des témoignages de considération dont il la
voyait entourée.

Guy venait d'atteindre sa septième année. C'était

un beau et gentil garçon, plein de vie et de santé, qui, à des traits réguliers rappelant ceux de son père, joignait la séduisante expression du visage de sa mère. A mesure qu'il grandissait, les dons de l'intelligence se développaient en lui ; les grâces de l'enfance se transformaient en aimables qualités, et sa nature, de plus en plus, se rapprochait de celle de Mme d'Engennes ; un cœur excellent, un esprit résolu, prompt à tout saisir ; une imagination vive qui grossissait ses peines comme ses plaisirs ; une sensibilité qui lui rendait précieuse la moindre caresse et le faisait souffrir de la plus légère réprimande ; une franchise qui le portait à tout dire, et une sincérité qui ne lui permettait de rien déguiser, tels étaient les traits les plus saillants de son caractère.

On aurait peut-être pu reprocher à Guy une certaine persistance dans ses petites volontés ; mais, comme elle n'allait pas jusqu'à l'entêtement, la comtesse l'appelait un honnête défaut ; elle espérait que, contenue dans de certaines limites, cette persistance se convertirait en fermeté de caractère, et son fils, appelé fort jeune à se gouverner lui-même, en avait plus besoin qu'aucun autre.

L'enfant aimait sa mère avec passion. Il faisait les plus grands efforts pour lui plaire, ne craignait rien tant que de la mécontenter, et, quoique naturellement étourdi et passablement mutin, il parvenait cependant à prendre sur lui afin de mériter ses éloges. Il avait

pour elle les plus gentilles prévenances accompagnées
des plus tendres caresses, il modérait ses rires quand
il la voyait triste, quittait ses jeux, sautait sur ses genoux, l'embrassait et essayait de la distraire. Il cherchait le plus possible à rester auprès d'elle, et tenait
surtout à l'accompagner dans ses promenades, car sa
grand'mère lui ayant dit : « Il faut bien aimer ta mère
et être son soutien, » dans ses petites idées il se croyait
déjà en état de la protéger.

Marguerite jouissait avec délices de cette tendre affection qui la faisait revivre ; elle sentait que Dieu bénissait ses efforts, et elle le remerciait de placer pour
elle la consolation auprès des larmes. Cependant elle
ne gâtait pas son fils, voyait fort bien ses défauts, travaillait à l'en corriger, l'habituait à la soumission, lui
rendait l'esprit patient, et l'empêchait de se livrer à la
fougue du premier mouvement. Elle veillait à ce que sa
sensibilité ne dégénérât pas en humeur susceptible,
tempérait son orgueil et le défendait contre la vanité.
Néanmoins, prudente jusque dans sa vigilance, elle ne
le fatiguait pas d'observations, le laissait un peu à lui-
même, ne le reprenait jamais qu'en particulier, afin de
ménager son amour-propre ; lui permettait en toute
liberté de développer ses idées, l'accoutumait ainsi à la
confiance, et arrivait par là à le bien connaître, ce qui
devait l'aider à le mieux diriger.

Marguerite s'était habituée à passer chaque jour plusieurs heures dans l'appartement qui avait été celui de

son mari ; mais, comme elle tenait à ce qu'aucune terreur ne pût s'y rattacher, l'antichambre qui le précé-
dait se trouvait rempli de fleurs, et la chambre elle-
même, quoique religieusement conservée, présentait
un aspect riant. L'air et la lumière y entraient à l'aise,
et rien de lugubre n'en éloignait.

Dans cette chère solitude toute remplie des parfums
du passé, la jeune veuve retrempait son âme et reprenait des forces. Si elle y arrivait avec des soucis et des
contrariétés, après s'y être recueillie, elle en sortait
toujours plus calme, et, si elle avait un résolution à
prendre, il lui semblait que là elle se trouvait mieux
inspirée. Tous ceux qui l'entouraient savaient que c'é-
tait son lieu de prédilection, et quand Guy disait à sa
mère : « Voulez-vous me permettre d'aller vous voir
quand vous serez chez mon père, » il était certain de
recevoir un bon baiser. Et la comtesse avait toujours
un sourire pour le serviteur qui offrait de porter tel ou
tel objet à Mme la comtesse quand elle serait dans la
chambre de M. le comte.

Tout ce qui lui rappelait Georges, tout ce qui l'associait de nouveau à sa vie, ne fût-ce que pour un instant,
lui causait un bonheur, — douloureux, il est vrai, —
mais dont, malgré cela, elle n'était pas moins avide,
et qu'elle n'eût pas donné pour toutes les joies du
monde.

L'amertume des regrets commençait à diminuer et
faisait place à ce sentiment plein de douceur qui s'at-

5

tache au souvenir de l'être aimé, surtout lorsque,
comme Marguerite, on continue à vivre avec lui en
dépit de la mort.

Chaque dimanche, régulièrement, son fils venait la
trouver pendant qu'elle était dans cette chambre. Ils
reprenaient ensemble la semaine, elle lui rappelait les
petites fautes qu'il avait commises, elle lui donnait les
conseils qui pouvaient l'aider à s'en corriger, et lui
lisait ensuite l'évangile du jour, car elle voulait en faire
non-seulement un honnête homme, mais un chrétien.

La comtesse avait d'abord commencé par mener
Guy faire le dimanche matin une simple prière à la
chapelle, se refusant, malgré l'insistance qu'il y mettait, à lui permettre de demeurer pendant la messe.
Elle excitait ainsi son désir, tandis qu'en y cédant trop
vite ou en l'y obligeant trop tôt, elle eût craint que
d'aller à l'église ne devînt promptement une corvée,
et que, par ennui, il ne troublât l'attention générale.

L'enfant sollicita donc longtemps cette permission ;
Marguerite y mit de sérieuses conditions de sagesse ;
quand il les eut remplies, elle céda. Le jeune comte
s'en montra tout glorieux, et ce ne fut pas un moindre
contentement pour sa mère de le voir suivre l'office et
prier près d'elle d'un petit air vraiment recueilli. Mais
ce dont elle s'attacha à le pénétrer par-dessus tout,
c'est que la prière doit rendre meilleur. Aussi, à partir
du jour où, pour la première fois, son fils entendit la

messe, elle commença à le mener visiter les pauvres,
voulant de bonne heure lui apprendre à donner, et
voulant lui faire comprendre que ceux qui sont dans
l'abondance doivent leurs secours et leurs consolations
à ceux qui sont dans le besoin. Loin de lui cacher qu'il
serait riche un jour, elle lui en parlait souvent, en vue
du bien qu'il se trouvait appelé à faire, n'omettant pas
de lui rappeler, souvent aussi, que la richesse était
un prêt, et qu'un jour Dieu lui en demanderait
compte.

Mme d'Engennes, dont cet enfant chéri faisait toute
la vie, ne l'élevait cependant d'une manière ni molle,
ni efféminée. Elle l'habituait à se lever de grand matin, le pliait peu à peu au travail, l'accoutumait à
faire beaucoup d'exercice et à sortir par tous les
temps.

Guy montait déjà fort bien, sans la moindre peur,
un petit poney du pays de Galles, vif et têtu comme
le sont en général ses pareils, et il faisait à côté de sa
mère, dans la campagne, des courses qui étaient un de
ses plus grands plaisirs. Mais souvent la pauvre Marguerite, tout en souriant au babil de son fils, sentait son
cœur se remplir de tristesse, car elle avait fait autrefois
les mêmes promenades avec son mari, et le site qu'ils
avaient admiré ensemble, l'arbre sous lequel ils s'é-
taient arrêtés, le pont dont le passage avait effrayé son
cheval, la pierre devant laquelle il avait fait un écart
ravivaient en elle une foule de souvenirs. Elle revoyait

l'ami regretté, elle se rappelait tant de bonnes heures où ils avaient augmenté leur félicité présente en faisant de doux projets d'avenir. Elle se rappelait avec quelle sollicitude il veillait sur elle, avec quelle bonté il calmait ses frayeurs ; elle croyait encore entendre la voix aimée et se taisait pour la mieux écouter.

Dans de pareils instants, elle avait peine à retenir ses larmes, et cessait de répondre aux questions de l'enfant qui n'en continuait pas moins à lui demander le pourquoi de toutes choses.

— Maman, finissait-il par dire, voilà encore que tu penses ! Eh bien ! pense que je t'aime et ne sois plus triste.

La comtesse faisait alors rentrer le passé dans le trésor de son cœur; elle tendait la main à Guy qui la baisait et lui demandait de prendre le galop, espérant ainsi la distraire et la ramener à lui; car, lorsqu'elle devenait triste, il savait bien que c'était à son père qu'elle songeait.

IX

Quand son mari vivait, Mme d'Engennes, obligée de recevoir et d'aller dans le monde, afin d'éviter que son fils en souffrît, avait placé auprès de lui une gouvernante digne de toute sa confiance. Depuis six ans, elle s'occupait de Guy et commençait à le faire étudier.

Miss Clarisse Watson, née à Londres, mais ayant passé la plus grande partie de sa vie à Paris et à Berlin, parlait le français et l'allemand comme sa propre langue, ce qui avait contribué à fixer le choix de la comtesse.

C'était une excellente fille que la profondeur de ses pensées n'absorbait pas, mais qui avait un aimable caractère, de la bonté, de la douceur, une grande réserve et un grand comme il faut dans la tenue.

Elle avait été jolie autrefois ; maintenant sa blonde et rose beauté s'était effacée, comme s'effacerait un pastel sur lequel on aurait oublié de mettre un verre. Pour beaucoup de femmes, le verre qui défend et garde leur beauté, c'est le bonheur ; et la vie de la pauvre miss avait été fort éprouvée. Il lui restait de jolis yeux,

promettant plus que son esprit ne pouvait tenir, des
traits délicats qui lui donnaient un air mélancolique et
de la distinction dans la tournure. Le seul travers de
miss Watson était de se croire appelée à faire naître
une passion, et quoique ce mari tant rêvé ne se fût jamais présenté, elle l'attendait toujours.

Quand elle se trouvait admise dans l'intérieur de la
comtesse, son cœur lui tenait lieu d'esprit. Possédant
au plus haut degré le don des prévenances et celui des
bonnes paroles, elle savait se rendre agréable et se
faire désirer. Marguerite l'avait d'abord aimée parce
qu'elle aimait son fils, puis, à la mort du comte, la
gouvernante avait si vraiment partagé la douleur de la
famille et montré tant de dévouement que Mme d'Engennes l'avait aimée pour elle-même et s'y était sincèrement attachée.

Grâce aux bonnes leçons de miss Clarisse, le jeune
comte parlait déjà facilement l'anglais et l'allemand,
de plus, il avait commencé le latin avec le docteur.
Mais, M. Lenfret, usant de sa franchise habituelle, lui
reprochait de n'y mordre que du bout des dents. Aussi
la comtesse, jugeant que le moment était venu de faire
travailler son fils d'une manière sérieuse, écrivit à l'ancien proviseur du collège où son mari avait été élevé,
en le priant de la diriger dans le choix d'un précepteur. Afin d'appeler toute son attention sur le service
qu'elle lui demandait, Marguerite exposa nettement sa
manière de penser. Elle lui dit qu'elle souhaitait d'au-

tant plus rencontrer un homme digne d'estime, que le
futur maître de son fils ne serait pas, ainsi qu'elle l'avait
trop souvent vu, traité légèrement comme un person-
nage secondaire, mais bien comme un membre de la
famille. Elle ajoutait qu'en agissant ainsi, elle obéirait
à ce qui lui avait toujours semblé de la plus stricte con-
venance, et fixerait immédiatement les idées de l'enfant
qui ne serait pas tenté de regarder celui qui devait contribuer à lui former l'esprit et le jugement comme tenant le milieu entre les serviteurs et les maîtres. Il ap-
prendrait tout d'abord à considérer son précepteur et
comprendrait qu'après sa mère et sa grand'mère, c'é-
tait à lui qu'il devait le plus de soumission et de respect.
Mais, pour atteindre le but qu'elle se proposait, il fallait
que la personne méritât, par ses qualités et son caractère honorable, la position qu'elle voulait lui donner.

Deux mois après, M. Fulgence Fromentin, qui avait
été précédé par les plus sérieuses recommandations,
fut présenté à la comtesse et agréé par elle.

M. Fulgence Fromentin, auquel on eût été fort embarrassé d'assigner un âge, avait en réalité trente-cinq
ans. Il était long, mince, pâle, son front commençait à
se dégarnir, ses traits ne présentaient rien de saillant
ni en bien, ni en mal, et son premier abord était froid
et sévère. Mais, dès qu'il se sentait à l'aise, sa physionomie s'adoucissait, son regard s'éclairait, ses manières
perdaient cette raideur qui le faisait se mouvoir tout
d'une pièce, il cessait de regarder le plafond ou la

pointe de ses souliers, et sa conversation, à la fois
amusante et variée, intéressait sans rappeler le professeur.

C'était un homme de science et d'étude, mais il savait mêler l'agréable à l'utile; il avait le goût fin en
littérature, aimait la musique, jugeait bien un tableau,
et faisait même, à ses instants perdus, de jolies aqua-
relles.

M. Fromentin demeura néanmoins quelque temps
sans laisser voir tout ce qu'il valait. Il se tenait sur la
réserve, observait et semblait s'étudier à tenir, dans
le château, le moins de place possible. Le plus léger
incident lui fournissait un prétexte pour quitter le
salon, et, dès que son élève avait dit bonsoir, il se retirait aussi et remontait dans sa chambre à laquelle il
semblait trouver un attrait tout particulier.

La réserve du précepteur fut prise pour un excès
de timidité, et la comtesse l'appelait, tout bas, mademoiselle Fromentin, de concert avec miss Clarisse; car
Mme d'Engennes, autant par affection que par conve-
nance, avait conservé près d'elle l'ancienne gouvernante de son fils. La baronne n'était pas toujours à
Emblimont, et, en sus du plaisir qu'éprouvait Marguerite à garder une personne d'une compagnie douce et
sûre, elle devait encore lui épargner l'embarras d'un
tête-à-tête.

Peu à peu cependant M. Fromentin se mettait en
confiance. Son élève lui plaisait et l'attachait chaque

jour davantage, car, à la place de l'enfant gâté qu'il
redoutait, il avait trouvé un enfant rempli des meilleures dispositions et ayant un fond bien préparé. Il
lui était aisé de reconnaître qu'une tendresse éclairée
avait formé ce jeune cœur et veillé au développement
de cette jeune intelligence; aussi le caractère de
Mme d'Engennes lui inspira-t-il bientôt la plus haute
estime et la plus respectueuse sympathie. Cette femme,
si jeune encore, qui, par le travail et la réflexion, s'é-
tait mûri le jugement, sans rien perdre de son charme
et de sa grâce, et qui, toute seule, par amour pour son
fils, avait tellement acquis, l'intéressait vivement. Il
l'admirait d'autant plus que la comtesse ayant insisté
pour que le précepteur de son fils eût des principes
religieux bien arrêtés, M. Fromentin avait, un instant,
craint de rencontrer une de ces dévotes impérieuses,
aux exigences de laquelle il lui eût été impossible de
se plier, car ses bonnes qualités n'excluaient pas une
grande indépendance de caractère. Mais, à sa vive
satisfaction, il avait trouvé l'opposé d'une pareille
femme dans Mme d'Engennes qui, tout en sachant lier,
ne faisait pas sentir le poids de la chaîne, tant sa dévotion était pleine d'attrait et tout aimable. Régulière
et exemplaire, elle accomplissait ses devoirs religieux
sans bruit, comme elle faisait l'aumône, et, loin de se
montrer rigide pour les autres, la douceur de son regard était si bien celle de son cœur que, réservant pour
elle toute sa sévérité, elle ne la laissait jamais monter

5.

jusqu'à ses lèvres, et quand il lui fallait reprendre,
c'était toujours avec les plus grands ménagements.
Les jours de maigre, sa table se trouvait servie de manière à ce que chacun fît suivant sa conscience ou sa
santé. Elle évitait alors d'embarrasser par ses regards,
car sa piété intelligente non-seulement rendait sa tendresse pour les siens plus vive et mieux entendue, mais
la faisait encore vraiment bonne pour son prochain.
Aussi n'encourageait-elle en aucun cas la médisance,
et quand elle était obligée de la supporter, elle trouvait toujours une excuse en faveur de celui ou de celle
qui en était l'objet. Quant à ses amis, elle ne permettait, sous nul prétexte, qu'on les attaquât devant elle,
et si on persistait à le faire, elle les défendait sans
passion, mais avec tout son cœur.

M. Fromentin avait promptement apprécié l'appui
intelligent que lui prêterait une telle mère, et, en même
temps, il s'était rendu compte du plan d'éducation tracé
par elle pour son fils : peu de morale et beaucoup
d'exemples. Il se mit donc à la seconder avec zèle,
heureux qu'il était de se voir dans un milieu où sa raison, son intelligence et ses sentiments recevaient toutes
les satisfactions désirables. Il ne se rencontrait là ni
petites jalousies, ni mesquineries, ni rivalité de pouvoirs. Ce qu'il disait était bien dit, ce qu'il faisait était
bien fait. Il était libre de punir, libre de récompenser;
ses décisions avaient force de loi; car, de son côté, la
comtesse, sans connaître encore parfaitement le pré-

cepteur de son fils, appréciait néanmoins sa grande
rectitude de jugement, sa grande droiture et sa grande
ponctualité. Elle avait vu aussi qu'il comprenait à fond
le caractère de Guy, et avait la douceur et la fermeté
nécessaires pour le bien conduire. C'était donc sans
hésitation qu'elle lui avait confié ses pouvoirs.

L'enfant, comme tous les enfants du monde, commença par essayer jusqu'où il pourrait aller ; mais il
rencontra immédiatement une résistance qui le força à
réfléchir et lui prouva la nécessité de se soumettre. Il
le fit avec d'autant plus de bonne grâce que, l'étude
finie, M. Fromentin devenait l'ami Fulgence, et que
son humeur gaie, libre et franche lui plaisait infiniment.

Le jeune comte, entre sa mère, son précepteur et
son ancienne gouvernante, passait l'enfance la plus
heureuse.

X

Tout en ne faisant qu'un travail proportionné à son
âge, et sans dévorer la science, Guy acquérait néanmoins d'une manière sensible tant par la bonne direc-

tion de ses études que par la conversation intéressante
qui se tenait autour de lui, et naturellement dévelop-
pait son intelligence.

Mme d'Engennes désirait par-dessus tout qu'on ne
raillât pas le soir et qu'on ne tournât pas en ridicule
devant son fils les choses que le matin on lui enseignait
à respecter. Elle trouvait que ces moqueries font aux
enfants plus de mal qu'on ne le pense ; qu'elles leur
restent dans l'esprit et l'embarrassent ; qu'ils peuvent
les oublier pour un moment, mais s'en souviennent
toujours mal à propos, et qu'avant que leur raison soit
assez formée pour apprécier ce qui est à croire ou à
rejeter, il faut soigneusement ménager leur jeune imagination et ne l'arrêter que sur des choses bonnes ou
fructueuses, afin que la réflexion ne les porte pas à
hésiter entre le bien et le mal, et qu'ils ne croient pas
qu'il y a deux morales : l'une pour les parents, l'autre
pour les enfants.

Il entrait également dans le plan d'éducation de la
comtesse de rendre son intérieur aussi agréable que
possible à son fils ; aussi cherchait-elle déjà à faire
qu'il se plût au salon et qu'il regardât l'heure du soir,
celle qui réunit la famille, comme la plus aimable de
la journée.

L'été, elle l'entourait de compagnons de son âge. Un
salon leur était abandonné, et ils y prenaient leurs ébats,
tantôt sous le regard indulgent de l'ami Fulgence, tantôt sous la surveillance maternelle de miss Clarisse.

L'hiver, quand la saison des visites était passée, Marguerite, après le dîner, s'occupait elle-même de son fils, s'associait à ses jeux ou lui expliquait des gravures.

Parmi les nombreux recueils à l'usage de Guy, il y avait un album de voyages qui était son privilégié, parce que M. Fromentin en tirait d'inépuisables récits. L'enfant les écoutait avec une attention soutenue et y trouvait à la fois amusement et instruction. Le précepteur contait si bien que, tout en faisant sa tapisserie, Mᵐᵉ d'Engennes ne perdait pas un mot de ce qu'il disait.

Le jeudi et le dimanche, le jeune comte avait la permission de veiller plus tard que de coutume. C'étaient des jours de fête pour lui et pour sa mère qui le voyait avec joie contracter de douces habitudes. Car, malgré sa turbulence, Guy savait déjà garder pour le matin ses jeux à grand tapage, et les bons soirs, comme il les appelait, il venait de lui-même se mettre tranquillement sur le canapé, auprès de sa mère. Il apportait son papier, sa boîte à couleurs, et faisait des enluminures et des cartonnages.

Pendant ce temps, l'ami Fulgence contait un vrai conte et pouvait, l'heure ne pressant pas, se livrer aux fantaisies de son imagination, ou miss Clarisse se mettait au piano.

Alors, de temps à autre, la mère et le fils causaient à voix basse, et quand la neige tombait, quand la bise

soufflait avec violence, quand l'éclat argenté de la lune
faisait briller la dentelle que la gelée étendait sur les
vitres, la comtesse, en voyant un bon feu pétiller dans
l'âtre, en sentant la douce chaleur de son confortable
salon, songeait à ceux qui se trouvaient sans abri et
elle y faisait penser son fils et lui disait de remercier
Dieu, qui lui permettait d'empêcher qu'à Emblimont,
du moins, aucun paysan ne souffrît du froid. Cette
pensée consolante rendait leur bonheur meilleur, et
Marguerite s'y abandonnait tout en écoutant avec plaisir la musique, car miss Clarisse non-seulement jouait
bien du piano, mais elle avait encore une voix agréable. Quelquefois, M. Fromentin l'accompagnait sur son
violon ; alors, du léger on passait au grave. L'oreille du
jeune comte s'habituait ainsi à la musique sérieuse,
qu'il écoutait d'autant plus volontiers que sa mère ne
lui en faisait jamais une obligation.

Le talent de miss Clarisse s'était perfectionné pendant son séjour en Allemagne, puis son extrême délicatesse nerveuse la prédisposait à sentir vivement
l'harmonie, aussi exprimait-elle avec un goût infini
les moindres nuances. Mais la musique, tout en la ber-
çant agréablement, tout en la faisant rêver, amollissait
son cœur et ne tarda pas à l'envelopper dans les nuages
du sentiment, et, comme de temps à autre le précepteur lui jetait un regard à la dérobée, soit pour accélé-
rer, soit pour ralentir la mesure, elle crut y lire que
cette fois son espérance ne serait pas une chimère.

Lors de l'arrivée de M. Fromentin à Emblimont, miss Clarisse, prenant en pitié l'embarras qu'il éprouvait, fut portée de cœur à le diminuer par ses prévenances, ce qui établit bientôt entre eux une sorte d'intimité. Ils causèrent de leur passé, du présent, des goûts de la comtesse, des habitudes du château, et elle reçut en échange des politesses et des attentions fort naturelles. Mais cependant elle ne tarda pas à leur prêter un sens plus particulier, et les soirées musicales ne firent qu'ajouter à son illusion.

Ce fut alors à son tour à devenir timide. Elle eut des embarras, des troubles, des rougeurs, des pâleurs qui n'échappèrent pas à la comtesse et lui auraient donné à rire si elle eût été moins bonne, et si sa prévoyance ne lui eût fait redouter la déception qui attendait la pauvre miss.

Il était aisé de voir que le précepteur n'y entendait pas malice et n'avait nulle conscience des ravages qu'il exerçait; aussi restait-il exactement le même, entretenant ainsi, sans le vouloir, des espérances qu'il était à mille lieues de soupçonner. Evidemment, il ne pensait pas un mot de plus qu'il ne disait, et miss Clarisse lui faisait tout simplement l'effet d'une bonne et aimable vieille fille, sans conséquence, car elle touchait à la quarantaine, si elle ne l'avait passée. Mais la question d'âge ne comptait pas pour la sentimentale Anglaise; son cœur tout seul s'était chargé de marquer ses années, et il avait toujours vingt ans. D'ailleurs, elle connaissait ses auteurs, et Balzac n'a-t-il pas décrit quelque part la passion inspirée par une femme de soixante ans. Puis, elle avait lu *la Femme de quarante ans* : elle se trouvait très-satisfaite de la part que la galanterie de Charles de Bernard fait à cet âge si redouté, et elle pensait, non sans complaisance, que supérieure à son héroïne, tout en ayant été jolie, tout en ayant été admirée, elle n'avait cependant donné à personne le droit de considérer telle ou telle étoile en souvenir de ses faveurs.

La musique acheva donc de lui tourner la tête. Chaque regard ajoutait à ses illusions, et elle attendait impatiemment la bonne parole qui devait mettre le comble à son bonheur. Hélas ! elle attendit vainement. Non-seulement la bonne parole ne vint pas, mais un jour où le hasard avait amené la conversation sur le mariage, M. Fromentin, le plus tranquillement du monde, déclara ne s'être jamais permis d'y songer, tant il se rendait la justice qu'il serait un détestable mari. Miss Clarisse, croyant qu'il avait besoin d'encouragement, lui jeta un timide regard ; mais lui, qui ne s'en aperçut pas, acheva de remplir la coupe d'amertume. « De tout temps, ajouta-t-il gaiement, le mariage m'a fait peur, et plus je prends d'années, plus je sens augmenter mon effroi. » Sa figure, en prononçant les paroles qui réduisaient à néant les espérances de la pauvre Anglaise, était si honnête, si candide ; il avait si peu l'air d'un séducteur qui porte un défi à sa victime, que miss Watson fut obligée de reconnaître qu'elle avait pris de la politesse et un commencement de bonne amitié pour du sentiment.

Le cœur lui saigna ; mais, comme elle était honnête et courageuse, elle étouffa sa douleur, prit son parti, abandonna son roman, dit adieu au mariage, et se donna tout entière à Mme d'Engennes et aux siens.

— Je vous fais mon compliment, madame la comtesse, dit quelque temps après le docteur à Marguerite un matin, où, après le déjeuner, il se promenait avec elle, vous aviez une malade gravement atteinte, et je vois avec plaisir que la crise est passée ; l'accès de fièvre brûlante est tombé de lui-même.

— Comment ? De qui voulez-vous parler, docteur ?

— De la meilleure fille du monde que je voyais avec peine maigrir, s'allonger, se vaporiser, se noyer enfin dans les brumes d'une passion imaginaire. Grâces à Dieu, elle mange de nouveau, elle parle, elle rit, ses regards sont redescendus vers la terre ; la voilà enfin rendue à la raison. Je vous en félicite, car si le héros de ce poème inédit se fût aperçu du rôle qu'on lui faisait jouer, sa position eût été fort embarrassante, et cette idylle, dont il n'eût pas accepté d'être le berger, aurait pu troubler votre paix intérieure.

— Je l'ai craint aussi. Mais voilà que tout est fini, bien fini, et sauf vos yeux de lynx, les autres yeux n'ont heureusement rien vu. La pauvre miss serait inconsolable, si elle pouvait se douter que son secret a été dé-

couvert; laissons-lui donc croire que son amour a pu
naître et mourir sans qu'aucun de nous ait soupçonné
son existence.

XI

Si Marguerite n'eût consulté que ses goûts, elle n'aurait jamais quitté Emblimont. Mais, lorsque Guy entra
dans sa quinzième année, la baronne crut devoir faire
sentir à sa fille que ce ne serait pas en demeurant à la
campagne que le jeune comte pourrait achever conve-
nablement ses études. Mme d'Engennes le comprit, et il
fut convenu que, désormais, la famille irait passer
l'hiver à Paris.

Dix années s'étaient écoulées depuis la mort du
comte, et sa veuve n'avait encore pu se décider à venir
habiter, sans lui, la demeure où ensemble ils avaient
été si heureux. Que de souvenirs et de regrets se ravi-
vèrent pour elle en revoyant la rue Saint-Dominique!
Comme son cœur battait en rentrant dans la cour de
l'hôtel; comme il l'étouffait en descendant de voiture !
Elle appréhendait si fort ce premier moment de l'arrivée, qu'elle eût voulu être au lendemain, afin que ce

pénible instant fût déjà un peu loin d'elle. Mais le vestibule bien éclairé, rempli de fleurs et remis à neuf, la
surprit presque agréablement. Puis, au lieu de trouver
à l'intérieur cet air de tristesse qui s'attache aux habi-
tations longtemps abandonnées, au lieu de respirer cette
odeur de moisi qui, d'ordinaire, se dégage des meubles
et des tentures, la comtesse éprouva ce sentiment de
bien-être que provoque la vue d'un luxe bien entendu.
Sauf l'appartement du comte, Mme de Chaville, avec un
goût parfait, avait renouvelé le mobilier de l'hôtel :
c'était son souhait de bienvenue. La baronne pressentait tous les déchirements qui allaient se raviver dans
l'âme de sa fille, et elle avait voulu les adoucir par
cette preuve de sa tendresse. Marguerite en était vivement touchée, elle ne se lassait pas d'admirer, de remercier. Le satin cramoisi qui recouvrait les meubles
et la tenture avait précisément la teinte qui lui plaisait ; les vases de Chine et les jardinières contenaient
les plantes qu'elle préférait ; la serre qui faisait suite
aux salons était un vrai bouquet de camélias ; et, dans
la volière, sautillaient de jolis oiseaux que la lumière
avait éveillés ; un magnifique piano à queue, d'Erard,
figurait au milieu du grand salon, et une quantité d'ouvrages nouveaux encombraient la table du boudoir ;
aucun de ses goûts n'avait été oublié.

Guy, à son tour, fut ravi de sa chambre et de son
cabinet de travail ; miss Clarisse et M. Fromentin eu-
rent aussi à remercier. Chacun ayant sa part de joie,

ce fut une douce soirée pour toute la famille, une de ces soirées qui marquent dans la vie et qu'on n'oublie pas.

Le lendemain, à son réveil, la comtesse put encore mieux apprécier à quel point sa mère l'avait gâtée. Après un examen détaillé de sa délicieuse chambre, elle s'approcha de la fenêtre afin de revoir son beau jardin.

La matinée, froide et brumeuse comme le sont si souvent les matinées d'hiver à Paris, commençait à s'éclaircir; le soleil venait enfin de percer les nuages, et ses pâles rayons, se glissant sous le couvert de marronniers qui était au fond du jardin, semblaient vouloir réchauffer les vieux centenaires dépouillés de leurs feuilles. Marguerite, perdue dans une vague rêverie, considérait tristement ces belles allées où tant de fois elle s'était promenée avec son mari. Rien, depuis lors, n'avait été changé. Le parterre gardait toujours ses compartiments entourés de buis; Vénus et Apollon avaient été respectés par le temps; le jet d'eau laissait avec la même grâce retomber dans le bassin sa pluie argentée; à droite et à gauche de la terrasse, sur laquelle descendait le perron, se voyaient les mêmes bosquets de lilas; seulement ils avaient grandi. Mais ses yeux ayant par hasard rencontré le banc de pierre qu'ils abritaient, tout un monde de pensées s'éveilla soudain dans son esprit, et le passé se ranima pour elle. C'était sur ce banc que tous deux, par les belles

matinées de printemps, venaient s'asseoir, après le déjeuner, et décidaient l'emploi de leur journée ; c'était
là que, le soir, ils venaient attendre que la voiture fût
prête pour la promenade, et Georges s'amusait à voir
son fils prendre ses joyeux ébats. C'était encore là
qu'une après-dînée de mai, il était venu lui dire qu'il
fallait s'habiller et dîner en hâte, afin d'aller ensuite
entendre *les Huguenots*, son opéra de prédilection. Le
contentement que lui avait causé cette surprise, elle le
ressentait encore, et, jusqu'à sa toilette, les moindres
détails de cette soirée lui revenaient à la mémoire. Elle
se revoyait dans sa loge, auprès de son mari, et non-
seulement les visites qu'elle avait reçues, mais des visages indifférents, auxquels depuis lors elle n'avait jamais songé, lui passaient devant les yeux. Elle se
rappelait l'entrée de Nourrit et de Mlle Falcon; elle entendait les bravos frénétiques de ce public qui les ido-
lâtrait. Puis tout se taisait, et le souvenir de cette
musique, si pleine de passion et de grandeur, la pénétrait des plus douces émotions. Dans quel ravissement
l'avait jeté ce grand duo ! Comme la note vraie de ce
je t'aime, éternelle mélodie de l'amour, avait profondément remué son cœur! Quel bonheur de l'entendre
près de l'être adoré, de lui serrer furtivement la main,
de sentir sa tendresse répondre à la vôtre ! Toute cette
joie avait été la sienne, et elle lui demeurait si présente
qu'elle lui semblait d'hier; pourtant, bien des années
de tristesse et de solitude s'étaient écoulées depuis

cette soirée! Elle était jeune alors; maintenant, le chagrin l'avait prématurément vieillie; son visage était
demeuré aussi pâle qu'au moment où le malheur l'avait
frappée, et, quoiqu'elle eût à peine trente-quatre ans,
des cheveux blancs se mêlaient à ses belles boucles.

Le cœur plein à déborder, Mme d'Engennes quitta la
fenêtre et s'avança rapidement vers une porte placée
au pied de son lit; puis, tout d'un coup, elle s'arrêta
comme partagée entre le désir et la crainte; sa main,
déjà posée sur le bouton, hésitait à le tourner. Quand
la porte fut enfin ouverte, elle resta un instant sur le
seuil et considéra douloureusement la chambre de son
mari. C'était tout ensemble un revoir et un adieu à son
bonheur d'autrefois, qui lui fendit l'âme, et ses larmes,
pour être silencieuses, n'en furent pas moins amères.
Cependant peu à peu sa pensée l'emporta vers les ho-
rizons lointains, et, en sentant que cette chère mémoire
lui était toujours aussi précieuse, elle éprouva une
sorte de consolation; et ce fut avec un élan de tendresse infinie qu'elle songea au jour où, dans la vie
suprême, son amour refleurirait.

Un baiser de son fils vint l'arracher à sa rêverie. Guy
l'entraîna dans le jardin. Ils furent alors deux à se souvenir de celui qui n'était plus.

XII

Le jeune comte, sans négliger ses études, s'occupait de musique et de peinture avec les meilleurs maîtres. Il recevait leurs leçons non pas en élève qui travaille parce qu'il y est obligé, mais avec ce goût, avec cet amour de l'art qui semblait faire partie de sa nature, et que son éducation avait encore développé. Son père s'était plu à rassembler à Emblimont une remarquable collection de statues, de tableaux et d'objets d'art. Guy, depuis son enfance, avait l'œil accoutumé aux belles choses, comme il avait l'oreille habituée à la bonne musique ; aussi le travail était-il pour lui un passe-temps et non un effort.

Marguerite, après sa longue absence, se serait retrouvée à Paris comme une étrangère si sa famille et celle de son mari ne se fussent empressées autour d'elle. Puis, peu à peu, les anciens amis lui revinrent, et chaque soir, comme elle sortait rarement, elle réunissait quelques intimes. La même grâce qui rendait la comtesse si charmante à Emblimont la fit bientôt rechercher à Paris où son salon ne tarda pas à être cité comme rassemblant un cercle choisi. Vers la

fin de l'hiver, quelques artistes célèbres, quelques
littérateurs en renom demandèrent à lui être présentés et furent dignement appréciés par cette réunion
d'élite.

Cependant, dès son arrivée, Mme d'Engennes avait
été frappée du changement survenu dans la bonne
compagnie, et la Révolution, qui avait passé sur la
France, lui semblait aussi avoir passé sur ce qu'on
appelle le monde.

Quand elle avait quitté Paris, en 184., on se réunissait encore, non pour montrer uniquement ce que chacun, plus ou moins, pouvait étaler de luxe, mais pour
causer. Un drame de Victor Hugo, un nouveau roman
de Mme Sand, un proverbe d'Alfred de Musset passionnaient la société. Le pour et le contre se disputaient
avec chaleur ; la querelle entre les classiques et les ro-
mantiques éclatait à tout propos. Les femmes savaient être élégantes sans viser à l'excentricité ; les
jeunes étaient plus timides, et celles d'un certain âge
parlaient moins haut. Il y avait, en général, plus de
retenue, et cette retenue, Marguerite s'étonnait tant de
ne pas la retrouver que, bien bas et seulement vis-à-
vis d'elle-même, car elle était charitable, elle ne pouvait s'empêcher de se dire : le comme il faut s'en va.
Les clubs aussi n'occupaient pas autant les hommes
qui ne s'empressaient pas de disparaître à l'anglaise,
dès que le dîner était terminé, afin d'aller aux nouvelles ; mais les habitués du salon, — car chaque salon

avait alors ses habitués, — les apportaient, et elles contribuaient à défrayer la soirée.

Mᵐᵉ d'Engennes chercha donc à faire revivre ce temps qu'elle s'était tout de suite prise à regretter. Elle eut des dîners où elle réunissait avec un tact exquis les personnes dont la manière de voir se rapprochait, ou celles qui, tout en ayant des opinions différentes, savaient discuter à armes courtoises. Mais elle éloignait ou discontinuait ses invitations aux convives qui s'empressaient de s'éclipser sitôt le dîner terminé. Comme la composition de son salon était des mieux faites pour attirer, que les femmes y étaient charmantes et les hommes distingués, que la conversation y était non-seulement aimable, mais remplie d'intérêt, les gens d'esprit, qui avaient leur franc parler et qui étaient fort goûtés, se sentirent si promptement à l'aise qu'ils ne tardèrent pas à trouver qu'une soirée passée en si bonne compagnie valait mieux qu'une soirée passée au club.

Marguerite, tout en sachant écouter aussi bien que femme au monde, et tout en aidant aux opinions à se faire jour, ne craignait ni d'émettre les siennes, ni de les défendre quand elles se trouvaient attaquées : le tout avec cette réserve de bon goût qui ne permet à une femme d'user de sa science que pour comprendre celle des autres.

M. Fromentin, quoique fort modeste, en personne de mérite qu'il était, tenait sa place à merveille, et les

6

plus grands personnages aimaient à s'entretenir avec
lui. Il s'abstenait rarement de passer la soirée au salon,
et la comtesse était doublement satisfaite en le voyant
si bien apprécié dans le monde, car elle sentait qu'il ne
ferait qu'y gagner aux yeux de son fils, et que son fils
lui-même y gagnerait.

Guy, sans prendre une part active à la conversation,
s'y intéressait et en profitait. Habitué dès son enfance
aux gens sérieux, ils ne lui faisaient pas peur; il n'était
ni gêné, ni embarrassé avec eux, et ne trouvait pas
qu'une fois l'âge de quarante ans passé, les hommes
déraisonnent et n'ont plus de valeur.

Le lendemain, il reprenait volontiers avec sa mère
les sujets qui, la veille au soir, l'avaient frappé, et elle
remarquait avec satisfaction combien il avait l'esprit
juste et droit.

Chaque hiver, Mme d'Engennes revint à Paris, et,
peu à peu, elle laissait une plus grande liberté au jeune
comte, ne voulant pas qu'il pût souhaiter le jour où il
serait son maître. Elle augmenta aussi, progressive-
ment, la pension destinée à ses menus plaisirs, et elle
était arrivée à lui en faire une assez forte pour qu'il ne
fût pas étonné par sa grande fortune, quand le moment
d'en jouir serait arrivé. Enfin, sa tendresse l'inspira si
bien, et elle sut rendre sa maison si agréable à son fils,
que sa majorité venue, Guy ne changea rien à sa manière de vivre; seulement, il ne tarda pas à témoigner
un grand désir de voyager, et la comtesse fut bien dou-

cement émue quand il vint solliciter comme une faveur de visiter avec elle l'Italie.

Elle accueillit tout de suite son désir, heureuse de voir combien son joug avait dû être léger à son fils, puisqu'au lieu d'éprouver, comme tant d'autres jeunes gens, le besoin d'aller loin des siens jouir de ses premiers moments d'indépendance, c'était au contraire pour lui une joie d'y associer sa mère.

Marguerite, trop modeste pour se l'avouer, ne faisait cependant que recueillir le fruit des bons exemples qu'elle avait donnés à son fils. Fidèle à son plan de conduite, elle ne lui avait jamais dit : honore-moi, mais elle avait honoré sa mère. Elle ne s'était pas bornée à lui prêcher l'esprit de famille, mais elle s'était toujours montrée pleine de déférence pour les grands parents et de bonne affection pour les jeunes, ne permettant jamais qu'on blâmât ni critiquât devant Guy aucun des siens, et n'omettant aucune occasion de lui apprendre à entretenir, à tout prix, la bonne harmonie. Elle ne l'avait pas non plus fatigué ni obsédé de dévotes exigences; mais elle l'avait soigneusement instruit, et, par ses propres actes, lui avait fait aimer et lui avait enseigné les préceptes de l'Évangile. Aussi, Guy, pénétré du véritable esprit du christianisme, avait-il de sincères sentiments de charité, de justice et de droiture. Il y joignait un profond respect pour les observances religieuses. Elle ne lui avait pas dit davantage : le siècle dégénère, les bonnes traditions se perdent, les

bonnes manières s'en vont, le monde est moins aimable. Mais, comme la maison de sa mère est pour
l'enfant l'image qu'il se forme du monde, le savoir-
vivre était passé dans la nature de Guy.

Jamais il n'y avait eu à Emblimont d'invité qui ser-
vît de jouet aux autres, et le jeune comte, accoutumé
à voir sa mère accueillir chacun avec les mêmes égards
et la même bienveillance, était lui-même rempli de la
plus charmante et exquise politesse envers les femmes,
de la plus grande déférence envers les hommes âgés,
et de la plus franche et affectueuse cordialité envers
les jeunes gens de son âge.

L'habitude d'un salon aimable lui rendait le monde
facile; puis, comme il avait véritablement du fonds, la
conversation lui était un plaisir et non un effort.

Brave, énergique, ferme dans ses convictions, dévoué à ses amitiés, emporté parfois, mais bon par excellence, spirituel avec une teinte de sentimentalité,
l'imagination vive, le cœur chaud, unissant à une
grande délicatesse une générosité chevaleresque, Guy,
à vingt-deux ans, présentait le type de ce qu'on appelait autrefois un parfait gentilhomme. Aussi était-il
non-seulement aimé et apprécié par les gens sensés,
mais encore par ses jeunes amis.

La comtesse passa en Italie dix-huit mois bien heureux; mais comme ce séjour n'avait fait que développer le goût de son fils pour les voyages, elle fut la première à l'engager à le satisfaire. Le sacrifice était grand;

elle trouva le courage de l'accomplir en pensant qu'il servirait à préserver Guy des séductions que Paris lui eût offertes. Il partit donc avec l'ami Fulgence, dont il avait réclamé la présence comme un service.

XIII

Deux ans après, M. d'Engennes vint retrouver sa mère à Emblimont. Avec quelle impatience Marguerite attendait ce fils bien-aimé dont l'absence lui avait paru si longue; mais aussi quel bonheur lui apportait ce retour. Tout le village se mit en fête pour recevoir le jeune *monsieur le comte;* ainsi disaient les paysans.

Il descendit de voiture à l'entrée du bourg, et sa vue fit éclater des transports d'allégresse. « Comme il est beau! » s'écriaient naïvement ces bonnes gens, séduits par sa taille élevée et bien prise, par sa démarche ferme et élégante, par son beau visage un peu bruni, mais qui n'en était que plus mâle; « il a tout les yeux de Mme la comtesse, tout son bon sourire. — Regarde donc, disaient entre elles les jeunes filles, ses beaux cheveux, sa jolie moustache; ce n'est plus M. Guy,

6.

c'est tout à fait un vrai monsieur ! » Et c'était à qui lui
donnerait une poignée de main, à qui lui enverrait un
signe de tête, un amical bonjour. Il les reconnaissait
tous, les appelait par leur nom, et chaque souvenir,
chaque bonne parole faisait un heureux de plus.

Il entra enfin dans le parc. Si la joie faisait mourir,
elle eût tué Marguerite. Elle embrassait son fils, puis le
regardait, puis l'embrassait encore avec orgueil, avec
amour, avec tous les sentiments qui peuvent faire battre
le cœur d'une mère. Elle lui trouvait des airs de Georges, elle lui trouvait sa voix, et elle pleurait le passé
tout en bénissant le présent.

Puis ce fut le tour de miss Clarisse, du bon docteur,
de tous ceux enfin que le désir de revoir plus vite le
jeune voyageur avait réunis ce jour-là. Quand le premier moment fut passé : « Viens chez ton père, » dit
Marguerite à son fils. Ne fallait-il pas que le cher regretté eût sa part dans ce beau jour ?

Quelques semaines après, Emblimont, silencieux depuis tant d'années, retentissait de bruits de chasse ; le
cor, les abois des chiens animaient le parc et les forêts
d'alentour. Le va-et-vient des piqueux remplissait les
cours, et de nombreux amis étaient venus passer l'automne au château, afin de fêter le retour de Guy.

A l'entrée de l'hiver, toute la famille partit pour
Paris.

XIV

La comtesse revint à Paris plus fière que jamais de
son fils, qui ne tarda pas à devenir l'objet de l'envie de
toutes les mères qui avaient des filles à marier.
M. d'Engennes pensait en effet, sérieusement et avec
plaisir, au mariage. La vie, jusque-là, s'était présentée
à lui sous les plus riantes couleurs, et le mariage semblait lui promettre un bonheur de plus. Il avait toutefois, à cet égard, des idées fort arrêtées, et le monde ne
l'éblouissait pas au point de lui cacher les écueils qu'il
présente à un jeune ménage. Aussi comprenait-il, non-
seulement à cause de ses goûts, mais encore en songeant à sa mère, de laquelle il ne voulait pas se séparer, combien il devait apporter de soin et de prudence
dans le choix d'une compagne.

On était à la fin de décembre, et ce qu'on appelle
l'hiver, dans le monde, n'était pas encore commencé;
il y avait cependant déjà de petits bals qui, pour être
moins nombreux, n'en étaient pas moins brillants. Le
lendemain d'une de ces réunions, remarquable par son
élégance, Guy, questionné par sa mère sur la fête de la
veille, lui répondit qu'il l'avait trouvée charmante,

mais que sa longue absence l'ayant sans doute déshabitué des fantaisies de la mode, ce bal lui avait produit l'effet d'un bal costumé, tant les toilettes étaient étranges, et que, tout en trouvant les femmes délicieuses, il aimerait cependant que la sienne eût une mise plus tranquille; qu'elle laissât voir ses bras et ses épaules, puisque la coutume le voulait, mais qu'elle ne les montrât pas. Toutefois, il convenait que ce qui l'avait particulièrement frappé, c'était le ton léger que les hommes affectaient en parlant aux femmes, et la manière dégagée dont celles-ci leur répondaient. Ce qui établissait une familiarité bien étrange, surtout mise en regard du vous officiel, dont il est de bon goût à un mari d'user envers sa femme dans le monde.

Le 1er janvier 186... était le jour d'opéra de Mme d'Engennes; elle alla en famille y passer quelques instants. On donnait *la Juive*. Dans la loge qui faisait face à la sienne, se trouvait une jeune fille dont la beauté attira l'attention de Guy. Il la fit remarquer à sa mère.

— Regardez, lui dit-il, comme elle écoute bien, et comme sa toilette est simple et de bon goût! Voilà une véritable mise de jeune fille. Elle n'a pas l'ombre de coquetterie; la musique l'absorbe si bien qu'elle ne s'aperçoit même pas que tous les yeux sont fixés sur elle.

Il posa un instant sa lorgnette, mais il ne tarda pas à la reprendre.

— Voyez donc, ma mère, continua-t-il, si je ne me trompe, elle est avec Mme de Blossac et sa fille. Je vais, pendant l'entr'acte, aller lui faire une visite, je la verrai ainsi tout à mon aise.

— Prends garde! répondit la comtesse en souriant.

Il était question d'un mariage pour Guy.

Le comte ne revint qu'à la fin du dernier acte pour conduire sa mère à sa voiture, et, tout en descendant l'escalier, il lui racontait sa visite.

— Elle est délicieusement jolie et d'une naïveté adorable. La marquise et sa fille s'amusaient beaucoup de la vivacité de ses impressions, car, pour elle, l'illusion était complète. Pendant le duo entre le cardinal et le juif, je voyais ses yeux s'emplir de larmes. « Est-ce qu'il ne va pas lui dire que c'est sa fille, a-t-elle demandé tout émue? — Non, a répondu la marquise. — Mais, alors, ils vont donc la brûler! s'est-elle écriée d'une voix pleine d'anxiété. » Pourvu qu'on ne lui ôte pas cette simplicité, en voulant lui donner de l'usage! Il y a si peu de femmes qui viennent à l'Opéra pour s'occuper de ce qui se passe sur la scène.

Le lendemain, à l'heure de la promenade, le comte, au lieu de monter à cheval comme d'habitude, vint proposer à sa mère de l'accompagner au bois. Il lui apportait un énorme bouquet de violettes et avait l'air radieux. Marguerite, comprenant qu'il désirait causer avec elle, trouva un prétexte pour envoyer miss Clarisse chez Mme de Chaville.

Une fois en voiture, Guy installa soigneusement sa
mère, s'informa si elle avait de l'eau chaude sous les
pieds, étendit sur elle la fourrure qui couvrait la calèche. Guy avait le bonheur bon, et on sentait qu'il
était dans un de ces instants où le cœur fait des rêves
d'or et que jamais la vie ne lui avait semblé meilleure.

— Je gage que tu l'as vue, lui dit Mme d'Engennes
en le regardant avec tendresse.

— Oui, je viens de chez la marquise. C'était son jour,
Je suis encore sous le charme. Je n'ai jamais rencontré
une personne plus séduisante et qui semble moins s'en
douter que Mlle Christine de Nangy.

— Ah! comment! c'est Mlle de Nangy?

— Précisément. C'est la jeune fille dont nous a si
souvent parlé la marquise. Elle vient de quitter tout à
fait le couvent, et je crois qu'on va s'occuper de la
marier.

— Prends garde! lui répéta malicieusement sa mère.

— Non, certes, répliqua-t-il avec vivacité, si vous
voulez bien le permettre, je ne prendrai pas garde.
Vous savez bien que mon vœu le plus cher a toujours
été de me marier suivant mon cœur, et je vous avoue,
ma bonne mère, qu'il commence terriblement à battre.
Mais vous ne sauriez me comprendre, car il faut la voir
pour se faire une idée du charme répandu sur toute sa
personne. Imaginez-vous le plus délicieux visage; des
contours d'une délicatesse exquise; un teint de blonde
avec la vivacité de physionomie d'une brune; une

bouche à la fois gaie et fière qui sourit adorablement; un petit nez qui se mêle de tout ce que disent la bouche et les yeux, et des yeux...

La comtesse ne put garder son sérieux.

— Vrai portrait d'amoureux, dit-elle en riant.

— Non, non, ma mère, je n'exagère rien, continua avec enthousiasme le jeune comte, car ses yeux à eux seuls suffiraient pour rendre une femme charmante. Je ne saurais, par exemple, vous définir leur couleur : ils sont bleus, ils sont gris, ils sont verts ; leur teinte varie suivant ce qu'ils expriment. Quand elle les tient à demi fermés, leur regard est caressant et fin; mais quand elle les ouvre d'une certaine manière, il devient très énergique. Enfin, le contraste que forment ses sourcils bruns, très nettement dessinés, avec ses cheveux blonds à reflets ardents, donne à sa beauté une étrangeté des plus piquantes. Son esprit, comme sa personne, est sans apprêt, on sent qu'elle dit tout ce qui lui vient à la pensée, et sa pensée est originale. Elle est un peu sauvage, mais sans gaucherie. Je suis, non sans peine, parvenu à la faire causer, et, une fois à l'aise, sa conversation a été remplie de grâce et de naturel. Elle m'a avoué que le monde lui faisait une effroyable peur, que cependant elle était curieuse de le connaître, mais voudrait d'abord le voir d'un tout petit coin, afin de s'y façonner et de ne plus avoir l'air si pensionnaire. Elle paraissait enchantée de ce que la marquise lui laisse la liberté de se retirer chez elle quand bon lui semble. J'ai cherché

à connaître ses goûts, et comme je lui parlais de celui
qu'elle a pour la musique : « C'est plus qu'un goût,
m'a-t-elle répondu, c'est une passion,... une passion
qui, hélas! maintenant, me rend bien malheureuse.
Au couvent, j'étais dans les fortes. On me disait que je
jouais, que je chantais bien ; mais, depuis que j'ai vraiment entendu jouer et chanter, je sens qu'il me faut recommencer à apprendre.» Puis, nous avons causé dessin,
lectures ; puis bals, spectacles. Elle n'a rien lu, rien vu,
ne connaît quoi que ce soit du monde. Elle ouvrait de
grands yeux à tout ce que nous lui en racontions, et
comme ce « l'aimerez-vous? » revenait sans cesse : « Je
crois, a-t-elle fini par nous répondre, que j'aimerai tout
ce qui m'amusera. »

Nous en étions là, quand sont entrées Mme de Blerzel
et ses filles en bruyantes parures. « Je fuis ce fracas, »
m'a dit Mlle de Nangy, et, pendant les révérences du
bonjour, elle a disparu. Je n'avais pas encore vu sa
taille, qui est mince et élancée.

— Voyons, interrompit la comtesse, dis tout de
suite : la taille d'une nymphe et la démarche d'une
sylphide.

— Vous ne vous trompez pas, ma mère; mais soyez
patiente, écoutez, car je n'ai pas encore fini.

— « Eh bien! chère, où est donc votre belle pu-
pille? » s'est écriée Mme de Blerzel, dont le gros visage
s'épanouissait dans un tout petit chapeau bon tout au
plus pour une fille de quinze ans, et elle a continué,

tout en étalant pompeusement le bas de sa pompeuse robe dont le haut, véritable fourreau, dessinait sans merci le luxe de son formidable embonpoint ; il me semble que je l'avais aperçue en entrant.

— L'oiseau en effet vient de s'envoler, a répondu la marquise. Afin de ne pas trop l'effaroucher, je lui laisse, tant qu'elle veut, quitter sa cage ; car, jusqu'ici, voilà comment ma petite carmélite appelle mon salon. C'est bien à la fois la plus sauvage, la plus apprivoisée, la plus curieuse, la plus indifférente, la plus étourdie, la plus posée, la plus sensible, la plus insouciante, la plus douce, la plus rétive, la plus mélancolique et la plus folle petite créature qu'on puisse rêver. C'est une vraie énigme que le couvent vient de jeter au monde ; bienheureux qui la déchiffrera, car toute cette bizarrerie cache une nature charmante. Seulement, ne se fera pas aimer qui voudra. Je crois que la chère petite sera très difficile, et elle en a le droit.

— J'écoutais sans mot dire. J'étais trop plein d'elle pour pouvoir en parler, et j'ai profité d'un nouveau flot de visiteuses pour me retirer, afin de penser à elle tout à mon aise, et de venir vous ouvrir mon cœur, car, vous l'avez dit, je suis amoureux... Mais elle n'aimera pas qui voudra et sera difficile. Pourrai-je me faire aimer ?

— Rassure-toi, et Mme d'Engennes jeta sur son fils un coup d'œil de complaisance ; je ne te recommande qu'une chose mon enfant, ne va pas trop vite. Réflé-

chis, tâche de la bien connaître avant de te laisser
aller à un sentiment véritable ; ne donne pas ton cœur
à la légère, tu souffrirais trop s'il te fallait le reprendre.

Guy suivit le conseil. Il vit souvent la jeune fille, et,
à mesure qu'il la voyait, il s'y attachait davantage.
Trois mois se passèrent ainsi. Un matin, le jeune comte
vint trouver sa mère.

— J'ai fait toutes mes réflexions, lui dit-il, je l'aime,
et aucune autre femme ne pourrait me présenter de
pareilles garanties de bonheur. Je souhaitais que la
jeune fille que je choisirais pour compagne eût une
religion bien entendue, qu'elle n'aimât avec excès ni
le monde, ni la toilette. Mlle de Nangy est pieuse sans
affectation, simple dans sa manière de se mettre ; ses
goûts sont les miens ; elle n'a pas encore d'idées arrêtées ; vous et moi, ma bonne mère, pourrons donc facilement achever de la former. Vous lui donnerez votre
manière de voir et vos habitudes.

— Dis : je lui donnerai ; car, quelle que soit ma tendresse pour toi, quelle que puisse être celle que j'aurai
pour ta femme, il me sera cependant impossible, sous
peine de me rendre haïssable, de jamais chercher à
m'imposer, et je ne pourrai exercer sur elle qu'une
influence toute d'affection. Ce sera donc toi, et toi
seul, qui pourras lui donner les goûts et les habitudes
que tu désires lui voir prendre. Je comprends l'attrait
qu'elle t'inspire par celui que je ressens. Cette enfant

sans père, sans mère, sans famille pour veiller sur elle, et qui, depuis l'àge de dix ans, n'a que les bonnes religieuses pour l'aimer, excite au plus haut point ma sympathie, et serait-elle moins charmante qu'elle m'intéresserait encore. Certaines singularités de son caractère me sont expliquées par cet isolement dont elle parle d'une façon très touchante, et le culte qu'elle garde à sa mère prouve en faveur de son cœur et de sa sensibilité. Toutefois, considère, mon enfant, quel engagement d'indulgence tu vas contracter en l'épousant. Christine, j'en conviens avec toi, se laisse voir ce qu'elle est, mais elle n'est rien encore, elle ne se connaît pas elle-même, et ce que toi et elle prenez pour des goûts, sont tout au plus des penchants qui peuvent changer. Tu ne seras donc jamais en droit de lui reprocher ce qui, plus tard, pourrait te déplaire en elle ; car, malgré ses dix-huit ans, elle est plus ignorante du monde et de la vie qu'une fille de quinze ans élevée dans sa famille.

— Mais, c'est précisément cette ignorance qui me paraît sans prix. Que ne pourront, quoique vous en disiez, votre affection et votre exemple sur cette nature toute primitive, sur ce cœur qui nous demandera à tous deux de lui rendre les tendresses dont il a été privé jusqu'ici ! Ce sera pour vous une véritable fille, ce sera pour moi la compagne que j'ai toujours rêvée. Quel bonheur de ne faire qu'un pour vous aimer !

La demande fut faite.

Quand Mme de Blossac détailla à sa pupille tous les avantages que lui présentait cette alliance :

— Mais, je suis aussi riche que lui, reprit Christine avec une certaine hauteur, et les Nangy valent bien les d'Engennes. J'accepte, mais parce que le comte ne me déplaît pas et que sa mère me plaît beaucoup. Il faut bien d'ailleurs qu'il en soit ainsi, car je voulais être marquise.

Quelques jours après, Suzanne de Blossac épousait le marquis de Grécourre. Il avait cinquante ans, et la mariée n'en comptait que dix-sept. Mais le marquis occupait une grande position ; il était riche, et la fortune de Mme de Blossac se trouvait des plus embarrassées.

Suzanne pleura beaucoup ; ni la position, ni les diamants, ni les équipages ne pouvaient modérer ses larmes.

— Que tu es heureuse, disait-elle à Christine, ton futur est jeune, beau, charmant et si aimable, si bon ! Tu peux l'aimer, toi. Mais, l'aimes-tu vraiment?

— Quelle question ! S'il ne me plaisait pas, je ne ferais point comme toi ; je dirais non.

— Il peut te plaire, c'est possible ; mais tu n'as pas l'air de l'aimer comme j'entends aimer. Quand il vient, tu es contente ; mais s'il ne vient pas, cela t'est égal.

— Qu'en sais-tu? Puisqu'il vient toujours.

— Tu as raison. C'est toi qui le fais attendre; tu n'es jamais prête. Lui, vient avant l'heure, car c'est lui qui aime.

— Mais, où as-tu rêvé que je ne m'en soucie pas.

— Eh ! se soucier n'est pas aimer; voyons, s'il se cassait la jambe, s'il restait boiteux, l'épouserais-tu tout de même ?

— Non, certes. Je n'aimerais pas à prendre mon mari à l'hôtel des Invalides.

— Pauvre Guy ! dit Suzanne.

XV

Les apprêts du mariage se firent avec une magnificence extrême. Guy ne trouvait rien d'assez beau pour sa fiancée.

La corbeille fut merveilleuse. Les perles, les diamants, les cachemires, les dentelles étaient dignes d'une reine. Quant aux équipages, la critique la plus sévère eût été obligée de les trouver irréprochables.

Dans la matinée du grand jour, au sortir de la bénédiction nuptiale, Marguerite serra tendrement la mariée dans ses bras, et, de tout son cœur, la nomma sa fille.

— Madame, répondit la jeune comtesse, vous êtes certainement, après ma mère, la personne qui m'a inspiré la plus vive sympathie, mais permettez-moi de vous dire que, toute chère que vous me soyez, jamais, il me semble, je ne pourrai vous donner le doux nom que je lui donnais.

Après le mariage vinrent les réceptions de famille. Malgré toutes les prévenances, toutes les attentions flatteuses dont Christine fut l'objet, ces nouveaux parents, à qui elle se trouvait si étrangère, étaient toujours pour elle ce monde qui l'effrayait, et ces réunions lui causaient plus d'effroi que de plaisir.

Chaque toilette, d'ailleurs, donnait lieu à un combat. Elle avait encore toutes ses idées de couvent ; elle ne voulait pas se décolleter, elle ne voulait pas laisser voir ses bras, et c'était à peine si, au bal, elle consentait à figurer à une contredanse ; quant aux danses tournantes, elle protestait. Aussi, le moment de partir pour Emblimont devint-il bientôt le but de tous ses désirs, et le comte le souhaitait non moins ardemment. Il était empressé de jouir de cette vie intime qui devait lui permettre d'apprécier toutes les qualités de sa femme. Il la voyait à regret fatiguée et ennuyée par les obligations que le monde impose aux nouveaux mariés.

La réception qui fut faite à Christine lors de son arrivée au château la flatta infiniment. De tous côtés on lui offrait des fêtes; et, comme il ne lui vint pas à l'idée qu'elle devait cet accueil à l'estime et à l'affection qu'on portait à sa belle-mère et à son mari, le moi commença à s'éveiller en elle. Être fêtée et adulée lui parut fort agréable, mais en même temps si naturel, qu'elle reçut ces hommages comme une chose due, et ne chercha pas à se montrer aimable à son tour. En véritable enfant qui garde rancune au travail, elle commença par passer ses journées dans une oisiveté complète, tantôt courant sans but dans le parc, tantôt restant dans sa chambre, étendue sur sa chaise longue, lisant quelque roman, dont elle sautait avec soin les réflexions pour courir après les aventures.

De temps à autre aussi, après s'être assurée que la famille était seule, elle apparaissait au salon, où elle mettait tout le monde en gaieté, car elle avait une manière à elle d'envisager les choses, et une façon originale et plaisante de les raconter.

— Voyons, madame, disait-elle un jour à sa belle-mère qui s'était fort amusée d'un de ses récits, n'est-ce pas avec raison que j'ai juré haine aux aiguilles? Tout à l'heure, lorsque je suis entrée ici, vous sembliez réunis pour une cérémonie funèbre, tant vous étiez graves et avares de paroles. En trois coups de langue, je vous ai ressuscités. Faire aller ses doigts, comme si on était à la tâche, est, n'en doutez pas, mortel au

corps et à l'esprit. C'est pour cela que j'ai voué les
miens à un repos indéfini.

Dès que la conversation tournait au solennel, — et
le solennel, pour Christine, était tout ce qui avait une
apparence de sérieux, — elle disparaissait à pas de
loup et reprenait sa volée.

La comtesse n'essayait jamais de la retenir; elle
voulait, au contraire, lui laisser apaiser cette soif de
far-niente, et ne cherchait pas davantage à combattre
son aversion pour tout ce qui était devoir de société.
Elle disait que tous ces enfantillages passeraient d'eux-
mêmes, et que s'en occuper leur donnerait une importance qu'ils n'avaient pas.

Christine, sans doute en souvenir des obligations
auxquelles il lui avait fallu se soumettre à Paris, était
tombée dans un véritable accès de sauvagerie. Elle ne
voulait plus s'imposer ni gêne, ni contrainte, et, après
avoir trouvé charmant de beaucoup sortir et de beaucoup recevoir, il lui avait repris une subite horreur du
monde, et elle s'abandonnait à ce nouveau caprice
avec la complaisance qu'elle mettait à satisfaire toutes
ses lubies.

Sous le prétexte qu'elle ne pouvait parler sans que
l'esprit lui en dît, la plupart du temps, elle fuyait les
visites, ou quand il lui fallait absolument y assister,
elle prenait un air de victime et ne desserrait pas les
lèvres. Il en était de même avec les habitués du château. Quelquefois, elle se montrait charmante pour le

docteur et l'ami Fulgence; elle causait, babillait, disait cent folies; quelquefois encore elle soutenait parfaitement une conversation sérieuse, mais quelquefois aussi leur présence la rendait tout d'un coup silencieuse. Ce qui faisait dire à M. Lenfret qu'on n'était jamais bien certain d'avoir fait sa connaissance, et que c'était toujours à recommencer.

Ces bizarreries qui, en général, la faisaient trouver plus jolie qu'aimable, provenaient moins d'un parti pris qu'on ne l'aurait pu croire et qu'elle ne le croyait peut-être elle-même, car souvent son silence ou sa raideur cachaient beaucoup de timidité et tout autant d'embarras.

Elle sentait ce qu'il aurait fallu dire, mais une sorte de fausse honte, provoquée par la crainte de se mal exprimer, la retenait et lui faisait garder ses meilleures pensées.

Seul, Guy admirait sa jeune femme. C'était son premier amour, et la passion lui fournissait une excuse pour toutes les variations de son caractère; il tolérait ses plus étranges fantaisies; il palliait ses plus déraisonnables volontés. Peut-être, par instants, voyait-il ses défauts, mais son indulgence n'en était pas moins extrême, parce qu'il sentait que la vie de couvent avait prolongé l'enfance de Christine, qu'elle n'avait eu aucun des bonheurs de la première jeunesse, que sans transition on en avait fait une femme; qu'il devait donc y avoir tout naturellement un mélange de l'en-

7.

fant et de la jeune fille dans la première phase de la
vie de la jeune femme. Il trouvait qu'il y avait d'ailleurs
en elle un fond bien supérieur aux apparences.

En effet, soit qu'elle s'aperçût du mauvais effet
qu'elle produisait, soit qu'elle vît que la société qui
fréquentait Emblimont, lasse de frais inutiles, finissait
par ne plus s'occuper d'elle que pour la forme, soit
enfin que le moment fût venu où son naturel osait
prendre son essor, un revirement ne tarda pas à s'opérer dans sa manière d'être. Elle se montra tout à la
fois plus souriante et moins muette. Les visites ne la
firent plus fuir épouvantée, et elle trouva des paroles
aimables qu'elle disait avec une grâce timide qui leur
donnait encore plus de prix. Elle fit un accueil plus
cordial aux intimes, et l'excellent docteur et M. Fromentin commencèrent à être dans ses bonnes grâces.
Une révolution complète survint aussi dans ses idées.
Peut-être l'attrait qu'exerçait sa belle-mère com-
mença-t-il à lui faire envie, dans la bonne acception
du mot ; peut-être, en voyant combien elle était aimée
et considérée, eut-elle honte de son rôle de petite fille
mal élevée, et voulut-elle prendre la place qu'elle devait occuper.

En tous cas, si l'amour-propre fut son maître, il lui
donna d'habiles leçons en l'aidant à réprimer ses fantaisies, à plier son humeur capricieuse, et en la faisant
profiter des enseignements que la vie passée auprès
d'une femme aussi distinguée que Mme d'Engennes lui

offrait chaque jour. Peu à peu elle perdit l'étrangeté de ses manières qui devinrent pleines de charme et d'affabilité.

Ce fut pour Guy un triomphe de voir enfin sa femme développer les qualités de son esprit; il lui en témoigna sa joie par un redoublement de soins et de tendresse.

L'enthousiasme que Christine excita bientôt autour d'elle ne fit qu'augmenter le penchant qu'elle avait à dominer par les agréments de sa personne, et elle ne négligea aucun moyen pour y parvenir.

Elle se remit au piano; elle chanta en cachette avec miss Clarisse qui s'épanouissait d'aise en entendant cette belle voix. Quand son élève joua et se fit entendre, ce fut un ravissement dans la famille et parmi les amis.

Guy, transporté, prenait l'ignorance où sa femme était restée d'elle-même jusque-là pour de la modestie, et il la considérait comme un être à part.

Il n'y avait cependant que de l'orgueil dans les efforts de Christine, son cœur y restait étranger. Le désir d'exciter l'admiration était son seul mobile; s'entendre louer lui causait une jouissance au-dessus de toutes les autres. Quant à se faire plus aimable pour la propre satisfaction de son mari, l'idée ne lui en serait jamais venue. A quoi bon? N'était-il pas sa chose à elle, son esclave, un être venu au monde tout exprès pour l'adorer? Son amour lui semblait donc si naturel, qu'il était la personne du monde avec qui elle comptait le moins, persuadée qu'en toutes choses il devait la trouver parfaite. Mais, en dehors de lui, son désir de plaire ne connaissait pas de bornes ; elle acquérait l'art des nuances et savait mettre une grâce coquette jusque dans le plus léger signe de tête qu'elle accordait à la moindre fille de basse-cour. Aussi tout le monde était-il sous le charme, tant elle avait ce je ne sais quoi qui tourne les têtes. Il eût été difficile de rencontrer deux femmes d'un abord plus attrayant que la belle-mère et la belle-fille.

Ce n'avait d'abord pas été sans une certaine jalousie, il faut en convenir, — mais aurait-elle autant aimé, si elle eût été incapable de la ressentir ? — que la comtesse avait vu son fils partager cette tendresse qui jusque-là appartenait à elle seule. Sa souffrance fut vive, toutefois elle n'altéra ni ses sentiments, ni son cœur, et Christine ne put jamais se douter de ce premier mouvement, tant elle fut accueillie avec une affection et une indulgence vraiment maternelle.

Mᵐᵉ d'Engennes, sans prendre au sérieux les enfantillages de sa belle-fille et sans en concevoir d'inquiétude pour l'avenir, en avait néanmoins ressenti de la peine ; elle eût été si désireuse de voir la femme de son fils se conduire de manière à s'attirer la considération et les sympathies ! Elle fut donc enchantée du changement qui se fit dans Christine, et lui dit en toute sincérité les raisons qui la portaient à s'en réjouir ;

mais elle félicita son fils avec ménagement, ne voulant pas lui donner le chagrin de croire qu'elle avait pu trouver à blâmer dans sa femme.

La jeune comtesse devint donc la joie de toute la famille, qui la combla de gâteries et de prévenances. Elle n'avait pas le temps de former un souhait qu'il se trouvait rempli.

Son mari lui ayant entendu dire qu'elle croyait que cela l'amuserait beaucoup de monter à cheval, il lui en donna un, le meilleur et le plus beau qu'il lui fut possible de trouver. Malheureusement, il ne put, en même temps, lui donner le courage de le monter, et, malgré les efforts qu'elle fit, elle était peureuse à l'excès.

Cependant, l'amour-propre de conduire ce bel animal, la satisfaction de porter l'habit d'amazone qui lui seyait à merveille, le plaisir de se l'entendre dire, l'engagèrent à cacher ses terreurs. Elle se livra donc à ce soi-disant amusement, malgré l'effroi qu'il lui causait.

Mais le cheval, qui n'entrait pas dans ces considérations de vanité, se sentant conduit par une main mal assurée et inhabile, en profita un jour pour s'accorder un moment de gaieté. Il témoigna d'abord sa joyeuse humeur par quelques bonds de côté, qui firent passer des éclairs devant les yeux de Christine, puis, au lieu de rester au pas, il prit le petit galop, ce qu'elle ne lui demandait pas, et ce qui commença à l'inquiéter; puis il se mit à allonger tant soit peu son allure. La jeune femme, que la terreur commençait à dominer, se figura qu'il allait prendre le mors aux dents, et cette idée achevant de lui ôter toute présence d'esprit, elle courba son corps sur le cou de sa monture et se pendit à la bride en jetant des cris perçants. Le cheval, qui en fut effrayé, s'anima alors réellement, traversa la grande route, sauta un fossé et se mit à courir à travers champs. La jeune comtesse, de plus en plus épouvantée, perdit l'équilibre et tomba. Heureusement ce fut dans une prairie, sur un épais tapis d'herbe.

Quoique tout ceci se fût passé en moins de minutes qu'il ne faut pour le raconter, ces minutes avaient été autant de siècles d'angoisses pour le pauvre Guy. Quand il releva sa femme, elle était sans connaissance. Emblimont se trouvait proche, on y transporta Christine toujours évanouie.

En un instant, le château fut bouleversé, car cet événement en rappelait un autre dont le souvenir n'était pas effacé.

Le docteur ne tarda pas à arriver, tout en grommelant contre la faiblesse et l'imprudence des jeunes maris. Le comte, qui accourut au-devant de lui, reçut une paternelle remontrance; mais le jeune homme était si désespéré que le bon Lenfret cessa de gronder pour courir à la chambre de la malade.

Il rassura bientôt la famille. La peur avait été

grande; toutefois, grâce au ciel, le mal était léger.

Néanmoins, Christine se jurait mentalement de ne jamais remonter Phœbus ; c'était le nom du coupable. Elle fut donc plus que satisfaite quand son mari, justement effrayé par le danger qu'elle venait de courir, la supplia, au nom de son repos, de ne plus monter à cheval. Enchantée de cette prière qui sauvegardait son amour-propre, elle laissa Guy insister, résista pour la forme, puis elle fit la promesse qu'il réclamait.

Le comte lui en sut gré comme d'un véritable sacrifice, car, non-seulement il lui reconnaissait les qualités qu'elle avait, mais encore celles qu'elle n'avait pas. L'entourage de la jeune femme agissait de même ; personne ne la voyait telle qu'elle était, mais telle qu'on voulait qu'elle fût, et le bien que chacun en disait lui formait comme une auréole qui la grandissait aux yeux du monde. Quant à elle, ravie d'être si favorablement jugée, elle finissait par croire aux mérites qu'on lui prêtait, et se laissait aller à la douceur de répandre l'enchantement autour d'elle.

Il y avait, toutefois, un bon côté à ces louanges, c'est qu'afin de ne pas descendre du piédestal où on la posait, elle parvenait souvent à vaincre son caractère.

L'hiver commença cependant à la montrer sous un nouveau jour. Il est plus facile de réprimer ses défauts que d'imposer silence à ses passions ; et, habituée à être obéie, habituée à voir tout ce qui lui plaisait trouvé parfait et admirable, Christine se montra sans gêne folle de fêtes, de spectacles, de toilettes.

Le monde la fascinait. Quand elle entrait dans un bal, la musique, les fleurs, le luxe des parures, tout ce qui brillait et resplendissait autour d'elle lui causait un véritable enivrement auquel la rumeur flatteuse qu'excitait toujours son arrivée venait encore s'ajouter. Le monde lui apparaissait comme un séduisant mirage; tout lui semblait beau, vrai et bon; car elle n'avait eu le temps de faire ni médisants, ni envieux, et ne comptait encore que des admirateurs.

Sa belle voix, délicieusement timbrée, et bien posée par d'excellentes leçons, venait augmenter ses succès. Elle ne se laissait entendre, il est vrai, que dans l'intimité, mais cette intimité, fort étendue, lui faisait de véritables ovations, et on sollicitait comme une faveur d'être admis à l'écouter. La musique avait le pouvoir d'éveiller son cœur et le remuait si profondément que son chant, lorsqu'elle exprimait la douleur et la tendresse, émouvait jusqu'à donner le frisson. Elle comprenait l'effet qu'elle produisait, et quand elle tenait ainsi toutes les âmes, toutes les oreilles en sa puissance, elle éprouvait une sensation presque délirante, dont elle se fût montrée avide, si déjà elle n'eût compris que se prodiguer serait une faute.

Aussi, parfaitement pénétrée de la valeur que lui donnait son talent, comme elle se ménageait, comme elle s'enveloppait de peur du froid, comme elle redou-

tait le moindre rhume, le plus léger mal de gorge!
Qu'il y avait loin de la Christine d'aujourd'hui à celle
qui, encore peu de mois auparavant, ne craignait ni la
rosée du matin, ni la fraîcheur du soir, et qui, sans
souci d'elle-même, jetait sa voix aux échos du parc.

Guy, tout en continuant à être le plus aimable des
maris, n'était cependant pas aveugle, et cette soif de
plaisir, ce désir de paraître l'effrayaient. La coquetterie
innée de Christine, qui l'eût faite brillante quand même
elle ne l'aurait pas cherché, devenait pour lui un souci,
parce qu'il était impossible de ne pas voir qu'être la
plus belle et s'attirer tous les hommages semblait
maintenant pour elle un besoin.

Il trouva assez de fermeté pour modérer les bals et
apaiser les toilettes.

— Sois belle tant que tu voudras, lui disait-il, mais
ne sois pas extravagante; car, si l'un te fait valoir,
l'autre te fait perdre.

Le bon goût de la jeune comtesse lui fit accepter
cette observation. Qant aux bals, assurée de dominer
le cœur de son mari, elle était moins assurée de dominer son esprit, et, de peur d'une défaite, son orgueil
l'empêcha même d'entrer en lutte; mais elle se révolta
intérieurement. Quant aux spectacles, Guy l'y conduisait aussi souvent qu'elle le souhaitait, ne pouvant
soupçonner à quel point ils surexcitaient la vivacité de
son imagination. Le rêve de Christine, quand elle assistait à un de ces drames ou à une de ces actions de

théâtre qui la passionnaient au dernier point, était de s'en voir l'héroïne. Alors, elle sentait en elle une vivacité, une chaleur de cœur, un besoin de dévouement qui lui faisait défaut dans la vie réelle.

Une après-dînée où, pour se reposer d'une nuit passée au bal, la jeune comtesse, après avoir fait défendre sa porte, était restée étendue sur sa chaise longue, lisant un roman, tandis que la bonne miss Clarisse travaillait auprès d'elle.

— C'est affreux, dit tout d'un coup Christine en posant le livre; malheureuse Clémence!

— Ah! madame, dites plutôt: malheureux Christian!

— Croyez-vous que Gerfaut aimât réellement Clémence? continua la jeune femme qui, sans tenir compte de la réponse de miss Watson, continuait à suivre le cours de ses propres idées.

— Je ne crois pas que Gerfaut fût capable d'éprouver un véritable amour; il était trop blasé et trop plein de lui-même pour aimer sincèrement.

— En tout cas, il savait si bien le dire qu'on pouvait s'y tromper. Je le trouve charmant. Auriez-vous désiré être l'héroïne d'un roman?

— Oui et non.

— Moi, j'aurais été ravie d'en faire un.

— Mais, il me semble que, sous ce rapport comme sous tant d'autres, vous n'avez, madame, rien à désirer. Le vôtre a été délicieux, et M. Guy est bien le plus parfait des héros.

— Ah! vous appelez cela un roman; moi, j'appelle cela de la prose. Pas le plus petit empêchement, pas même l'apparence d'une difficulté; pas de déclaration, pas de serments, pas de larmes, pas de soupirs, pas l'ombre de jalousie ou d'inconstance, pas le plus léger retard, pas le moindre coup de théâtre... Un coup de théâtre! On frémit rien que d'y songer. Mais, c'est égal, combien j'en aurais souhaité un pour mon mariage. Imaginez-vous, par exemple, un père qui défend à sa fille d'épouser celui qu'elle aime. Une révélation terrible lui a été faite. Pure calomnie, bien entendu. Il essaie de lui présenter un mari beau, riche, charmant. Mais rien, rien ne peut séparer le cœur de la promise de celui du promis. Elle l'adore quand même, elle ne veut être qu'à lui. Enlèvement... Non, non,... elle se meurt de désespoir. J'aime mieux cela, c'est plus palpitant. Au moment de perdre sa fille, le tyran redevient père; il se laisse toucher. Mariage in *extremis*. Voyez-vous d'ici la cérémonie? Mais, ô miracle de l'amour! la fiancée ressuscite. A la bonne heure, voilà du pathétique, voilà qui eût été charmant. Au lieu de cela, les choses ont été toutes seules, d'une façon désespérante.

— En un mot, ma chère enfant, dit la comtesse, que Christine, dans la chaleur de son improvisation, n'avait pas entendue entrer, le bonheur vous est venu trop facilement. Beau reproche à faire à la destinée! on ne le lui adresse pas souvent.

— Mais, madame, répondit en rougissant la jeune femme, ces enfantillages n'étaient pas dignes d'être écoutés par des oreilles aussi sages que les vôtres. Je voulais tourmenter miss Clarisse. Cependant, madame, couvenez qu'il y a du vrai au fond de ma folie. Plus les affections sont traversées, plus elles grandissent.

— Cela dépend. Pour moi, il me semble qu'on n'a pas besoin d'être éprouvé pour sentir le prix du bonheur. Plus vite il vient, mieux cela vaut.

— Vous avez toujours raison, madame.

Et Christine embrassa sa belle-mère, cherchant à déguiser sous cette caresse la contrariété qu'elle éprouvait. Car, lorsque Mme d'Engennes était là, elle sentait le besoin de paraître meilleure.

Le comte et M. Fromentin étant survenus, la conversation fut reprise. Le livre se trouva chaudement discuté. La jeune comtesse continua à défendre Gerfaut, Guy et l'ami Fulgence se déclarèrent à outrance ses adversaires; et, comme miss Clarisse, qui s'était d'abord rangée de leur côté, faiblissait sur certains points :

— Oh! les femmes, les femmes! s'écria M. Fromentin, on dirait qu'elles ferment les yeux à plaisir! Combien je maudirais leur crédulité si ce n'était elle qui, depuis tant de siècles, fait notre force. Donnez-leur *Indiana* à lire, Rodolphe sera, pour la plupart, le type du vrai, et Raymond, qui est moulé sur nature, leur paraîtra une monstruosité.

XVI

Une fois seule, la comtesse se préoccupa plus qu'elle ne l'aurait voulu de cette conversation ; car elle avait remarqué que, sincère sans le vouloir, sa belle-fille, sous le masque de la folie, laissait souvent échapper ses véritables sentiments, et la manière légère dont elle s'était exprimée sur son mariage blessait vivement Marguerite dans sa tendresse pour son fils. Quelle singulière nature, se disait-elle, la tête de feu, le cœur de glace ; sentimentale en imagination, froide et positive à l'excès pour tout ce qui tient à la vie réelle.

Mme d'Engennes pensait ainsi, parce que de récentes circonstances l'avaient forcée de juger Christine moins favorablement qu'elle ne l'avait fait d'abord.

Le moment où les goûts et les idées de la jeune femme devaient s'arrêter semblait venu ; mais, au lieu de s'engager d'un pas ferme sur le droit chemin de la vie, elle paraissait flotter indécise entre les bons principes qu'elle avait reçus et l'attrait désordonné que lui offraient le plaisir et la coquetterie. Cette indécision, qui n'échappait pas à la comtesse, la faisait trembler pour le bonheur à venir de son fils. Il fallait que Christine s'amusât, qu'elle se fît voir, qu'elle se fît admirer à tout prix. L'encens, même le plus vulgaire, avait encore pour elle un parfum délicieux. Parfois, elle avait l'air de vouloir essayer d'une existence plus tranquille, mais bientôt le charme l'entraînait, et elle se lançait de plus belle dans le tourbillon. Il eût été naturel de compter sur son éducation pour la retenir; malheureusement, sa piété sans consistance ne pouvait lui servir de frein. Indifférente à tous les actes religieux, il était aisé de voir qu'elle les accomplissait par pure forme, s'en dispensait le plus possible, et n'allait à la messe que parce qu'elle n'eût osé y manquer. Cependant, comme c'était toujours avec foi et respect qu'elle parlait de la religion, la comtesse, empressée de se rattacher à l'ombre même du bien, cherchait à se persuader que sa belle-fille, sincèrement croyante, tout en ayant une nature peu portée à la dévotion, avait peut-être été au couvent fatiguée d'exercices religieux, mais que peu à peu cette satiété disparaîtrait, et que ses convictions la ramèneraient à la pratique volontaire du devoir. Il lui eût été trop douloureux de croire que son véritable caractère, comprimé jusque-là, se montrait enfin tel qu'il était, léger et égoïste. Elle aimait donc mieux attribuer au rapide passage de la vie de couvent à la vie du monde avec toutes ses séductions, l'espèce de fièvre qui s'était emparée de Christine.

Mais ce qui affligeait profondément Marguerite, c'est qu'elle ne pouvait se dissimuler que sa belle-fille ne

portait pas à son mari cette tendresse dévouée et sérieuse pour laquelle le sacrifice n'est pas un effort,
mais un besoin du cœur. Elle se rappelait sa jeunesse,
son amour, son admiration pour Georges, et elle trouvait que Christine ne témoignait pas pour les qualités
et pour la personne de Guy cet enthousiasme particulier aux jeunes mariées. En lui parlant, elle avait l'expression gracieuse qui lui était habituelle, mais c'é-
tait tout, et jamais ses yeux n'en disaient plus que
ses lèvres. Elle était avec lui plus aimable qu'aimante,
plus câline que tendre, plus causeuse que confiante.
Elle ne tenait aucun compte des goûts de son mari, et
n'était empressée qu'à satisfaire les siens. On sentait
qu'elle ne se souciait pas d'aimer, mais seulement
d'être aimée, parce qu'être aimée était, pour elle, sy-
nonyme d'être obéie. Cependant, malgré le prix que
son égoïsme attachait à cet amour, elle ne faisait non-
seulement rien pour l'accroître, mais rien pour le conserver, et Guy était le seul avec qui il lui fût indifférent
de laisser paraître ses défauts. Hors du tête-à-tête, elle
était délicieuse pour chacun, et en particulier pour sa
belle-mère, à la condition toutefois qu'elle ne lui adressât jamais d'observation : elle ne se fâchait pas, mais
sa physionomie changeait subitement, et on voyait
qu'elle écoutait avec impatience. Il était bien difficile à
la comtesse, lorsqu'elle voyait Christine prête à faire
quelque inconséquence, ou sur le point de manquer à
un usage reçu, de ne pas l'avertir. Elle dut pourtant s'y

résigner, car un jour où elle lui avait donné un utile avis, la jeune comtesse, vivement contrariée dans une de ses fantaisies, se laissa aller à lui faire comprendre qu'elle s'était mariée pour être libre de sa volonté, et, tout en câlinant, elle ajouta :

— Je ne veux pas, madame, vous permettre de faire comme mère Saint-Anselme; elle me grondait toujours, et je la fuyais; tandis que mon bonheur est d'être près de vous et de vous chérir comme je chérissais ma mère.

Rien dans la personne de Christine, dans sa tenue ou dans ses manières ne décelait l'orgueil, et cependant la comtesse la savait glorieuse à l'extrême. Elle avait remarqué le prestige qu'exerçaient sur elle le titre, la fortune; elle avait aussi remarqué son culte pour les sommités de la mode. La jeune femme, trop fière et trop hautaine pour les rechercher ouvertement, ambitionnait cependant, malgré son air de ne pas s'en soucier, d'être recherchée par elles. Cette disposition d'esprit empêcha Marguerite de se retirer du monde après le mariage de son fils, comme elle en avait formé le projet, car elle sentait que la position qu'elle y occupait lui donnait, aux yeux de sa belle-fille, une importance que la retraite lui ferait perdre. Puis, tout en approuvant que Guy essayât de modérer les goûts de sa femme, elle trouvait qu'il ne fallait pas les exciter par la privation, et qu'on devait chercher à lui faire aimer son chez elle en le lui rendant agréable.

Elle continua donc à recevoir, afin d'amuser Christine, et aussi afin de l'habituer à vivre au milieu d'une société raisonnable et intelligente. La jeune femme, malgré son enivrement, avait des moments de réflexion pendant lesquels elle s'occupait d'une manière plus sérieuse qu'on n'aurait pu la croire capable de le faire quand on ne la voyait qu'en passant. Mme d'Engennes espérait donc que l'heure viendrait où elle préférerait le monde qui intéresse au monde doré qui ne fait qu'éblouir.

Jusqu'ici la différence morale ne semblait pas la frapper encore, cependant il était facile d'observer qu'elle ne négligeait rien pour se faire bien venir de cette société d'élite, et qu'elle était flattée de l'accueil qu'elle en recevait; ce qui ne l'empêchait pas de chercher des amusements dans une sphère dont la suprême élégance formait le principal mérite. Ainsi la comtesse et son fils regrettaient de voir Christine en trop intime liaison avec la marquise de Grécourre, et pourtant il était difficile d'y mettre obstacle; car Suzanne était non-seulement son amie d'enfance, mais encore la fille d'une personne envers qui elle se trouvait très obligée, et Guy aussi, puisque Mme de Blossac l'avait préféré à beaucoup d'autres prétendants. Il aurait voulu que sa femme eût senti d'elle-même que, sans rompre, il fallait modérer les relations, tandis qu'au contraire, elle et la marquise, d'un commun accord, cherchaient toutes les occasions d'être ensemble, et M. d'Engennes

8

éprouvait une véritable contrariété en voyant que Christine se plaisait plus que partout ailleurs dans une maison où d'excellentes raisons lui faisaient souhaiter qu'elle se montrât moins assidue. Il trouvait qu'elle aurait eu besoin d'une amie qui pût la retenir et non l'entraîner. Ce n'est pas que Suzanne eût une nature qui la rendît dangereuse, loin de là, car, si elle faisait le mal, ce n'était que par ignorance du bien ; mais Guy redoutait son exemple.

Le marquis ne s'occupait pas d'elle, continuait à faire le mari garçon, et semblait n'avoir pris une femme que pour tenir son salon et le lui rendre agréable les jours où la goutte le retenait chez lui. Il ne recevait alors que des hommes, parce que, n'aimant rien qui le gênât, il n'était pas obligé de faire des frais avec eux.

La position de Suzanne dans un pareil milieu se trouvait donc fort épineuse. Elle n'avait encore ni l'esprit, ni le jugement assez arrêtés pour être ainsi abandonnée à elle-même, et la conversation légère qu'elle entendait dans ces réunions n'était pas faite pour lui former le goût et les manières.

Très timide au commencement, elle avait fini par prendre un certain aplomb et ne craignait plus autant certaines chroniques du jour qui l'effarouchaient d'abord. Elle s'habituait insensiblement à ce ton un peu leste, et le prenait elle-même sans en avoir conscience.

Quand son mari était en bonne santé, elle jouissait d'une liberté illimitée, allait où bon lui semblait et recevait autant qu'il lui était agréable. Elle en profitait pour donner des bals et des soirées où l'on s'amusait beaucoup, et où la plupart du temps son mari ne paraissait pas. Mais lorsque le marquis était tout à fait malade, elle se trouvait fort tenue, et le tête-à-tête avec lui était des plus difficiles ; car son humeur, d'ordinaire passable, grâce à une parfaite indifférence pour tout ce qui ne touchait pas sa propre personne, devenait alors impérieuse et exigeante. Il s'irritait de se sentir retenu dans sa chambre, et s'en prenait à tout ce qui l'entourait et en particulier à sa femme.

Suzanne passait donc d'un extrême à l'autre, mais si elle remplissait son devoir de garde-malade avec la douceur qui lui était naturelle, elle n'en appréciait que mieux ensuite sa liberté et en usait et abusait sans néanmoins avoir pour cela de reproches à se faire.

Futile par suite de son éducation encore plus que par nature, et n'ayant personne pour la reprendre ou pour la conseiller, pas même sa mère qui la ménageait, et à cause de la triste vie qu'elle lui avait faite, et parce qu'elle était souvent obligée de recourir à elle dans ses embarras d'argent, la jeune femme s'entourait, sans contrôle, d'une société qu'elle trouvait charmante, mais qui était sans consistance, car il suffisait d'être élégant et à la mode pour être admis dans son salon.

M. d'Engennes, tout en redoutant son exemple, s'intéressait sincèrement à elle, et avait été jusqu'à lui donner des conseils, mais il s'était arrêté en la voyant disposée à lui laisser prendre un ascendant dont il ne voulait pas. Sans que la pauvre Suzanne pensât à mal, comme rien autour d'elle ne pouvait satisfaire son cœur, elle se sentait portée à chaleureusement accueillir toute véritable marque de sympathie et à y répondre avec affection. L'amitié qu'elle était faite pour comprendre l'enthousiasmait, et elle y cherchait un refuge contre l'isolement ; car, légère surtout dans la forme, elle se trouvait, au fond, très capable de sentiments sérieux. Aussi ne pouvait-elle admettre qu'on ne fût pas tout à ses amis, et le mot sacrifice, quand il s'agissait de leur prouver son affection, la révoltait.

— Vous êtes folle, interrompait son mari, — lorsque par hasard, devant lui, elle se laissait aller à penser tout haut sur ce sujet, — quand vous aurez vécu aussi longtemps que moi, vous ne vous mêlerez plus de refaire la destinée des autres. Chacun pour soi. D'ailleurs, je vous crois trop de bon sens pour vous supposer capable de mettre en pratique les folies que vous érigez en axiomes. S'il fallait venir en aide à tous les fous de sa connaissance, qu'on appelle ses amis, on n'y suffirait pas.

M. de Grécourre se trompait ; c'étaient bien ses véritables sentiments que sa femme exprimait ; elle croyait au dévouement, parce qu'elle était capable de se dévouer.

— Que tu es heureuse, disait-elle à Christine, une après-dînée où toutes deux causaient intimement; si j'avais un mari comme le tien, mon plus doux rêve serait de lui plaire, et je mettrais tout mon cœur à lui rendre la vie si bonne qu'il n'aurait rien à souhaiter. Tandis que je suis si seule... si abandonnée !...

— Et moi, interrompit en riant la jeune comtesse, je m'arrangerais volontiers de ce qui fait ton chagrin. Si le marquis ne s'occupe pas assez de toi, en revanche le comte me témoigne trop de sollicitude, et souvent j'aimerais plus de liberté.

— Plus de liberté, mais qu'en voudrais-tu faire ?

— Choisir comme toi ma société. Aller comme toi où bon me semble. Aller toute seule à pied, par exemple, et Guy ne le veut pas. Il m'offre son bras avec une persistance qui me crispe ; et cette éternelle voiture, sans laquelle je ne puis faire un pas, me porte sur les nerfs.

— Comme tu es injuste. Comme tu es nerveuse !

— Tu as raison.

— Mais qu'as-tu? Toi qui ferais envie au monde entier.

— Je ne sais. Je croyais la vie si belle, eh bien, par instants, elle me fatigue, elle me pèse. Tiens, je crois vraiment que cette nuit je suis restée trop longtemps au bal. Je m'y suis tant amusée ! On m'a fait dancer,

8.

causer, sans me laisser une minute de repos. C'était
charmant. Ma toilette a eu un succès dont tu n'as pas
idée. Mais, aujourd'hui ne ressemble pas à hier ; les
heures se traînent, tout m'ennuie, tout me paraît sans
couleur. Le bois était triste, le ciel gris, les figures
maussades ; les plus jolis équipages ressemblaient à
des fiacres. Mon cocher me conduisait inégalement,
et, dès que je voulais m'appuyer, une secousse de la
voiture venait déranger mon chapeau, et par suite mes
idées, quand j'étais assez heureuse pour en trouver
une. Ce matin, j'avais le cœur sous je ne sais quel
poids, l'âme enveloppée d'un crêpe. Je n'ai pas voulu
descendre déjeuner en famille, et quand mon mari
s'est hasardé à me dire que je me fatiguais trop, je l'ai
envoyé promener. J'ai fait la mine à ma belle-mère,
la bonté même, qui m'a embrassée en me serrant,
comme si elle comprenait ce qui se passait en moi.
Alors, j'ai pleuré, et j'ai fermé ma porte à miss Clarisse.

Enfin, j'ai demandé ma voiture, afin d'être seule
tout à mon aise, et bien assurée qu'on ne me dérange-
rait plus. En traversant le salon, pour sortir, j'y ai
trouvé M. Fromentin. Adieu, adieu, lui ai-je dit en
passant, j'ai mes papillons noirs. Il m'a montré un
livre, le piano, et mon mari qui allait monter à cheval,
parce que je lui avais signifié que je voulais sortir
seule... Bah !... après tout, qui sait ?... l'ami Fulgence
a peut-être raison ; car, plus on s'amuse, plus on veut

s'amuser. Dès que le plaisir s'arrête, l'ennui accourt. Décidément, il est le revers de la médaille. Une fois seule dans ma voiture, il s'est emparé de moi plus fort que jamais, et je suis venue te trouver. Voilà la véridique histoire de ce que tu nommes poliment mes nerfs, et que moi j'appelle par son nom, ma mauvaise humeur. Mais je suis certaine que, si comme toi, je pouvais faire tout ce qui me passe par la tête, je serais adorable, parce que je serais vraiment heureuse.

— Eh bien, tu te trompes, reprit Suzanne, et crois-moi, ne souhaite pas d'en faire l'expérience. Ce n'est pas l'ennui qui est le revers de cette médaille, qui te paraît si brillante, c'est le vide. Il me fait peur.

XVII

Le printemps ramena les courses, et Christine, qui n'en avait jamais vu, se fit une fête d'aller à la première, puis elle ne parut plus s'en soucier. C'est que son élégant équipage, c'est que la compagnie de sa belle-mère et de son mari ne lui avaient pas suffi. Elle aurait aussi aimé à parier, à figurer de même que Suzanne dans la tribune privilégiée; mais comme elle savait que Guy détestait tout ce qui pouvait la mettre en évidence, comme elle n'ignorait pas qu'il eût été fort mécontent de voir son nom cité parmi les reines de la mode, elle ne témoigna pas son désir et se contenta de bouder.

Le comte n'était pas un de ces maris qui ont besoin que les autres hommes admirent leur femme pour songer à la trouver charmante. Il savait fort bien tout ce que valait la sienne, il eût seulement souhaité qu'elle l'ignorât davantage et qu'elle se résignât à être tranquillement jolie. Mais c'était chose trop délicate pour se risquer à la lui faire sentir ; il se bornait donc, avec tous les ménagements imaginables, à l'amener à comprendre que l'effet cherché était du plus mauvais goût, et qu'elle était trop supérieure pour recourir à de pareils moyens. Il devina bien ce qui, tout d'un coup, lui avait fait passer son enthousiasme pour les courses ; et certainement, si elle eût été d'humeur plus calme, lui-même fût allé au-devant de son désir ; mais, telle qu'il la connaissait, il évitait de la lancer dans ce monde qui va trop vite, et dont les adulations excessives eussent été un danger de plus.

Christine se décida pourtant à aller à la dernière course. Combien, au lieu d'en vouloir à Guy, elle l'eût remercié du fond du cœur, et combien son besoin de faire sensation se fût amplement trouvé satisfait, si il lui eût été donné de comprendre l'impression favorable qu'elle produisait. Car sa mise, si vraiment élégante qu'elle paraissait simple tout en étant fort recherchée, sa tenue calme, le bon ton de sa conversation faite à voix contenue, la réserve respectueuse que son mari entretenait autour d'elle, la faisaient bien plus admirer que si, luttant avec les merveilleuses qui se disputaient les excentricités de la mode, elle eût, en tenue triomphante, arpenté le champ de course, traînant à sa suite les incroyables du jour.

Tant que dura la course, Christine contint le déplaisir intérieur qu'elle ressentait, et elle se consolait de ne pouvoir satisfaire sa fantaisie en voyant les visiteurs affluer autour de sa voiture. Elle les accueillait avec une bonne grâce toute charmante, mais Guy ne s'y trompait pas, car ses yeux, dont le regard semblait si caressant et si doux, prenaient en lui parlant une expression qui ne présageait rien de bon pour le retour.

En effet, une fois rentrée, elle ne lui épargna ni les récriminations ni les bouderies. Elle se moqua de sa ridicule sévérité, de son absurde pruderie ; elle fit revivre tous ses griefs à partir du jour de son mariage ; elle se laissa aller à envier Suzanne ; enfin, à bout de reproches, elle l'engagea à la cloîtrer tout de suite pour en finir.

Ce mot, souvenir du couvent, fut suivi d'une averse de larmes, d'un ouragan de crispations nerveuses qui n'étaient pas feintes, car, en se contenant pendant la course, la nature violente de la jeune femme avait fait un tel effort, qu'il lui eût fallu plus d'empire sur elle-même pour pouvoir le continuer.

Puis, comme elle ne manquait jamais de le faire quand il lui arrivait d'aller trop loin, elle retrouva de bonnes paroles qui mirent fin à la scène. Le comte, qui avait supporté cet emportement avec une douceur et une patience admirables, risqua alors d'affectueux reproches. Il essaya de lui faire comprendre qu'il lui prouvait plus de tendresse en lui résistant qu'en cé-dant à ses volontés ; qu'il savait fort bien ce que les hommes les plus complimenteurs et les plus empressés pensaient des femmes parmi lesquelles il lui eût été si agréable d'aller prendre place, et qu'il était bien trop glorieux d'elle pour vouloir que le blâme ou le ridicule pussent l'atteindre. Christine, attentive à ses paroles, semblait touchée, tandis qu'elle ne faisait qu'épier le moment de reprendre l'avantage.

— Eh bien, oui ! Tu fais sagement, dit-elle d'un petit air soumis, tout en appuyant son visage sur l'épaule de Guy, mais où veux-tu que j'aie appris tout cela ? N'est-il pas naturel, à mon âge, d'aimer ce qui amuse, surtout quand on ne s'est jamais amusée ?

Elle savait que c'était une corde qu'elle ne touchait pas inutilement.

— Tu as eu une enfance et une jeunesse heureuses, toi ; mais songe à la vie que j'ai eue.

Et elle pleura. Puis elle acheva de le désarmer en ajoutant :

— Ton expérience te permet de voir du mal et des inconvénients là où je n'en aperçois même pas l'ombre. Te rappelles-tu comme tu me représentais la vie belle et amusante, comme tu me promettais de me la rendre agréable, comme tu te réjouissais quand je paraissais aimer le plaisir? Pourquoi ne pas m'avoir dit que, la plupart du temps, il ne me serait permis de m'amuser que d'une certaine manière et suivant certains usages dont tu ne me parlais pas alors?

Elle finit enfin par lui prouver qu'il n'était pas assez indulgent, lui l'indulgence et la bonté mêmes.

Tout en l'écoutant, le comte pensait qu'elle avait raison et qu'il avait, en effet, grand tort de persister à la traiter et à la considérer comme une femme, tandis qu'elle n'était en réalité qu'une pauvre enfant, aussi ignorante des choses de la vie que de celles du cœur, et que son amour de mari devait se mêler d'une sorte d'amour maternel.

Néanmoins, quelque vive que fût sa tendresse, ces discussions souvent renouvelées fatiguaient le comte. Par moments, il se sentait pris d'effroi, en voyant combien les goûts de sa femme devenaient différents des siens. L'existence qu'elle aurait voulu mener était si loin de celle qu'il aimait, si loin de celle à laquelle sa mère l'avait habitué, qu'il ne pouvait s'empêcher de se demander ce que, par la suite, pourrait amener cette différence d'idées. Certainement, il adorait toujours Christine, mais, à défaut de réalité, l'amour, pour se nourrir, a besoin d'illusions, et lorsque Guy la voyait si séduisante, si délicieuse dans le monde ou au salon, il ne l'admirait plus comme autrefois, et ne pouvait, au contraire, se défendre de faire de pénibles retours sur ce qu'elle était dans son intérieur. Le désenchantement se glissait peu à peu dans son âme, et, quoique sa passion fût toujours aussi vive, malgré lui, sa femme n'occupait plus une place aussi élevée dans son estime. Il eût excusé les travers de son caractère, ses inconséquences ou sa volonté d'en commettre, mais sa froideur de cœur et son peu de désir de lui plaire le blessaient profondément. Guy, avec la nature tendre de sa mère, avait aussi la jalousie et les susceptibilités dont elle s'était si difficilement guérie, et les coups d'épingle que Christine ne lui épargnait pas finissaient par former une plaie qui allait chaque jour en s'élargissant.

M. d'Engennes éprouva donc un soulagement quand le moment vint de retourner à Emblimont. Il se flattait encore que Christine, en changeant de milieu, reviendrait à des idées plus raisonnables. Il était fermement résolu, laissant de côté tous ses mécontentements, à lui rendre la vie de famille si bonne et si charmante qu'il la lui ferait aimer. Car, jusque-là, ce n'avait pas été par besoin d'affection qu'elle s'en était arrangée, mais parce que, habituée à avoir au couvent un nombreux entourage, la solitude l'eût ennuyée, et que, pensionnaires ou parents, peu lui importait, pourvu qu'il y eût du mouvement autour d'elle.

A la vive satisfaction du comte, sa femme parut enchantée de se retrouver à la campagne, et il lui en sut un gré infini. Il ne tarda pas même à recommencer ses rêves de bonheur, car, avec l'espoir d'être mère, Christine sembla encore une fois transformée. Elle répondit plus que jamais elle ne l'avait fait à la tendresse de son mari, se montra très sensible à ses soins, évita visiblement tout ce qui pouvait lui déplaire, témoigna à sa belle-mère, en retour des attentions dont elle la comblait, une reconnaissance remplie de la plus douce affection, et se montra si charmante qu'on se reprit à l'adorer.

Retenue dans sa chambre, pouvant à peine quitter sa chaise longue, on voyait qu'elle n'avait qu'un désir, celui de témoigner à ceux qui laissaient de côté leur plaisir pour venir s'enfermer avec elle, combien elle était sensible à leur sympathie.

Le docteur et M. Fromentin s'entretenaient parfois de la jeune femme, dont les singularités n'avaient pu leur échapper.

— Délicieuse tête à regarder, mais que je ne voudrais pas être chargé de diriger, dit un jour le docteur.

— Il faudra voir, répondit l'ami Fulgence, si on trouve le cœur, il y aura bien de la ressource.

Ainsi pensaient-ils la première année.

— Paris a opéré de véritables miracles, dit le docteur à M. Fromentin au retour de la jeune comtesse, l'enfant gâté a fait place à une charmante femme, et,

9

enfin, elle aime son mari. C'est, en vérité, bien heureux.

— Oui, ce serait en effet bien heureux qu'elle comprît enfin tout ce que vaut son mari, et qu'elle lui rendît affection pour affection. Quant au changement, il n'y a que celui-ci; autrefois, l'enfant cachait la femme, maintenant la femme cache l'enfant.

Ainsi pensaient-ils la seconde année. Miss Clarisse, elle, admirait sans la moindre restriction. Il suffisait, d'ailleurs, que Christine fût la femme de M. Guy pour qu'elle la trouvât parfaite et lui fût dévouée corps et âme.

Quant à la comtesse, qui se reprenait aussi à espérer, elle ne parlait jamais de sa belle-fille que pour la louer, et lorsque, par hasard, celle-ci commettait quelque extravagance trop forte pour passer inaperçue : « Elle est si jeune! » disait avec indulgence Mme d'Engennes.

Il lui avait été facile, dès le début, de prévoir combien, avec une personne du caractère de la jeune comtesse, sa position serait délicate ; car, pour Christine, la conseiller était la reprendre, la reprendre était la froisser, et la froisser pouvait amener une irritation embarrassante pour son mari qui se trouverait ainsi placé entre sa femme et sa mère.

Marguerite ménageait donc, mais sans faiblesse, car elle n'avait jamais l'air d'approuver ce qui lui semblait blâmable, et son silence, quoique toujours accompagné de douceur, gênait et affligeait Christine plus que n'auraient fait les reproches.

Du jour où la comtesse s'était interdit les observations, elle s'était aussi interdit les réflexions, et elle aurait cru mal agir en disant même à ses plus proches, même à ses plus intimes, ce qu'elle n'osait dire en face à sa belle-fille. Elle n'avait jamais non plus autorisé ni toléré le moindre rapport, et comme cette manière de se conduire, pleine de délicatesse et de dignité, n'échappait pas à la jeune femme, elle la pénétrait d'un profond respect. Aussi, tout en ne permettant pas à sa belle-mère de la contrarier, lui accordait-elle, en réalité, une influence plus grande qu'à qui que ce fût au monde. Elle ne souffrait pas d'être conduite, et néanmoins, ce que Mme d'Engennes pouvait penser de telle ou telle de ses actions était souvent un frein pour Christine. Cependant, tout en craignant son blâme, sa bonté au besoin lui eût inspiré une confiance sans bornes. Ce caractère si vrai, si droit, si indulgent, elle le révérait.

Parfois son mari lui faisait peur; sa belle-mère, jamais. Guy était vif, d'une tendresse inquiète, susceptible, portée à la jalousie, tandis que l'égalité, la douceur, la raison de Mme d'Engennes la rassuraient si pleinement, qu'elle y avait recours dans ses petites discussions conjugales. Toujours Marguerite apaisait, toujours elle conciliait. Elle inspirait tout de suite la confiance, tant il était aisé de sentir qu'elle ne cher-

chait ni à blesser, ni à contrarier, mais que son seul
désir était de ramener la paix et de rétablir le bonheur.
Très sobre de conseils, elle n'en donnait à ses enfants
que s'ils lui en demandaient. Elle se montrait alors
d'une rigoureuse impartialité, et, qu'elle eût ou non à
se plaindre, loin de laisser ses avis dégénérer en récriminations, elle les entremêlait, au contraire, de douces
paroles telles que son cœur aimant savait si bien lui en
inspirer.

Dans le courant de l'été, la marquise de Grécourre
vint voir Christine, toutes deux éprouvèrent une grande
joie à se retrouver. Elles ne pouvaient assez être ensemble ; il leur semblait que jamais elles n'arriveraient
à épuiser tout ce qu'elles avaient à se dire, et Suzanne
se fit garde-malade avec une grâce et un zèle extrêmes.
Néanmoins, au bout de quelques jours, la comtesse insista pour que son amie prît un peu de distraction, et
elle lui offrit de monter Phœbus, l'assurant que ce serait pour son mari un véritable plaisir de l'accompagner.

Ces excursions, innocentes s'il en fut, établirent naturellement entre les deux promeneurs une certaine
intimité qui déplut promptement à Christine. Le but
de leur course, leurs conversations, les incidents de la
route défrayaient souvent le dîner et amenaient un
échange de plaisanteries et parfois d'aimables railleries
qui impatientaient la jeune comtesse. Elle ne s'occupait
pas de son mari, mais elle ne pouvait supporter qu'il

s'occupât d'une autre femme. Sa jalousie, — non pas
celle qui provient du cœur, mais de l'amour-propre, —
s'éveilla donc et finit par devenir si extrême qu'au retour d'une promenade qui s'était un peu plus prolongée que de coutume, Guy la trouva tout en larmes.
Inquiet d'un accès de sensibilité qui, pour elle, était
chose rare, il la pressa instamment de lui dire ce qui
l'affligeait, et elle finit par le lui avouer. Puis, moitié
irritée, moitié suppliante, elle lui demanda de mettre
fin à ces courses qui lui devenaient insupportables.
Elle trouvait Suzanne affreusement coquette; elle trouvait qu'il l'y encourageait. Elle prétendait avoir surpris des sourires et des regards. Enfin, ce fut une scène
de jalousie à laquelle rien ne manqua.

Le comte, fort surpris de cette avalanche de reproches qu'il avait parfaitement la conscience de ne pas
mériter, les reçut cependant avec bonté et patience,
mais non sans faire un retour sur la propre coquetterie
de Christine. Il eut cependant assez de générosité pour
ne pas lui dire : ce que vous souffrez aujourd'hui sans
raison, que de fois vous me l'avez fait souffrir en m'en
donnant toutes les raisons du monde; et lorsque, moi
aussi, je vous disais ma peine, loin de vous en soucier,
vous la traitiez légèrement. Il lui promit cependant
tout ce qu'elle voulut, afin de la calmer, car, à cause
de son état, il redoublait de ménagements envers
elle.

Au fond, il se trouva fort embarrassé entre ses de-

voirs de maître de maison et le désir de ménager la
jalousie de sa femme. Heureusement, la pluie lui vint
en aide, et quand le soleil reparut, un nouveau cavalier s'offrit pour escorter Suzanne et rompit le tête-à-
tête.

Au nombre des meilleurs et plus anciens amis c
Guy se trouvait le comte Rodolphe Appiany, d'origi
hongroise par sa mère, mais né en Autriche, où s
père occupait, à la cour, une position considérab
Il venait récemment d'être attaché à l'ambassade
Paris.

Dans sa première jeunesse, lorsqu'il vint en Fran
pour perfectionner son éducation, Mme d'Engennes.
qui il était recommandé, l'accueillit avec tant de bo
qu'il crut se retrouver en famille. Plus tard, lorsqu
Guy voyagea, il fut à son tour accueilli comme un fils
par la comtesse Appiany.

Aimable, spirituel, séduisant de figure, de manière
et de langage, insinuant et adroit avec tous les dehors
de la bonhomie, égoïste avec tous les semblants du dévouement, Rodolphe, sous un air de franchise, cachait
du retour et une conduite habilement calculée. C'é-
tait un faux bon garçon, dans toute la rigueur du
mot.

Sceptique et blasé, sa physionomie douce et rêveuse
l'aidait à dissimuler, non un chagrin secret, comme les
âmes sensibles se plaisaient à le croire, mais l'ennui
qui souvent le dévorait. Cette mélancolie, cet air déta-

ché des choses de la terre qui allait parfois jusqu'au dédain, était, il ne l'ignorait pas, son puissant moyen de réussir. Sa conversation, à la fois sentimentale et railleuse, le faisait rechercher, et c'était à qui essayerait de le consoler et de le rattacher à la vie.

Il eût été toutefois difficile de lui reprocher de manquer de cœur, le sien était, au contraire, si vaste qu'il y avait place pour toutes les femmes. Il allait de passion en passion, toujours fatigué de celle du moment, mais toujours plein d'espoir dans celle à venir, et croyant fermement qu'elle serait la véritable, car, parmi toutes ses bonnes fortunes, il n'avait jamais formé un attachement sérieux. Mais, comme il ne voulait pas s'avouer qu'il en était incapable, il accusait volontiers les femmes de légèreté et d'inconstance.

Christine souffrante et fatiguée lui sembla fort au-dessous de tout ce qu'il en avait entendu dire ; elle lui parut à peine aimable; d'ailleurs, eût-elle été en beauté, Rodolphe se figurait qu'il ne s'en serait pas occupé davantage ; elle était la femme de son ami, et il s'imaginait avoir à cet égard des principes très arrêtés. Mais il trouva Suzanne charmante. Cette gracieuse petite femme toute délicate, toute mignonne, avec sa petite bouche, ses grands yeux noirs mélancoliques, son petit nez un peu relevé, contre les règles de l'art, mais qui venait égayer ses yeux et donner du piquant à sa physionomie, lui tourna la tête, et cette fois il se crut le cœur véritablement pris.

Il commença donc une cour en règle : regards, soupirs, redoublement de mélancolie, désespoir à la Werther dès qu'elle ne faisait pas attention à lui, recherche de petits soins, rien ne fut épargné.

La marquise était bonne et sensible, son cœur aimant se laissa prendre à tout cet étalage de passion. Sa gaieté habituelle fit place à une petite mine sentimentale qui la rendit encore plus aimable aux yeux du comte, mais qui ennuya bien vite Christine. Tout ce manége entre Rodolphe et Suzanne lui fut d'autant moins agréable qu'elle se trouvait négligée et qu'elle n'avait guère l'habitude de se voir reléguée au second plan. Son amour-propre en était d'autant plus froissé que toute son affection ne l'empêchait pas de se regarder comme supérieure à son amie, chez qui beauté, esprit, talent, tout lui semblait médiocre. Aussi était-elle irritée de voir le comte, homme de goût et excellent musicien, rechercher la conversation de Suzanne et s'extasier devant ses infiniment petits mérites.

Cet encens brûlé sur l'autel d'une autre lui faisait mal à respirer; il lui portait à la tète. Elle finit pourtant par se calmer en se disant qu'elle n'avait qu'à vouloir pour se faire rendre ce qui lui était dû.

Un soir que Suzanne, après avoir effleuré une bluette sur le piano, venait de gazouiller une insignifiante romance, Rodolphe, comme s'il avait entendu une merveille, s'extasiait et ne tarissait pas en compliments.

— Vous finissez par me rendre confuse, lui dit en riant la marquise; que serait-ce donc si vous entendiez Christine?

Et avec l'air heureux d'une femme qui vient d'être admirée par celui qu'elle-même admire, Mme de Grécourre, sans se soucier de perdre à la comparaison, insista vivement auprès de la jeune comtesse pour qu'elle se fît entendre.

— Je n'ai plus de voix, répondit celle-ci.

— Essaye, tu la retrouveras. Voyons, chère Christine, un peu de bonne volonté; ne te fais pas prier. Fais comme moi.

Bien obligé, pensa l'orgueilleuse jeune femme, j'espère mieux faire. Et elle prit tour à tour *les Huguenots*, *Robert le Diable, don Juan;* elle en essaya négligemment et du bout des doigts quelques airs; puis, rejetant ces partitions, elle mit sur le pupitre celle de *Faust.* Alors, d'une main si habile que le piano sembla prendre une âme, elle joua : « Laisse-moi contempler ton visage. » Tout à coup, au moment où chacun commençait à se recueillir pour la mieux écouter, elle s'arrêta.

— Voulez-vous chanter avec moi, comte, dit-elle?

Rodolphe, qui aimait la musique en artiste et qu'elle avait tout de suite enthousiasmé, y consentit avec empressement.

— Chère miss Clarisse, ajouta-t-elle en allant vers miss Watson, venez vous mettre au piano. Chanter et

9,

m'accompagner est maintenant au-dessus de mes forces.

Dès les premières notes, le comte se trouva sous le charme ; il aurait voulu pouvoir écouter tout à son aise, car cette voix légère comme celle de l'oiseau était en même temps si émouvante, si passionnée, que son cœur en fut profondément ému. Comme elle comprenait cette poétique et suave musique ! Comme elle l'interprétait ! C'était la vraie Marguerite, la Marguerite rêvée par le poète et par le maître.

La jeune comtesse en scène, comme elle l'avait tant de fois souhaité, s'abandonnait à toute son inspiration, et elle était si belle, si tendre que le comte, transporté, entra tellement dans son rôle, qu'un moment pour lui l'illusion fut complète.

Le duo terminé, ils demeurèrent un instant dans une sorte de recueillement. Christine la première rompit le silence. Elle se mit à parler musique avec Rodolphe, joua quelques passages des opéras qu'il préférait, lui accompagna plusieurs morceaux, mais, malgré ses instances, elle se refusa à chanter de nouveau.

Ce musical échange de sentiments qui n'étaient pas les leurs, semblait néanmoins avoir établi entre eux une sorte d'intimité ; car, sans prendre souci du reste de la société, ils causèrent ensemble jusqu'à la fin de la soirée.

Deux personnes cependant souffraient infiniment de cet aparté : Suzanne qui, sans s'être avoué qu'elle

aimait le comte, en était jalouse; et Mme d'Engennes
qui voyait avec douleur sa belle-fille s'abandonner à
une coquetterie bien faite pour attirer Rodolphe, mais
bien faite aussi pour éloigner son mari. Par bonheur,
il était absent ce soir-là.

Christine, ordinairement fort soigneuse de sa santé,
oublia si complétement sa souffrance qu'elle ne se retira pas avant minuit, encore fallut-il lui rappeler
l'heure. Jusqu'à la fin, elle fut éblouissante d'esprit et
de beauté.

Sa grande mante de mousseline blanche l'enveloppait de flots nuageux qui dissimulaient sa taille. Le ca-
puchon avait glissé en arrière, et la dentelle qui le
garnissait couvrait légèrement ses beaux cheveux, se
mêlait à ses boucles d'or et accompagnait son visage
de la façon la plus seyante. La pâleur et la fatigue de
ses traits disparaissaient sous son animation passagère,
et le charme, la langueur, l'éclat de son regard la rendaient adorable. Aussi son bonsoir à Rodolphe dut-il
être de ceux qui empêchent de dormir.

La comtesse ne se retira qu'avec sa belle-fille. Il lui
fallut faire un effort sur elle-même pour appuyer ses
lèvres sur le front de Christine qui ne parut nullement
embarrassée, et mit sa bonne grâce accoutumée dans
le bonsoir qu'elle donna à sa belle-mère et à son
amie.

M. Fromentin et le docteur, contre leur habitude,
gagnèrent silencieusement leurs chambres qui étaient

voisines; avant de se séparer, ils échangèrent une muette poignée de main. Déjà même le docteur avait ouvert la porte, quand tout à coup se retournant :

— Mais pourquoi diable aussi n'est-il pas là? dit-il d'un ton bourru. On ne s'en va pas à la chasse quand on a une si jolie femme.

Et, sans attendre de réponse, il ferma brusquement sa porte.

Une fois seule, Suzanne, qui avait souffert d'être si complétement négligée, s'abandonna à toute l'amertume qu'elle avait contenue à grand'peine. Comme elle est légère, coquette, pensait-elle, et comme cela est mal!... c'est indigne... Pauvre Guy, lui si charmant, si bon, qui lui passe tout, qui la gâte, qui ne songe qu'à elle!... Et ce comte Appiany!... la femme de son meilleur ami!... Fi!... je lui croyais tant de délicatesse... tant de nobles sentiments... et tout cela s'est évanoui devant quelques roulades... devant quelques coquetteries... Leur troublons-nous donc si facilement la tête?... Sont-ils donc si légers?... Et elle se livra aux réflexions les plus sombres, les plus décourageantes, et elle fit de la misanthropie, sans reconnaître que la jalousie seule la faisait souffrir.

Quelle adorable créature! se disait pendant ce temps le comte; comment se fait-il que, jusqu'ici, je ne l'aie pas remarquée? Quel talent! Quel esprit! Et quels yeux! C'est à en devenir fou! Il ne se pardonnait pas ces quinze jours passés près d'elle sans l'avoir pour ainsi dire regardée. Cependant, il ne pouvait s'empêcher de se demander si c'était à l'artiste ou à la femme qu'il avait plu. Si c'était au comte Rodolphe où à Faust que Christine songeait en chantant. Malgré ses grands principes, il en vint peu à peu à espérer et enfin à croire, ce qui le flattait davantage. Je n'ai aucun tort, aucune intention coupable à me reprocher, — ceci était pour apaiser les tiraillements de sa conscience, — je n'aurais certes pas osé y songer; mais si elle vient à moi, je ne puis cependant ni fermer les yeux, ni prendre la fuite. Tout en continuant ce monologue, il se disposait à éteindre sa bougie, quand sa main rencontra un petit portefeuille duquel sortait une tige de rose. Suzanne la portait le matin même; elle était tombée de sa ceinture, et il l'avait sentimentalement et précieusement ramassée. Il sourit à ce souvenir... Il avait complétement oublié la marquise... Et elle? se demanda-t-il alors. Bah!... Son choix ne fut pas long; il s'endormit en pensant à Christine.

La jeune comtesse aussi fut assez longtemps sans trouver le repos; mais l'agitation de ses nerfs en était la seule cause. Comme cette soirée m'a fatiguée! se disait-elle; le comte peut bien maintenant se traîner à mes genoux, il n'obtiendra pas que je chante. Quelle girouette! A-t-il facilement oublié sa Suzanne! C'était amusant! Quelle mine faisait la chère petite! Mais, demain je l'embrasserai et, je la connais, tout sera fini. Je crois, en vérité, qu'elle prend le comte au sérieux.

Alors, je lui ai donné une bonne leçon. Elle peut être tranquille, si ce n'est pour la tourmenter un peu, et pour ne pas être laissée de côté, je ne me soucie guère de M. Appiany. Il est aimable, c'est vrai; mais quelle différence avec Guy!... Guy! Si je n'y avais mis bon ordre, Suzanne aurait pensé comme moi.

Il y eut cependant au château, cette nuit-là, une personne qui ne ferma pas les yeux. Ce fut Mme d'Engennes. Toute sa bonté, toute son indulgence ne purent l'empêcher de ressentir une violente irritation contre sa belle-fille. Tous ses instincts d'honnête femme se révoltaient au souvenir de la façon dont Christine en chantant regardait Rodolphe, et de la manière intime dont elle avait causé avec lui le reste de la soirée. Certainement elle ne peut l'aimer, elle ne l'aime pas, se disait-elle; mais alors à quoi bon ce langage des yeux, cette coquetterie prolongée? Ce semblant de passion pendant le duo n'était déjà que trop inconvenant.

Marguerite en avait été jalouse pour son fils; il lui semblait que c'était un premier pas fait sur une voie fatale, et l'idée du dénoûment possible causait à cette femme si douce une telle horreur que tous les désirs de châtiment lui passaient par la tête. Tous, excepté celui de laisser voir à qui que ce fût, et même à la coupable, ce qu'elle souffrait. Que lui faut-il donc? se demandait-elle. Elle est aimée, idolâtrée, heureuse entre les plus heureuses, et elle va jouer non-seule-

ment son bonheur, mais le bonheur, le repos, la vie
peut-être de l'homme qu'elle devrait adorer à genoux,
et cela pour une misérable satisfaction d'orgueil et de
coquetterie. Elle a voulu humilier Suzanne. Triste
chose que ces amitiés qui ne reposent sur rien de so-
lide! Liaisons de plaisir, de toilette; on s'entraîne à
faire des folies; on se confie sans honte les mutuelles
légèretés; rien de raisonnable, de sérieux ne les occupe; aucune considération ne les arrête. Le meilleur
des maris est laissé de côté, sacrifié à une passagère
fantaisie, à une passagère satisfaction de vanité, et le
cœur même ne peut servir d'excuse. Suzanne, sous ce
rapport, vaut mieux qu'elle; mais c'est une triste connaissance que la marquise, et un triste exemple que
cette cour du comte Rodolphe. Et Marguerite pensa
aux années de sa jeunesse; elle se rappela combien
alors la tenue d'une jeune femme était différente; elle
se rappela avec quel soin elle veillait sur sa conduite,
avec quelle attention elle évitait tout ce qui aurait pu
donner de la jalousie à Georges, et quel prix elle attachait à sa tendresse. L'indifférence de Christine la nâ-
vrait; elle sentait tout ce que valait son fils, et elle se
révoltait du peu de cas que sa femme en faisait. Elle
était humiliée en songeant à ce que chacun avait dû
penser de Christine. Il lui semblait qu'elle ne pourrait
revoir sans embarras même ses vieux amis, et elle ne
pouvait se défendre d'une vive angoisse à l'idée de ce
que Guy ferait si la conduite de Christine se prolongeait.

La comtesse descendit donc au déjeuner remplie d'inquiétude. Christine n'arriva que vers la fin du repas; elle embrassa affectueusement sa belle-mère et Suzanne, tendit la main au comte Rodolphe avec la plus aimable indifférence et fut charmante pour son mari. Elle fit naître adroitement les sujets de conversation qui pouvaient le faire briller et montrer sa supériorité sur Rodolphe qu'elle railla avec esprit et finesse, mais sans pitié. Elle paraissait avoir gardé si peu souvenir de la veille que M. Appiany ne put s'empêcher de se dire : Décidément, je n'ai été que Faust. Cependant, il fut question de la soirée, et Guy ayant témoigné le regret de ne pas avoir entendu sa femme, elle se mit tout de suite au piano et chanta *le Soir*, de Gounod, avec tant d'âme que tous les yeux se mouillèrent de larmes.

Est-ce hier qu'elle a joué la comédie, ou est-ce ce matin? ne put s'empêcher de penser Marguerite qui, tout en étant soulagée, ne pouvait oublier.

Le comte resta encore une quinzaine de jours à Emblimont. Malgré ses prières, Christine ne se fit plus entendre, et, tout en restant aimable et gracieuse, le tint à distance. Il ne put donc nourrir le moindre espoir et fut obligé, vis-à-vis de lui-même, de convenir qu'il s'était trompé. Quant à la jeune comtesse, elle eut l'aplomb, à plusieurs reprises, d'engager Suzanne à ne pas permettre au comte de s'occuper d'elle aussi particulièrement qu'il le faisait.

— Tu verras qu'on en jasera, si tu continues, finit-elle par lui dire d'un petit air aigre et en pinçant les lèvres.

Comme elle a peu de mémoire! pensa la pauvre Suzanne qui, tout en étant fort blessée du ton sur lequel l'avis était donné, eut assez de bonté pour ne pas répondre.

XVIII

C'était inutilement que Mlle Barbe, en entrant dans la chambre de la baronne de Chaville, avait ouvert les volets avec moins de précautions que de coutume; c'était inutilement qu'elle avait heurté la pelle et la pincette en faisant le feu, qu'elle avait toussé comme si la fumée l'étranglait, tandis que le bois prenait à merveille, la baronne ne s'éveillait pas. Enfin Mlle Barbe, n'y tenant plus, s'approcha du lit :

— Madame... madame... madame la baronne, ce sont deux petites filles.

— Deux petites filles, grand Dieu! Et que ne le

disiez-vous tout de suite? Vite, vite, ma toilette, ma
voiture!

— Tout est déjà prêt, reprit la femme de chambre,
dont la figure sèche et pincée avait un air de jubilation
qui ne lui était pas habituel.

Peu d'instants après, la baronne arriva rue Saint-
Dominique. Guy accourut au-devant de sa grand'mère,
l'embrassa avec effusion et s'empressa de la conduire
dans la chambre de ses filles, comme il disait déjà.
Anne et Marie reposaient dans le même berceau, et
quoique la beauté des nouveau-nés soit chose fort con-
testée par les indifférents, la famille, — ainsi que toutes
les familles du monde, — les trouvait adorables. Ce fut
une de ces belles journées comme Dieu en place dans
notre existence, afin que, pendant les jours mauvais,
nous nous souvenions qu'il nous en a accordé de plus
doux.

Cette belle journée touchait cependant à sa fin; la
nuit était venue; une veilleuse éclairait seule la chambre de l'accouchée; mais, comme il faisait très froid,
un grand feu flambait dans l'âtre. Le lit à colonnes faisait face à la cheminée, et les rideaux se trouvant re-
levés au pied, de temps à autre un jet de flamme projetait ses reflets sur le visage de la malade. Christine
venait de reposer pendant quelques heures; elle n'é-
tait pas encore tout à fait réveillée, et, dans ce demi-
sommeil, elle goûtait le bien-être qui succède à une
grande souffrance. Par moments, elle entr'ouvrait les

yeux et voyait son mari et sa belle-mère qui, assis de chaque côté du foyer, osaient à peine échanger une parole; elle suivait les jeux de la lumière qui donnaient aux meubles une forme fantastique; puis ses yeux se refermaient. Elle se recueillait alors dans son bonheur, et son cœur tressaillait d'aise en se reportant vers ses filles. Elle pensait avec joie qu'une vie heureuse les attendait, qu'elles étaient environnées des mille recherches du luxe, qu'elle-même n'avait rien à souhaiter, et le confortable qui l'entourait la pénétrait agréablement. Soudain, un de ces bons sentiments qui viennent du meilleur de nous-même la remua jusqu'au fond de l'âme. Il y a pourtant, se dit-elle, de malheureuses mères qui n'osent pas se réjouir de la naissance de leurs enfants, et qui ne peuvent leur donner le nécessaire. En ce moment, la garde, qui épiait son réveil, s'approcha sur la pointe des pieds, elle lui apportait dans une jolie tasse d'or, présent de sa belle-mère, une boisson reconfortante.

— Mon mari! dit vivement la jeune mère.

Aussitôt Guy fut auprès d'elle; il jeta un regard d'amour sur ce charmant visage que sa récente souffrance rendait pour lui plus charmant encore. Jamais Christine ne lui avait paru aussi belle.

— Comment te trouves-tu, ma bien-aimée? lui dit-il avec un accent d'ineffable tendresse.

— Bien. Mais j'ai un grand désir. Envoie, je t'en prie, pour porter bonheur à Marie et à Anne, ce qu'il

faut aux sœurs de Saint-Merry, afin que les pauvres
mères qui ont mis aujourd'hui leurs enfants au monde
ne manquent de rien.

Guy l'embrassa, et elle sentit que ses yeux étaient
humides de larmes ; elle les baisa, et ajouta d'un petit
air important :

— Je veux voir mes filles.

La comtesse regardait du coin de l'œil cette scène
qui venait mettre le comble à la joie dont son cœur était
rempli. Elle est bonne, vraiment bonne, pensait-elle,
pendant que Guy lui racontait le souhait de sa femme,
et elle bénissait doublement l'arrivée des chères petites
qui allait resserrer les liens du jeune ménage.

Le souvenir que Marguerite avait gardé du funeste
événement qui avait marqué la naissance de son fils la
remplissait d'une inquiétude que Guy partageait.
Aussi, pendant la nuit, Christine vit-elle à plusieurs
reprises sa belle-mère et son mari se pencher vers elle
avec sollicitude. Comme ils sont bons, se dit-elle, et elle
se reprocha ses torts, et se promit de tout faire désormais pour les rendre heureux.

Quelques semaines après, le salon de la jeune mère
offrait un gracieux et touchant tableau.

Enveloppée dans une robe de chambre en velours
bleu de ciel, garni de queues de zibeline, coquettement
coiffée d'une petite pointe d'Angleterre, Christine recevait ses premières visites. Deux belles nourrices prome-
naient ses amours de petites filles : deux églantines

dans un fouillis de dentelles et de rubans roses. Elle était glorieuse des compliments qu'elle en recevait, et, pour la première fois, elle était plus désireuse de les faire admirer que d'être admirée elle-même.

Pendant quelques mois, la jeune comtesse fut entièrement à ses filles; elle était fière de les mener à la promenade; elle s'en occupait tout le jour et jouait avec elles, comme avec de vraies poupées. Sa santé, restée fort délicate, lui faisait rechercher une vie tranquille; Guy, qui attribuait ce désir à un heureux changement survenu dans ses goûts, était au comble du bonheur. Il lui voyait enfin adopter l'existence qu'il avait rêvée pour elle ; un peu de monde, un peu de distraction, beaucoup de vie intime ; aussi faisait-il tout son possible pour entretenir cette disposition nouvelle. Il entourait sa femme d'une manière charmante, et les soirées de musique et d'aimable causerie dont elle était l'âme furent bientôt citées. La marquise s'y montrait assidue et venait souvent dans le jour près de son amie qui sortait peu. Elle allait moins dans le monde, et quoique Christine fût très sensible à l'affection que Suzanne lui témoignait, elle ne pouvait s'empêcher de penser que ce changement dans ses habitudes et une certaine mélancolie étaient causés par l'absence du comte. Rodolphe avait été rappelé en Autriche par la mort de son père.

L'été se passa à la plus grande satisfaction de toute la famille d'Engennes. Christine, sans négliger ses filles, s'occupait de la façon la plus intéressante. Elle ne désertait plus le salon dès qu'on commençait une lecture sérieuse; elle y apportait au contraire son ouvrage, et se faisait choisir de bons livres par M. Fromentin. Elle en causait avec lui après les avoir lus, et avait si bien achevé sa conquête qu'il la portait jusqu'aux nues.

Mais, hélas! toute cette félicité ne fut que passagère, et l'hiver, après s'être bien annoncé, ne tarda pas à devenir gros de nuages. Christine avec la santé avait retrouvé son amour du plaisir. Un concert et une comédie de société donnés au profit des pauvres la rejetèrent dans le tourbillon. Elle s'était d'abord refusée à se faire entendre et à accepter un rôle, mais comme ces deux fêtes avaient lieu chez une grande parente, son mari et sa belle-mère elle-même insistèrent pour l'y décider.

Christine eut un succès qui l'étourdit; jamais elle n'avait reçu autant d'hommages, jamais on ne l'avait autant admirée. C'est qu'en effet elle était devenue tout à fait belle; sa taille s'était avantageusement développée; ses traits, en s'arrêtant, avaient acquis une remarquable pureté de lignes, sans perdre leur exquise délicatesse, et sa voix, toujours aussi expressive, avait plus de force et d'ampleur. A tant de séductions elle joignait ce charme particulier qui faisait que, tout en ayant parfaitement la conscience de sa valeur et de sa grande position, elle apportait dans ses relations une simplicité, une grâce, un désir d'être agréable dont

chacun lui savait gré. Le mot aimable semblait naturellement lui venir à la bouche, et, quoique d'instinct
attirée vers ce qui brillait, elle avait l'art de rechercher
ce qui était modeste, et se créait ainsi de nombreux
partisans. Les femmes en général l'ennuyaient, et cependant on lui voyait souvent faire des frais pour les moins
marquantes et les plus timides, qui devenaient aussitôt
ses ferventes admiratrices.

Elle était entièrement changée à l'égard de son mari ;
son accès de tendresse, il est vrai, n'avait été que pas-
sager, mais elle en avait conservé beaucoup de forme,
des égards, une certaine bonne affection qui ne com-
portait toutefois rien d'intime, des soins sans cette chaleur de sentiments qui les rend meilleurs. Elle ne faisait plus de scènes ; elle se bornait, lorsque les choses
n'allaient pas suivant son bon plaisir, à garder un silence plein de hauteur, et dans ses plus violents accès
de colère, elle en était arrivée à se soumettre sans ré-
pliquer. Quelquefois même, elle allait jusqu'à apporter
de la grâce dans sa soumission, et amenait, à force de
coquetteries, son mari à lui offrir ce qu'il lui avait re-
fusé. Alors, elle l'assurait qu'elle ne s'en souciait plus,
et n'acceptait pas. C'était son triomphe, car elle se
sentait assurée de prendre bientôt sa revanche. Et
pourtant Christine n'était pas fausse ; elle ne faisait que
se mal servir des dons que le ciel lui avait départis.
Naturellement fine et adroite, ces deux qualités, si elle
eût beaucoup aimé, se fussent tournées au profit de son

bonheur intérieur; mais elle n'aimait pas assez pour avoir la conscience de n'en pas abuser.

Guy, encore une fois, fut douloureusement froissé. Il sentait qu'elle ne lui était jamais vraiment revenue, qu'elle s'était tout bonnement servie de son affection pour désennuyer ses jours de souffrance, et qu'elle allait tout à fait lui échapper.

Le chagrin, l'amertume finirent par altérer les sentiments qu'il lui portait. En la voyant avec plus d'emportement que jamais reprendre sa vie de dissipation, il comprit si bien l'impossibilité de l'arrêter, qu'il n'essaya plus de le faire. Mais son cœur, toujours généreux malgré sa profonde blessure, le porta à détourner sur lui une partie du blâme qui allait peser sur elle, et il ne la quitta plus. Bals, spectacles, parties, il ne lui refusa rien; mais il était toujours près d'elle, et, toujours en fête, il menait au fond une existence de galérien. Comme le comte d'Engennes est faible pour sa femme! Comme il la dirige mal! Il ne faut pas qu'un mari soit trop épris, il perd alors la raison; Dieu sait ce que tout cela deviendra! disait-on dans le monde; car personne ne se doutait que cet ange de beauté cachait une volonté de démon.

Christine avait complétement abandonné ses filles à sa belle-mère et à miss Clarisse. A peine la voyait-on. Elle se levait tard. Les magasins, les robes à essayer, les coiffures à choisir, les visites, la promenade, quelque exposition de tableaux ou d'objets d'art,— car elle n'en

manquait aucune, et par goût, et pour être au courant
de tout, — la conduisait jusqu'à cinq heures. Elle ren-
trait alors prendre le thé, mode anglaise qui lui plaisait fort, parce que c'était un motif de réunion, et ses
thés étaient fort suivis. A certains jours, elle allait
aussi le prendre chez Suzanne, et c'était pour elle un
véritable divertissement. Son mari n'y venait pas toujours, et sans faire pour cela le moindre mal, elle se
sentait plus à l'aise. Puis, elle était une des personnes
considérables du salon de son amie ; elle aimait l'effet
qu'elle produisait en y arrivant; elle aimait à voir les
autres femmes lui céder le pas, s'effacer devant elle,
rechercher sa conversation, tenir compte de ses jugements, et ambitionner la faveur d'être reçues chez
elle. Elle ne détestait pas non plus d'y rencontrer le
comte Appiany, revenu depuis peu en France. Elle
était franchement en coquetterie avec lui, se moquait de
sa sentimentalité, mais exigeait ses hommages, et, tout
en le traitant d'assez haut, le voulait à ses pieds. Elle
ne lui permettait pas de concevoir la moindre espérance, mais s'amusait à le rendre fou, ce qui ne l'empêchait pas de faire le mélancolique avec Suzanne qui
se tenait sur la réserve et les observait tous deux.
Christine se plaisait aussi à accumuler dîner, bal, souper, et à ne rentrer qu'au jour. Elle s'éveillait alors fort
maussade; mais, à peine habillée, elle reprenait son agitation de la veille. Il semblait que le calme lui fît peur.
Peut-être craignait-elle d'avoir le temps de réfléchir.

Mme d'Engennes partageait silencieusement la douleur de son fils ; jamais elle ne lui parlait de Christine ;
il paraissail y avoir entre eux à cet égard un accord
tacite. Une circonstance vint encore ajouter aux inquiétudes de la comtesse.

On était au temps du carnaval. Guy et sa femme
avaient été dîner chez Mme de Grécourre. Ils devaient ensuite se rendre au bal costumé de la Marine, où tout Paris allait ce soir-là. Le dîner fut des
plus gais. On était en petit nombre. Il y avait le comte
Appiany, le baron et la baronne de Froreich ; Rodolphe
les avaient présentés à la marquise, et ils étaient
promptement devenus de son intimité. C'était un ménage exemplaire qui s'adorait depuis vingt ans. Mme de
Froreich, quoique assez avancée dans la trentaine,
était restée très jeune de caractère. Ayant presque
toujours vécu dans ses terres, elle avait fort peu vu
le monde, l'aimait beaucoup, trouvait que les femmes
de son âge ne l'aimaient plus assez, et se plaisait
par-dessus tout dans une société jeune avec qui elle
se sentait à l'unisson. C'était une blonde encore fort
agréable, charmante personne sans l'ombre de coquetterie, aimant le plaisir pour le plaisir lui-même, et toute
prête à aller de bon gré reprendre sa vie campagnarde
quand le moment serait venu ; car, pourvu qu'elle fût
avec son mari, dont elle était fort jalouse, elle se plaisait partout. Ses relations, sa fortune l'avaient tout de
suite placée dans cette société élégante qui avait si

longtemps excité sa curiosité, et qui, indépendamment
de l'attrait du plaisir, lui offrait une intéressante étude.

Le baron avait été, dans sa jeunesse, un bel officier.
Il en conservait les allures et portait haut ses quarante-
cinq ans. C'était un excellent mari qui trouvait doux et
léger le lien conjugal, et s'il n'en admirait pas moins les
femmes, il n'en admirait aucune autant que la sienne.

Il se posait volontiers comme connaissant à fond la
vie de Paris, et y était en effet venu deux fois. La première, il avait été, pendant deux mois, lancé en pleine
fashion. Il s'était trouvé le témoin et même le confident
des galantes aventures de quelques jeunes Richelieu
de l'époque, et il ne parlait jamais de ces temps hé-
roïques sans donner à entendre que, lui aussi, avait eu
son odyssée. Son second voyage avait été fort court,
et Paris, dont il n'avait pas abusé, était resté dans sa
mémoire comme un lieu de délices où il avait été enchanté d'amener sa femme. Tous deux en jouissaient
avec le même ravissement.

La soirée fut comme le dîner, et le temps passa avec
une telle rapidité que chacun s'étonna quand on annonça les voitures. Comment! déjà minuit! fut l'exclamation générale. Christine, Suzanne, M. et Mme de
Froreich partirent ensemble; Guy emmena Rodolphe
dans son coupé.

En descendant le faubourg Saint-Honoré, la jeune
comtesse demanda où allait cette file de voitures qui
se dirigeait vers le boulevard.

— Au bal de l'Opéra, répondit le baron.

— Mon Dieu! que ces gens-là sont heureux! Je ne sais ce que je donnerais pour y aller.

— Eh bien! comtesse, allons-y.

— Allons-y, ajouta gaiement la baronne qui, en sa qualité d'étrangère, se croyait autorisée à aller partout, sous le prétexte de tout voir.

— Mais comment ferons-nous, continua Mme de Grécourre à qui cette partie ne déplaisait pas, nous ne pouvons y aller avec nos dominos?

Christine et elle étaient en dominos de satin blanc.

— N'est-ce que cela? je me charge de vous en procurer trois autres, dit M. de Froreich.

— Et nous habiller, baron?

— Vous viendrez chez ma femme.

— Au bout du monde?

— Je me charge encore de rapprocher les distances.

— Mais mon mari, s'écria la jeune comtesse, il ne voudra jamais me permettre d'y aller.

— Eh bien! nous nous passerons de sa permission, interrompit le baron d'un air fendant. D'ailleurs, à quoi bon la lui demander. Ne va-t-il pas mener le cotillon chez Mme de Puyseux?

— Oui; mais le bal finit de bonne heure chez ma tante.

— Le comte ne peut toujours pas être revenu avant trois heures et demie du matin. Il l'a dit. Puis, ne devez-vous pas rentrer avec madame votre belle-mère? Fiez-vous à moi pour être là à trois heures.

Suzanne gardait le silence. Les réflexions avaient diminué sa première impression de plaisir. Elle ne comprenait pas comment son amie pouvait se laisser entraîner si facilement, et elle ne voulait pas y contribuer. Christine, poussée par sa fantaisie, ne calculait plus rien; elle était entièrement au bonheur de faire enfin ce qu'elle voulait.

Tout s'arrangea à merveille. Vers une heure, les trois femmes et le baron quittèrent secrètement le bal, et, montant dans une voiture de remise, se rendirent non chez Mme de Froreich, mais chez Rodolphe.

Ce fut seulement en chemin que Christine apprit où elle allait. Malgré sa légèreté, elle sentit que ceci était encore plus grave que tout le reste, et elle ne put dissimuler sa contrariété.

— Vous avez eu bien tort, dit-elle au baron, d'accepter la proposition de M. Appiany; si on savait, par malheur, que nous y sommes allés, que n'en dirait-on pas?

— Mais n'êtes-vous pas avec ma femme, et ne suis-je pas là? Qui pourrait alors en mal parler? D'ailleurs, personne ne peut le savoir.

Christine avait besoin de se rassurer, afin de ne pas troubler son plaisir; elle accepta ces mauvaises raisons comme excellentes.

Suzanne, libre d'elle et n'ayant aucune observation à redouter, n'avait pas d'avis à donner; elle eût craint

de blesser Mme de Froreich qui, se trouvant autorisée
par la présence de son mari, avait l'air de trouver la
chose toute naturelle ; mais elle était peinée de voir
que son amie se trouvait mêlée dans une partie que
M. d'Engennes aurait sévèrement blâmée. Elle avait
pour lui une déférence qui touchait au respect ; la noblesse de son caractère, qu'elle avait pu apprécier,
avait fait sur elle une impression très vive. Sa raison
ne l'effrayait pas ; elle était avec lui gaie et enjouée,
mais faisait le plus grand cas de sa manière de voir, et
ne comprenait pas comment sa femme s'en souciait
aussi peu.

Christine, au moment d'arriver chez le comte,
éprouva une sorte d'angoisse. Qu'allait-il penser de
cette démarche si hasardée? Elle projetait d'arriver en
reine qui accorde une grâce, et de bien lui faire entendre que ce projet avait été arrêté en dehors de sa
volonté. Mais elle n'eut pas cette peine ; Rodolphe,
après avoir donné à son logis un air de fête, s'était dis-
crètement retiré. Les trois femmes purent donc à leur
aise se livrer au plaisir d'examiner. L'intérieur d'un
garçon présente toujours un côté mystérieux que chacune commenta à sa manière.

Mme de Froreich se conduisit en vraie curieuse qui
ne demande qu'à voir. Suzanne était émue, Christine
se montrait d'une gaieté folle. Elle riait de tout, raillait sans pitié, tirait les conséquences les plus plaisantes
des moindres objets, se grisait de ses propres folies et

se conduisait en vraie enfant, tandis que toute son intelligence de femme l'avertissait de l'inconvenance de sa conduite.

Elle arriva au bal avec ce luxe de belle humeur et continua à s'amuser sans le moindre trouble. Rodolphe vint dans la loge faire une visite d'un quart d'heure, mais on le renvoya vite afin qu'il pût veiller au salut général.

Cette foule, ce mouvement, ce bruit plaisaient à la jeune comtesse; elle semblait dans son élément, et on eut de la peine à lui persuader de ne pas descendre dans la salle.

Le baron s'amusait à la faire causer; mais, tout en l'écoutant, il se disait : voilà une petite femme qui ira loin si on n'y prend garde, et tout en s'amusant de son entrain, comme il était honnête homme, il se reprochait de s'être prêté à une pareille fantaisie.

Mme de Froreich n'avait pas assez d'yeux, et elle pensait avec ravissement à ce qu'elle aurait à raconter à son retour.

La marquise goûtait moins que son amie ce bruyant divertissement, et elle ne pouvait s'empêcher de se demander ce que M. d'Engennes dirait s'il apprenait cette folle équipée, et elle pensait avec peine qu'il l'accuserait peut-être d'avoir entraîné sa femme.

— Vite, comtesse, dit le major, il est deux heures.

— Déjà? reprit-elle.

— Oui, madame, et nous n'avons pas une minute à perdre.

En effet, le temps de descendre, de retrouver la voiture, de remettre les dominos, et il était trois heures passées quand on revint au bal de la Marine. A mesure que Christine approchait du ministère, sa gaieté s'éteignait et faisait place à l'inquiétude. A sa grande épouvante, elle rencontra sa belle-mère sur les premières marches de l'escalier.

— D'où venez-vous donc, ma chère enfant? lui demanda-t-elle avec une pénible surprise. Votre mari et moi nous vous cherchons depuis longtemps.

Christine n'avait pas eu le temps de répondre que Guy survint.

— Enfin, dit-il à sa femme, vous voilà, c'est en vérité fort heureux ; mais où pouviez-vous être?

La jeune comtesse crut tout perdu, et se sentit défaillir.

— Voilà certainement trois quarts d'heure que je suis à votre recherche. Je sors du grand salon, où Appiany m'a dit que vous étiez restée une partie de la soirée. C'est en vain que j'en ai fait plusieurs fois le tour. Comment se fait-il que je ne vous ai pas rencontrée? J'ai dû passer près de vous sans vous voir.

— Sans doute ; de notre côté nous cherchions madame votre mère, reprit le baron, venant ainsi au secours de Christine qui n'avait pas le courage de répondre.

Pendant ce temps, Mme de Froreich et Suzanne, afin de faire diversion, s'étaient rapprochées de Mme d'Engennes et échangeaient avec elle quelques paroles insignifiantes. Il régnait un malaise que la préoccupation de Guy l'empêchait seule d'apercevoir.

— Vous avez eu tort de faire attendre ma mère, dit-il à sa femme, en se rapprochant d'elle, ce qui la fit frémir. Mais, allons vite, descendons; voilà Germain qui fait signe que la voiture est avancée, et il offrit le bras à sa mère. Christine accepta celui de M. de Froreich.

La jeune comtesse descendit l'escalier en silence; elle se soutenait à peine. Le baron lui fit quelques recommandations qu'elle n'entendit pas, et, sans répondre à son bonsoir, elle monta précipitamment en voiture, se blottit dans un coin et éclata en sanglots.

— Qu'avez-vous donc, mon enfant? lui demanda avec sollicitude Mme d'Engennes, fort inquiète de cette douleur et non moins inquiète de ce qui l'avait précédée.

Alors la jeune femme, au comble de l'angoisse, se jeta dans ses bras, et, au milieu d'un déluge de larmes, lui confia tout, tout jusqu'à sa visite chez Rodolphe.

— Vous! Vous! chez le comte! Mais, malheureuse enfant, c'est plus qu'une inconséquence, c'est une faute. Vous voulez donc vous per...

Elle n'acheva pas le mot, et eut pitié de Christine

qui était en proie à un spasme nerveux; elle ne s'occupa plus que de la calmer et de la mettre en état de descendre; la voiture entrait dans la cour.

La jeune femme suivit sa belle-mère dans son appartement; à peine y étaient-elles entrées qu'elles entendirent la voix de Guy. Christine remit promptement son masque, afin de cacher la trace de ses larmes.

— Maintenant, Christine, lui dit-il assez vivement, expliquez-moi comment vous avez passé votre soirée.

Soit contrariété, soit fatigue, la physionomie de Guy n'avait pas son expression habituelle; la jeune comtesse sentit redoubler son effroi.

— Très bien, répondit-elle d'une voix mal assurée. Mais vous?

— Oh! moi, je me suis fort ennuyé, et j'ai eu bien des fois l'envie d'aller vous rejoindre. Ce cotillon m'a paru éternel. Etiez-vous bien placée? Avez-vous bien vu l'entrée des quatre...

— Voyons, mon enfant, interrompit la comtesse qui était au supplice et qui avait compassion de sa malheureuse belle-fille, si tu le veux bien, demain nous causerons de tout cela; mais, maintenant, ta femme et moi mourons de fatigue.

Christine trouva un prétexte pour ne pas se retirer en même temps que son mari.

Les deux femmes restèrent quelques instants ensemble, et Mme d'Engennes, avec douceur mais fermeté, osa enfin dire à sa belle-fille tout le chagrin que l'existence

qu'elle avait adoptée causait à tous ceux qui l'aimaient.
Elle ne lui cacha pas les conséquences que la folie
qu'elle venait de faire pourrait avoir si son mari en
était instruit. Puis, la vérité une fois dite, Christine lui
sembla si désespérée qu'elle ne chercha plus qu'à lui
redonner du courage. Elle aussi, cependant, avait le
cœur déchiré par la plus cruelle blessure. C'était la
première offense irréparable que Christine faisait à son
mari, et il lui fallait même, dans l'intérêt de ce fils
chéri, aider la coupable à cacher une faute qui aurait
eu besoin d'être sévèrement reprise. Mais elle sentait
si bien tout le mal que la connaissance de la vérité
pouvait amener pour l'un ou pour l'autre, qu'elle avait
fait dans l'intérêt de leur repos ce qui répugnait le plus
à a nature.

Christine, rentrée chez elle, se hâta de renvoyer
sa femme de chambre et se livra à un emportement
de désespoir qui était le premier de sa vie. Elle ne
sentait que trop combien sa belle-mère avait raison,
et, quoique son orgueil souffrît infiniment des reproches, sous forme de conseils, qu'elle s'était mise dans
le cas de recevoir, elle ne regrettait pas de s'être con-
fiée à Mᵐᵉ d'Engennes, et elle avait été plus sensible à
ses bontés qu'à ses reproches. Ce ne fut pas sans épouvante qu'elle envisagea la faute qu'elle venait de commettre, et les suites qu'elle pouvait avoir. Ce « vous
voulez donc vous perdre? » que sa belle-mère n'avait
osé achever, sa conscience le lui criait sans pitié, et

elle ne pouvait penser à son mari sans être saisie de terreur. Si par hasard il venait à savoir ce qui s'était passé, ne s'en prendrait-il pas à Rodolphe et au baron? Quel éclat! quel scandale! Et vis-à-vis d'elle, comment en userait-il? Quels reproches ne serait-il pas en droit de lui adresser? Lui qui était si jaloux, si susceptible même dans les plus simples questions de convenances, comme il serait froissé, blessé! Elle perdrait sur lui toute influence. Puis, de quel œil la regarderait-on désormais dans la famille? A chaque instant ce souvenir ne reviendrait-il pas? Elle serait déconsidérée, sans espoir de retrouver jamais la place qu'elle aurait perdue. Le présent et l'avenir lui causaient un égal effroi.

Pour la première fois, elle envisagea sérieusement sa conduite depuis son mariage; elle fit la juste part de chacun, et l'examen de la sienne la remplit de confusion. Elle sentit tous ses torts envers Guy; elle sentit que, loin de l'apprécier, ses qualités la gênaient, et qu'au fond elle eût préféré un mari léger qui l'aurait mise plus à son aise. En se reconnaissant de pareils sentiments, elle eut honte d'elle-même. Il lui était d'ailleurs impossible de se dissimuler dans quelle fatale voie elle s'était engagée, car elle savait ce que personne ne pouvait savoir, c'est que sa légèreté, son désir de plaire n'avaient pas été sans donner à quelques-uns le droit de penser qu'on pouvait lui adresser des paroles d'un sens complaisant, que n'accepte pas une femme qui tient plus au respect qu'à l'admiration. Et cependant il y avait deux moi en elle, l'un qui la sollicitait à suivre cette pente glissante, l'autre qui comprenait le bien et était capable de l'accomplir. Plusieurs fois déjà ce moi s'était éveillé et lui avait soufflé le mieux ; mais l'autre avait pris le dessus et l'avait entraînée à continuer de faire ce qui lui était agréable. Néanmoins, il lui semblait qu'elle n'avait qu'à vouloir pour être toute au bien, qu'elle ne faisait que différer, mais que le jour où sa résolution serait bien prise, elle deviendrait exemplaire ; et elle s'abandonnait à cette illusion, ne s'apercevant pas du danger qu'il y a de laisser prendre le dessus aux mauvais penchants. Toute la nuit, elle se jura de changer sa manière de vivre, de réformer en tout point sa conduite, mais avec le jour ses terreurs se calmèrent ; ce qui lui avait semblé si terrible perdit de sa gravité ; elle en vint peu à peu à se rassurer et à faire un compromis avec elle-même. Je m'observerai, fut sa dernière résolution.

Quoique Mme d'Engennes se sentît brisée par tant d'émotions, sa souffrance ne l'empêcha pas de descendre au déjeuner ; elle sentait que sa présence pourrait être utile. En effet, comme Christine se fit excuser, elle resta avec Guy et satisfit à ses premières questions sur le bal.

Christine avait reçu une rude leçon, et ne fut pas facilement quitte de ses inquiétudes.

Le lendemain, elle s'empressa d'aller voir Suzanne.

— T'es-tu rencontrée hier avec mon mari? lui dit-elle.

— Oui.

— T'a-t-il fait des questions?

— Aucune.

— Dieu soit loué! Crois-tu qu'on sache que nous sommes allées à ce maudit bal qui était si amusant? Crois-tu qu'on sache où nous avons fait notre toilette?

— Oui, malheureusement. Tout à l'heure, M. Appiany est venu et m'a dit que plusieurs personnes lui avaient demandé si en effet il avait reçu notre visite.

— Qu'a-t-il répondu?

— Qu'il n'avait pas quitté le bal.

C'était en effet sa réponse. Mais, ce qu'elles ne pouvaient savoir, c'est qu'il l'avait faite de cet air discret qui est la plus grande des indiscrétions.

Christine, à la fois rassurée par la réponse et effrayée par les questions, qui prouvaient que cette folle équipée n'était point passée inaperçue, s'observa soigneusement. Trop fière pour jamais revenir sur ce triste sujet avec sa belle-mère, elle lui témoignait néanmoins la reconnaissance qu'elle gardait de sa bonté en recherchant toutes les occasions de lui être agréable et de lui prouver qu'elle n'oubliait pas ses conseils. Il entra d'abord un peu de politique dans cette conduite, mais bientôt son cœur s'y engagea franchement, et chaque jour l'influence de Mme d'Engennes allait grandissant. Celle-ci le sentait, mais sentait aussi toute la prudence qu'il lui fallait apporter dans sa conduite, car, avec la nature orgueilleuse et ombrageuse de sa belle-fille, il fallait savoir attendre et se laisser désirer. C'était une œuvre de dévouement et de patience infinie ; elle s'y donna tout entière, et Dieu la soutint. Elle ne cherchait jamais Christine, ne faisait jamais un pas en avant, mais Christine la trouvait toujours quand elle avait besoin d'elle.

Guy, sans pouvoir apprécier ce qui se passait, pressentait néanmoins que sa mère travaillait pour son bonheur, et cette preuve de tendresse adoucissait son chagrin. Il voyait bien qu'une réforme s'opérait dans les manières de sa femme, mais il ne s'y laissait plus prendre comme il avait fait maintes fois. La défiance était entrée dans son cœur ; il accusait Christine de manquer de franchise ; il avait presque peur de son habileté, et en était venu à préférer sa froideur à ses retours de tendresse, qu'il avait fini par considérer comme des semblants. L'affection avec elle, pensait-il, était tout simplement un moyen dont elle se servait, suivant la nécessité du moment. Il s'apercevait qu'elle se rejetait vers sa mère, et comme il ne pouvait deviner qu'elle cherchait ainsi à se réhabiliter et à regagner ce qu'elle sentait avoir perdu dans la bonne opinion, il se demandait quel était son but.

Elle avait changé l'excentricité de sa mise ; car, de-

puis longtemps, les conseils de son mari à cet égard
s'étaient trouvés mis de côté; elle n'affichait plus ce
luxe qui blesse les yeux tranquilles; elle était revenue
à une élégance sobre de formes et de couleurs. On
commençait à citer ses toilettes et à prendre ses modes,
ce qui était pour elle la plus grande compensation au
sacrifice de ses goûts. Elle recevait maintenant une
fois la semaine, dans son appartement, et non-seulement elle priait Mme d'Engennes à ses soirées, mais
elle usait envers elle d'une grande recherche d'égards,
et tenait à ce que le monde fût témoin de leurs affectueux rapports.

Ces soirées étaient peu nombreuses et très choisies.
Elle avait remis à la mode la valse à trois temps et les
contredanses. Les jeunes femmes y étalaient, sans
crainte d'être froissées et déchirées, leurs plus fraîches
toilettes, et les personnes plus âgées y trouvaient un
souvenir de ce qu'elles appellent le bon temps. Ces
réunions avaient un parfum de retenue et de comme il
faut qui faisait bruit dans la société, et c'était à qui se
ferait inviter.

Guy se demandait où sa femme voulait en venir;
tout en l'aidant à faire les honneurs de ces fêtes, il
cherchait à se rendre compte du motif qui les lui faisait donner.

Au printemps, Christine continua à s'arranger pour
paraître le plus possible avec sa belle-mère, et elle
trouva le moyen d'aller aux courses dans la tribune

réservée et d'y faire engager Mme d'Engennes de manière à ce qu'elle ne pût refuser et que Guy n'y trouvât rien à redire.

La comtesse se prêtait à tout avec une complaisance infinie, mais elle avait l'âme triste et inquiète, parce qu'elle sentait que de la part de sa belle-fille c'était une temporisation et non un franc et sincère retour vers le bien.

Fort peu de temps après que la famille se fut de nouveau établie à Emblimont, le comte fut obligé de ramener sa femme à Paris. Il avait fait faire le portrait de Christine, et le peintre demandait une dernière séance. Guy fut obligé de s'arrêter à Tours afin de donner une signature, mais l'acte ne pouvant être prêt que pour le soir, la jeune comtesse, qui était attendue, continua sa route. Son mari lui dit qu'il serait à Paris le lendemain matin.

A son arrivée, Christine trouva Suzanne, à qui elle avait donné rendez-vous, et toutes deux allèrent chez le peintre. Au sortir de la séance, la marquise insista pour que son amie acceptât à dîner.

— Je comptais tout à fait sur ton mari et sur toi, lui dit-elle, et j'avais fait prendre une loge à l'Opéra-Comique. Il y a un charmant spectacle. Nous irons avec ma tante de Circé, et nous y retrouverons Mme de Froreich, qui est censé passer l'été à Auteuil, et qui vient tous les soirs à Paris.

— Je ne puis réellement dîner avec toi, répondit

Christine. Ma grand'mère de Chaville sait que je suis ici. Elle ne badine pas avec ces abominables convenances, et me tiendrait à crime si je ne lui donnais pas une partie de ma soirée. Puis, je ferais de la peine à ma belle-mère.

— Viens au moins au spectacle.

La jeune femme y consentit.

A dix heures, la voiture de la marquise vint la prendre.

— Bonsoir, ma chère petite, lui dit sa grand'mère, beaucoup de plaisir. Mais, de mon temps, les jeunes femmes n'allaient pas au spectacle sans leur mari, et elles faisaient bien.

Ce temps modèle devait être bien ennuyeux, pensa Christine qui arriva au spectacle enchantée des heures agréables qu'elle avait en perspective. Emblimont ne l'amusait pas cette année, et elle était ravie que son voyage à Paris vînt rompre ce qu'elle appelait la monotonie de son existence, et l'aidât à gagner le concours régional qui allait amener foule au château.

Mme de Froreich se trouva au spectacle avec sa société. Elle s'était tout à fait lancée et faisait partie de la fine fleur de la *gentry*. En apercevant Christine, elle lui envoya le plus gracieux bonjour, et, au premier entr'acte, elle s'empressa de l'engager à venir, après le spectacle, prendre des glaces chez elle, à Auteuil. Quoiqu'on ne fût qu'aux premiers jours de juin, la chaleur, qui était étouffante, faisait de la promenade toute seule un véritable plaisir. Christine n'hésita donc pas ; la chose lui agréait, elle l'accepta. Quand vint la réflexion, elle se dit, pour se tranquilliser, que son mari ne revenait que le lendemain, et qu'elle serait rentrée bien avant son retour. Après tout, prendre des glaces et faire une promenade, où était le mal ? Il n'aimait pas cette société, mais il ne pouvait créer les gens à sa guise ; et puis, enfin, s'il ne trouvait pas la chose de son goût, elle le laisserait dire et n'en aurait pas moins eu le plaisir. La baronne, qui avait arrangé cette partie d'avance, était enchantée de voir que la présence des deux amies allait la rendre encore plus agréable.

On partit dans deux *mails* attelés chacun de quatre chevaux de poste. Les femmes prirent place sur l'impériale. Ces voitures, qui attendaient depuis plus d'une heure, excitaient l'envie et la curiosité des badauds. Tous les noms anglais, russes, américains leur passaient par la bouche.

Bientôt les chevaux partirent en secouant leurs grelots, les postillons n'épargnèrent pas non plus le clic-clac de leurs fouets, et la société descendit à grand bruit le boulevard ; mais personne ne songea à s'en plaindre, le seul regret était que le jour n'éclairât pas les visages afin que tout Paris pût savoir le lendemain que messieurs et mesdames tels et telles étaient de cette élégante partie.

Les passants, dont la curiosité se trouvait éveillée

par ce tapage, se retournaient ou s'arrêtaient pour regarder, et, tout en pestant contre le luxe ruineux du
jour, enviaient au fond le plaisir que ces fous allaient
prendre.

La maison d'Auteuil était charmante ; le jardin
éclairé *à giorno*; les appartements gais, coquets, remplis de fleurs; l'ameublement des plus confortables. Le
tout enfin était si joli, si frais, si agréable à l'œil, qu'il
semblait que la vie dût s'y écouler exempte de tout
souci.

Rodolphe, qui se trouvait de la partie, sans négliger
Suzanne, eut pour Christine ces prévenances délicates
qui flattent toujours celle qui en est l'objet.

La réunion se composait de dix personnes. Il y
avait, avec les deux amies et Mme de Froreich, la princesse Thékla, une Slave à la blonde chevelure, qui remplaçait la beauté par la grâce et par le piquant de l'esprit; puis Mme Wyndham, riche Américaine à laquelle
la beauté, l'élégance et les millions tenaient lieu de
tout.

On ne pouvait rien reprocher de positif à ces dames,
si ce n'est un grand laisser-aller de paroles et de tenue. L'excentrique était pour elles une seconde nature.
Chaque jour on mettait sur leur compte quelque nouvelle folie, et elles auraient cru se manquer si elles
eussent cessé d'étonner le monde qui, tout en les blâ-
mant, s'en occupait et les mettait au pinacle. Il y avait
en hommes le brillant M. de Trêmes. Personne mieux

que lui ne lançait un bon mot; tant pis s'il était légèrement risqué. M. de Reymoncourt, qui parlait peu et
ne pensait pas davantage ; néanmoins, son jugement
sur les femmes et sur les chevaux était sans appel.
M. de Griville, l'élégant, le joli par excellence, malgré
son long cou qui sortait d'un tout petit col et d'une encore plus petite cravate. Il était sans pareil pour la
valse, conduisait un cotillon mieux qu'homme au
monde, faisait des chansons qui ne se chantaient que
tout bas, et des proverbes qu'on jouait avec fureur.

Le début fut des plus gais. La princesse et M. de
Trêmes savaient tout un acte d'une des pièces les plus
éveillées du Palais-Royal, et ils ne se firent pas prier
pour le jouer. Vite on improvisa un théâtre, et ils
jouèrent en acteurs qui valaient mieux que leurs maîtres : la princesse avaient pris des leçons de Mlle .....;
quant à M. de Trêmes, il était si fidèle habitué du
théâtre, qu'il savait la pièce par cœur. A force d'esprit, l'actrice sauva le risqué du rôle ; l'acteur joua au
naturel.

Les spectateurs se pâmaient de rire. Christine était
étonnée, mais s'amusait beaucoup. Elle aussi eût
souhaité jouer, mais des rôles à passion, un beau
drame bien affreux ; et, tout en regardant la princesse,
qu'elle blâmait bien un peu en son for intérieur, elle
calculait ce qu'il lui serait possible d'être dans une
scène à grands sentiments.

L'acte terminé, on passa dans la salle à manger. Au

11.

lieu de glaces, c'était un fin souper qui attendait les convives. Chacun se plaça à sa fantaisie, et tout naturellement Rodolphe se trouva entre les deux amies. Il s'occupa surtout de Christine qui, sauf de la maîtresse de la maison et de la marquise, était plus connue du reste de la société qu'elle ne le connaissait.

Le commencement du souper se passa à parler de mille choses sans s'arrêter à aucune, puis insensiblement on s'éleva dans les nuages; on parla un peu sentiment, un peu passion, beaucoup caprice, puis on confondit le tout ensemble. La discussion fut vive; enfin on retomba lourdement sur la terre, la définition du caprice ayant conduit à parler des Madeleines à la mode, sur le compte desquelles la princesse et Mme Wyndham interrogeaient avec une curiosité de fruit défendu.

— Quelle affreuse vie! Pauvres femmes, dit Suzanne, et quand on pense qu'il y en a cependant parmi elles de bien nées, de bien élevées, que le malheur...

— Bah! interrompit M. de Trêmes, est-ce qu'elles sentent quelque chose? Le luxe, le plaisir, la toilette, la satisfaction de leur gourmandise, de leur paresse leur fait oublier tout le reste.

— Comme vous en parlez! répliqua la princesse; en vérité, cela me révolte. Car, enfin, ce sont toujours des femmes. Vous ne pouvez leur ôter la faculté de penser, de sentir, et même de faire des réflexions qui souvent ne doivent pas manquer de tristesse, de tristesse à leur portée, veux-je dire, comme déboires, humiliations, froissements de vanité, et, parfois, ne leur accorderez-vous pas la peur du lendemain, le remords de la veille?

— Je vous assure, princesse, que vous les enveloppez d'un romantisme qu'elles sont incapables de comprendre. Elles vivent à l'heure, à la minute, à la seconde, sans regret du passé, sans souci de l'avenir.

— Alors, vous ne croyez pas aux Madeleines repentantes?

— Non, madame, je ne crois qu'aux Madeleines recommençantes.

— Fi! fi! c'est une abomination. Otez-leur cœur, esprit, elles n'en ont pas moins une âme. Vous les calomniez, et je voudrais, seulement une heure, être une de ces Madeleines pour pouvoir...

Ce fut un cri général.

— Voilà, madame, une étrange fantaisie. Que ne peut l'amour du paradoxe? continua tranquillement M. de Trêmes; mais je me figure qu'il entre autant de curiosité que de philanthropie dans le désir que vous manifestez.

— Vous avez tort, reprit-elle avec une certaine hauteur, c'est par un pur mouvement d'humanité. Mais, est-ce que vous entendez quelque chose aux bons mouvements du cœur?

— Excusez-moi, madame, mon jugement est très téméraire sans doute; mais j'ai vu de si étranges fan-

taisies en ce genre, que je suis moins surpris de la vôtre
que vous ne le sauriez croire. Ainsi, l'an passé, aux eaux
de Bagnères, la princesse Lilia a bien eu celle de voir
les bijoux de la Carlinette, et j'ai été chargé de la né-
gociation.

— Carlinette! quel plaisant nom, dit tout d'un coup
la princesse en passant à un autre ordre d'idées; est-ce
ainsi qu'elle s'appelle réellement?

— Non, madame; elle s'appelle Adèle Blaireau.

— Fi! l'horreur! Mais alors pourquoi Carlinette?

— Mais parce que ce nom va à toute sa personne, et
surtout à la forme de son nez.

— Pourquoi n'aurions-nous pas aussi des noms?
Quelle singulière chose ce serait! On devinerait les
gens avant de les avoir vus.

— Vous oubliez, madame, que vous ne pouvez avoir
ni travers, ni ridicules avoués.

— Retirez, je vous prie, ce mot avoué qui me déplaît. Mais alors, nous pourrions en avoir qui indique-
raient nos qualités. Voyons, moi, par exemple, faites
mon baptême.

— Vous m'embarrassez beaucoup, madame; comment, au milieu de tant de...

— Je vais vous mettre à l'aise, interrompit-elle. —
Elle commençait à être très montée.

— Mon esprit?

— Attraction.

— Mon caractère?

— Perfection.

— Vous êtes fade. Vous m'ennuyez. Changez vite. Mes travers?

— Séduction.

— Ma personne? Je vous préviens que je sais fort bien que je suis laide. Ainsi, pas de nouvelles fadeurs.

— Je l'appelle, sans crainte d'être démenti, désir de plaire.

Eh bien! va pour désir de plaire. Qu'y a-t-il de plus charmant! Voyons, M. de Reymoncourt, au lieu de vous perdre dans vos réflexions, baptisez Mme Wyndham.

— Madame, je me récuse.

— Oui, c'est vrai, j'oubliais, il ne s'agit pas de chevaux.

— Je me contente, madame, de vous admirer.

— Quelle admiration, bon Dieu! Quand, par hasard, vous nous reconnaissez de la beauté, ce n'est ni à des roses, ni à quelqu'autre misérable fleur que vous nous comparez, mais, la force de l'habitude l'emportant, vous dites : elle a du sang, elle a de la race, elle a de l'allure. Allons, M. de Griville, à vous la parole.

— Je n'ose pas non plus.

— Osez, reprit languissamment la belle Américaine.

— Eh bien!... Plaisir de mes yeux.

Parfait, dit vivement la princesse. Vous ferez une chanson là-dessus; une romance, je vous en défie.

Comte Appiany, à votre tour maintenant; soyez le parrain de la marquise.

Suzanne rougit; Christine pâlit, on arrivait à elle. En cet instant, le roulement d'une voiture se fit entendre.

— A pareille heure! Qui nous arrive? dit M. de Froreich; et, tout en allant à la fenêtre, il fredonnait : Qui va là? des *Huguenots*.

On ne chercha pas longtemps quel était le visiteur; car, du massif qui se trouvait sous les fenêtres sortit une voix connue, et elle chanta : Noble châtelaine, etc. C'était M. d'Engennes qui réclamait l'hospitalité.

On courut au-devant de lui.

— D'où venez-vous, beau pèlerin, lui demanda Mme de Froreich?

— De Tours en Tourraine, noble dame, répondit gaiement le comte. J'ai trouvé à mon arrivée mon foyer désert, je suis allé chez la marquise, où l'on m'a dit que vous étiez ici; et, pensant qu'on s'y amusait, je suis venu m'amuser avec vous.

Des bravos unanimes lui répondirent.

Christine seule se sentait glacée; mais elle prit sur elle, et fit à son tour un gracieux accueil à son mari.

Le comte montra un entrain charmant. Il fut le plus gai, donnant ainsi l'impulsion qu'il souhaitait à la gaieté des autres. En apprenant cette partie, il avait prévu tout de suite qu'elle serait le lendemain la nouvelle du jour; et, quoiqu'elle lui déplût infiniment, il

s'était hâté de s'y joindre, afin que son nom s'y trouvât à côté de celui de sa femme. Il savait que, parmi
les gens sérieux, on le blâmerait, qu'on l'accuserait de
la mal diriger, mais on ne dirait rien d'elle, et cela lui
suffisait.

La princesse voulut avoir M. d'Engennes près d'elle.
Il avait une réputation de puritanisme qui lui faisait
trouver fort piquant de l'amener au ton de folie où la
conversation se trouvait montée. Elle le mit donc, sans
se douter du supplice qu'elle infligeait à Christine, au
courant de ce qui s'était dit précédemment, et le prévint que, pour toute la soirée, elle s'appellerait Désir-
de-Plaire, et que, désormais, elle voulait que ses intimes lui donnassent ce nom. Guy s'inclina galamment,
la remercia du privilége qu'elle voulait bien lui accorder; mais, sans affectation, il n'en usa pas une seule
fois dans la soirée.

On en revint naturellement aux Madeleines.

— Que pensez-vous de Mlle Amanda, que M. de Reymoncourt appelle la Non-Pareille? dit la princesse en
s'adressant au comte.

— En vérité, madame, répondit-il avec une bonhomie railleuse, je n'ai jamais songé à la regarder. Mes
yeux sont si agréablement occupés quand je vous considère, mesdames, que je ne songe pas à regarder
plus bas.

— Voilà qui est tout à fait galant et chevaleresque.
Mais vous êtes, il faut le reconnaître, une exception.

Cette fidélité, ce bon goût dans le regard, ajouta-t-elle
gaiement, vous font et nous font honneur, mais vous
êtes malheureusement une exception, et ces Madeleines...

— Permettez-moi, madame, de vous interrompre
pour vous prier de les appeler des Manons. Les Madeleines ne sont plus de notre siècle.

— Permettez, à mon tour, comte ; ne croyez-vous pas
qu'on trouverait plus facilement une Madeleine qu'un
Desgrieux ?

Les femmes applaudirent.

— Qui sait ! Si on cherchait bien, peut-être sont-ils
moins rares que vous ne le pensez, madame. Mais quelle
Manon s'en soucierait, par le temps qui court? Le sentiment et la fidélité lui feraient peur, même au désert.

— Eh bien ! Vous avez une jolie idée des femmes !

— Des femmes ! Vous m'étonnez, princesse, je n'ai
pas cru parler des femmes en parlant des Manons.

— Comte, prenez garde, interrompit à son tour
M. de Trêmes, ou vous allez froisser la princesse dans
ses principes humanitaires.

— Pas le moins du monde ; car je considère cette
sorte de personnes comme des autorités, et si j'étais
l'un des petits Lauzuns du jour, je voudrais que ma
divinité révolutionnât la société.

Des exclamations de surprise et d'indignation ac-
cueillirent cette confidence; Christine y joignit la
sienne.

— Oui, mesdames, continua tranquillement le comte, je voudrais avec son aide opérer toute une ré-génération.

Nouvelles marques de révolte.

— Et moi qui vous croyais un Grandisson, dit vivement la princesse.

— Veuillez m'entendre, madame, avant de me juger, et j'espère que je ne perdrai pas dans votre bonne opinion. La chose est si simple. Je voudrais, puisqu'aujourd'hui les grandes dames copient les Manons, que la mienne pût leur servir de modèle.

— Quelle impertinence ! Voyons vite, monsieur le réformateur, le portrait de cette perfection.

— Oh ! c'est bien facile. D'abord, elle serait jolie, mais, avant tout, comme il faut. Je l'entourerais d'un luxe irréprochable. Ses équipages seraient magnifiquement tranquilles, rien d'éblouissant. Sa mise, composée d'élégantes étoffes, serait sévère de coupe ; ses vêtement l'envelopperaient gracieusement, mais ne la dessineraient pas. Je la voudrais d'une excessive réserve dans sa tenue ; je voudrais qu'elle eût les plus charmantes manières, qu'elle parlât doucement, que toute sa personne fût calme et posée. Je voudrais qu'il régnât dans son salon la plus exquise politesse ; qu'on ne lui parlât qu'avec respect ; car, du moment où un homme parle à n'importe quelle femme, son ton doit être respectueux. Je voudrais que...

— Ah ! en vérité, que pouvez-vous encore vouloir,

s'écria impétueusement la princesse; mais vous ne parleriez pas autrement d'une reine, et on n'aurait pas trop horreur de cette divinité-là.

Le comte s'inclina respectueusement.

— Mais, madame, c'est en parlant avec respect aux plus simples femmes qu'on apprend à parler aux reines.

— Quel paladin vous auriez fait! C'est égal, continua-t-elle avec une vivacité toujours croissante, c'est un singulier moyen de régénération que vous inventez là; mais je n'accepte pas ce mot de régénération. Y a-t-il donc tant à reprendre dans ce pauvre monde? En tout cas, il est bien amusant; et, quant aux femmes...

— Aussi, Dieu me garde de les critiquer; d'abord, il est convenu que nous ne parlons pas d'elles. Vous avez bien voulu m'interroger, je vous ai répondu. Quelques-unes des Manons du jour ont eu l'honneur d'être nommées par vous; leur beauté a trouvé grâce à vos yeux, et vous m'avez presque reproché d'y être insensible; j'ai été généreux, car je ne vous ai pas parlé de leurs défauts, mais seulement des qualités que je voudrais à la mienne, si j'étais un des jeunes Plutus du jour, ajouta-t-il gaiement.

Cette conversation s'était achevée à demi-voix, et n'avait pas empêché d'autres conversations de s'établir. Mme Wyndham coquetait languissamment avec M. de Trêmes; Suzanne écoutait M. de Gréville d'une oreille distraite, et de l'autre suivait ce que disaient

Guy et la princesse, tandis que Christine était de toutes les siennes à Rodolphe. Ils causaient sentiment. Elle n'avait pas un penchant arrêté pour lui, mais seulement, il lui plaisait, et sa vanité était flattée de l'empire qu'elle croyait exercer sur un homme aussi à la mode.

Après le souper, on se mit à danser. Mme Thékla fit quelques tours de valse avec Guy, puis elle demanda une contredanse qu'elle dansa fort vivement avec M. de Trêmes ; puis, enfin, elle voulut un menuet, et aucune grande dame du temps passé ne s'en fût tirée avec plus de grâce et de dignité.

Le soleil se levait quand on rentra dans Paris.

— Tiens, des masques! dit une bonne paysanne qui apportait ses légumes au marché. Les étranges costumes de ces dames, étranges à force d'être recherchés, lui avaient rappelé le carnaval.

XIX.

En rentrant, le comte tendit la main à sa femme sans lui dire un mot. Jamais Christine ne lui avait vu cet air glacial. Elle se retira fort contrariée ; mais son hu-

meur, loin de tourner au repentir, tournait à la colère.
Elle s'endormit et se réveilla dans les mêmes dispositions ; aussi fit-elle exprès de ne pas voir son mari
avant le déjeuner.

Tant qu'ils furent à table, le comte causa comme
d'habitude. Christine espérait qu'il sortirait ensuite ;
mais il la suivit au salon. Afin de rompre le tête-à-tête,
elle se mit au piano et joua une valse. Guy, debout devant la fenêtre, battait la mesure sur les vitres. Impa-
tientée, elle passa sans transition à un galop ; le comte
s'assit. Alors peu à peu le galop s'anima jusqu'à devenir orageux, les doigts de la jeune femme, ordinairement si légers, semblaient de fer et frappaient les
touches comme des marteaux. Puis, tout d'un coup,
elle se leva, et, d'un air résolu, elle vint se placer devant son mari.

— Vous m'en voulez? lui dit-elle avec hauteur ; eh
bien, parlez tout de suite, j'aime mieux cela. Mais
vous avez parfaitement tort, car c'est par hasard...

— Tant pis pour vous, alors. Le hasard vous a mal
servie.

— Dans ce cas, pourquoi m'en vouloir?

— Je ne vous en veux pas. J'éprouve simplement
une vive douleur en voyant où vous conduit votre in-
satiable besoin de vous amuser.

— Savez-vous seulement comment les choses se
sont passées?

— Oui. Vous n'avez pu rentrer tranquillement chez

vous en sortant de chez ma grand'mère; il vous a
fallu aller au spectacle.

— Mais Suzanne m'a tant priée.

— Vous aviez, ce me semble, une chose bien naturelle à lui répondre, c'est que vous m'attendiez. A
votre âge, on ne va pas au spectacle en société de fous
et de folles sans son mari. A peine serait-il toléré de
s'y montrer en compagnie raisonnable. Vous avez le
malheur, ma chère, d'être extrêmement jolie et extrêmement remarquable; que vous le vouliez ou non,
ce sont des conditions qui vous forcent à vous observer
davantage. Aussi, ai-je été contrarié au-delà de toute
expression quand j'ai su que vous aviez été à ce souper.

— D'abord, ce ne devait pas être un souper. Après
tout, quel mal y a-t-on fait? Je suis bien certaine que,
de toutes les femmes qui étaient là, je suis la seule qui
ait ce matin une scène.

— Je n'ai pas à juger ce que font les autres maris,
je puis seulement vous affirmer une chose, c'est que si
vous aviez reçu un nouveau baptême, le premier qui
devant moi eût osé vous saluer de votre nouveau
nom, aurait payé cher une aussi impertinente familiarité.

— Comment? vous auriez pu prendre au sérieux une
pareille plaisanterie?

— Charmante plaisanterie, en effet, qui, ce matin,
passe de bouche en bouche et divertit chacun; et qui
permet à tous, même aux journaux à la mode, de s'oc-

cuper de vous, et de placer votre nom à côté de quelque nom équivoque.

— N'allez-vous pas maintenant donner à cet enfantil-
lage les proportions d'une affaire d'état? Vous êtes d'un
rigorisme sans nom, ou plutôt d'un ridicule achevé. Est-
ce que, d'ailleurs, je puis diriger la conversation? Est-
ce que je puis empêcher la princesse de dire ce qui lui
passe par la tête?

— Non. Mais vous pouvez choisir une compagnie
plus posée, plus raisonnable, plus en rapport avec mes
goûts, avec les devoirs de famille que vous devez vous
préparer à remplir.

— Mais vous devenez un vrai chartreux, mon cher
Guy. Dites-moi donc tout de suite : sœur, il faut mourir; car, en vérité, m'engager à me préparer à remplir mes devoirs de famille, — c'est-à-dire, je suppose,
mes devoirs maternels, — envers des filles de deux
ans qui mangent encore de la bouillie, c'est par trop fort,
c'est par trop absurde. Vous n'avez pas assez dormi;
vous avez été trop aimable hier, votre raison s'en révolte ce matin, et vous lui faites amende honorable à
mes dépens.

Elle éclata d'un rire nerveux.

— Si j'ai été gai cette nuit, c'est uniquement par
amour pour vous. Je regrette que vous ne le compreniez pas. Je regrette que vous ne compreniez pas non
plus quels sont les devoirs que, dès à présent, vous
avez à remplir comme mère.

— Et quels sont-ils, je vous prie, si ce n'est de faire danser mes filles et de les amuser?

— Ils sont de veiller sur votre conduite, de ne pas vous faire citer pour vos extravagances, afin que la légèreté de leur mère ne les empêche pas un jour de trouver un mari dans une famille honorable.

— Vous êtes insensé, s'écria-t-elle avec emportement; et en quoi, je vous prie, a-t-on parlé de moi? Qu'ai-je fait pour y donner lieu?

— Rien encore qui fasse crier, mais tout ce qu'il faut pour faire chuchotter. C'est trop.

— Alors, vous êtes un mari bien complaisant. Pourquoi m'avez-vous laissée faire?

— Vous me reprochez, en effet, Christine, un tort dont je gémis chaque jour. Je n'ai su que vous prier, que vous supplier, que vous dire le bien que j'attendais de vous, espérant ainsi vous amener à le faire; puis, quand j'ai senti l'impuissance de mes conseils, j'ai usé du seul moyen qui me restait, j'ai atténué vos folies par ma présence. Le mot : je ne veux pas, le mot dur, l'expression vraie, celle que seule vous pouvez comprendre, répugnait à mes lèvres. Pour certaines natures, il n'y a pas d'amour sans estime, et je vous révérais, car je vous aimais passionnément. Vous étiez pour moi un être à part, je vous croyais toutes les vertus, je ne voulais pas vous reconnaître un défaut, et vous blâmer sérieusement, fût-ce en moi-même, m'eût semblé vous faire une injure.

— Vous parlez au passé. L'idole serait-elle donc descendue de son piédestal? L'ange aurait-il perdu ses ailes, interrompit-elle d'un air moqueur.

— Tenez, reprit le comte avec indignation, je perds mon temps à m'adresser à votre cœur, car vous n'en avez pas; vous n'en avez jamais eu; vous n'avez jamais rien aimé.

— Vous vous trompez, répliqua-t-elle en le regardant avec une expression de défi, j'ai aimé ma mère et j'aime mes filles....

Il y eut un silence. Guy était navré. Christine sentait qu'elle venait de le blesser jusqu'au fond du cœur, et sa vengeance étant satisfaite, elle eut envie d'aller se jeter dans ses bras et de lui dire : toi aussi, je t'aime! L'amour-propre la retint.

— Eh bien! reprit-il avec un calme qui cachait une véritable tourmente intérieure, vous aimez mal vos filles. Quant à moi.... Il s'arrêta un instant, puis continua avec un douloureux effort : Christine, jusqu'ici voilà ce qui s'est passé dans notre ménage : je vous ai été tendrement, passionnément attaché, et vous... vous ne vous êtes jamais souciée de moi.

Elle garda un silence glacial. Un mot cependant pouvait encore les réunir, ce mot, elle eut envie de le dire, mais l'orgueil continua à lui fermer la bouche.

— Vous venez, sans ménagement, de me laisser voir votre manière de penser.

Il attendit.

Elle ne répondit pas.

— Eh bien, écoutez la mienne. Depuis trois années que noùs sommes mariés, je n'ai eu qu'une seule pensée, qu'une seule volonté, celle de vous rendre heureuse. Vous avez été l'unique et constant objet de mes soins, l'unique but de ma vie. Vous étiez ma joie, mon orgueil, ma gloire. Vous aviez toutes les tendresses de mon cœur, toutes les délicatesses de mon âme, et à mon amour de mari se joignait une adoration de mère qui craint pour son enfant la moindre aspérité.

— Oui, en effet, car vous ne m'avez jamais ôté mes lisières, dit-elle avec ironie. Mais, qui sait, comme j'aime à marcher seule, j'aurais peut-être été plus heureuse avec un mari qui m'aurait moins, ou autrement aimée.

— Quelle sécheresse! Quelle dureté! Je vous remercie cependant de vouloir bien prendre la peine de m'expliquer vous-même pourquoi je n'ai pas trouvé une corde qui vibrât dans votre cœur.

— Et parce que vous n'avez pas su la trouver, vous vous empressez de conclure qu'elle n'existe pas? Vous avez tort. Ecoutez à votre tour. Nos deux caractères n'étaient pas faits pour s'entendre. Moi, j'aime à me sentir vivre, j'aime le plaisir, j'aime le monde, j'aime la vie du monde, j'adore l'indépendance. Et je ne rougis pas de mes goûts, ils sont les goûts de beaucoup d'autres femmes que leurs maris ne tourmentent pas des règles d'un décorum de l'autre siècle. Vous avez une

12

furie de convenances qui m'est odieuse, une pruderie
qui m'est insupportable, une passion de femmes raisonnables qui sent l'ennui d'une lieue, et des rêves de
vie intérieure à faire peur. Laissez-moi donc jouir de
ma jeunesse. Plus tard, je ferai aussi bien qu'une
autre, et, le moment venu, je saurai m'occuper de mes
filles.

— Franchise pour franchise : qu'apprendront-elles
en attendant? Quels exemples de dissipation, de légèreté, de coquetterie ne leur donnerez-vous pas
jusque-là? Quelle heure de la journée pourrez-vous
leur consacrer? Combien d'années, tout en sachant
qu'elles ont une mère, sont-elles condamnées à ne faire
que l'entrevoir? Qui s'occupera de leur éducation?
Sera-ce uniquement une gouvernante? Sera-ce elle qui
leur donnera les enseignements et les principes qu'elles
ne devraient tenir que de vous seule? Qui formera
leur cœur? Qui élèvera leur âme? Qui leur apprendra
à se préparer à la vie? Qui en fera d'honnêtes femmes?
Toujours une gouvernante? Et si je m'occupe d'elles
comme ma tendresse me portera à le faire, ne crai-
gnez-vous pas qu'il s'établisse dans leur esprit une
comparaison entre l'affection sérieuse que je leur té-
moignerai et l'affection légère que vous leur accorde-
rez. Croyez-vous que cette différence me flattera? Non,
certes; elle sera pour moi une douleur de plus, car,
une des joies de ma vie eût été que vous fussiez pour
elles ce qu'a été et ce qu'est pour moi ma mère !

Christine était profondément troublée; mais, plus elle sentait que son mari avait raison, plus elle se raidissait et était disposée à entrer en révolte. La bonté n'avait plus prise sur elle, chaque parole douce passait inaperçue, mais chaque parole qui frappait juste portait coup, c'étaient autant de pointes aiguës qui la déchiraient jusqu'au sang.

— Maudit souper! s'écria-t-elle avec violence; maudit soit-il mille fois pour me valoir cet ennuyeux sermon! Où voulez-vous en venir? Si c'est à m'apprendre tout ce que vous pouvez garder sur le cœur, sans le laisser voir, je le sais maintenant. Il eût été plus loyal de me dire tout de suite combien je vous rendais malheureux. Eh bien, j'admets que j'ai eu tort d'aller à ce souper, encore est-ce un tort bien léger, et il ne mérite pas tous les reproches dont vous m'accablez depuis une heure.

— C'est que ce souper, c'est que votre présence parmi une société que je vous ai maintes fois prié d'éviter, m'a amené à vous dire tout ce que j'avais sur le cœur. Je n'ai jamais cherché à vous séparer du monde qui me plaît, mais en gardant certaines bornes. J'ai tant de fois entendu avec quelle sévérité on traitait les femmes qui s'y livraient sans mesure que j'aurais voulu préserver la mienne de cet excès. Croyez-moi, Christine, un peu de monde, beaucoup de famille, voilà le vrai milieu qui puisse faire qu'une femme soit vraiment heureuse et considérée.

— Eh bien, à mon tour aussi. Franchise pour franchise. Ce milieu, je ne puis le souffrir maintenant. Nous verrons plus tard.

— Oui, quand il n'en sera plus temps; quand vous vous serez jetée dans quelque mauvais pas qui vous donnera le dégoût de ce monde que vous recherchez si passionnément aujourd'hui. Car, je crois vous connaître assez pour savoir que, si sa considération diminuait, vous en seriez vite fatiguée.

— Et daignerez-vous me dire pour quel motif vous voulez que cette déconsidération m'atteigne?

— Parce que, ma chère, ce n'est pas réellement le monde qui vous plaît, ce n'est pas la danse, ce n'est pas la conversation, — celle des femmes surtout vous ennuie mortellement, — c'est une soif d'admiration.

— Vous êtes odieux.

— Non, je suis vrai. J'ai assez de fois subi le supplice de vous voir placée à l'angle d'une porte, vous mettant ainsi plus aisément en chuchotterie avec ceux qui passaient, ou vous plaisant à réunir une cour d'adulateurs. Et qui me dit que vous n'étiez pas délicieuse avec tous afin d'en prendre le droit d'être plus particulièrement aimable avec un seul?

— Guy, c'est trop, vous...

— Non, ce n'est pas trop; car j'ai le cœur déchiré en voyant celle que j'avais placée si haut descendue au point de donner au premier venu le droit de la traiter sans respect. Vous imaginez-vous, par hasard, qu'un

homme respecte la femme à qui il vient tout bas débiter des douceurs ? Non ; quand il ne peut lui dire tout
haut, devant son mari, ce qu'il lui glisse à l'oreille, il
est possible qu'il la trouve adorable, mais il ne l'estime
pas. Que de fois vous m'avez ainsi fait souffrir. Car,
certains hommages, au lieu d'élever une femme, la
déconsidèrent.

— Je ne sais ce qui peut ou pourra me déconsidérer
aux yeux du monde, mais je sais que ce qui me décon-
sidérerait aux miens serait de vous écouter davantage.
Vous n'avez même pas maintenant la jalousie pour
excuse, puisque vous ne m'aimez plus.

Et elle sortit en fermant la porte avec violence. Puis
elle courut s'enfermer à clef dans sa chambre, et, se
jetant par terre, elle se tordit les mains de rage. Guy
avait touché par le côté vrai tous les endroits qui pouvaient lui être le plus sensibles. Il ne l'aimait plus, était
le trait empoisonné qui torturait son cœur, car, pour
la première fois, elle sentait qu'elle l'aimait. L'amour
le plus vrai l'avait laissée insensible, la sévérité l'avait
fait compter avec ses sentiments. Elle comprenait tout
ce que, par sa faute, elle avait perdu dans le cœur de
son mari, et elle en éprouvait une douleur qui allait
jusqu'à l'exaspération.

Guy était resté un moment comme atterré par la vivacité de cette scène, mais la contraction des traits de
Christine l'ayant effrayé, il s'arracha à lui-même et
alla jusqu'à la porte de la chambre de sa femme. Il

12.

entendit ses sanglots, quelque effort qu'elle fît pour les étouffer. S'il avait pu entrer, il n'aurait pas su résister au mouvement qui le portait à la consoler ; mais en essayant doucement de tourner la clef, il vit que la porte était fermée. Il ne put se résoudre à frapper, la crainte d'être repoussé l'arrêta.

— Cette fois, se dit-il, elle reviendra la première.

Il n'était encore qu'une heure de l'après-midi, le départ se trouvant seulement fixé pour cinq heures, il sortit et se dirigea vers les boulevards. Il marchait au hasard ; la grande émotion qu'il venait de subir n'était pas encore calmée. Cependant, son cœur, quoique fort triste, était moins oppressé ; il avait enfin dit tout ce qui lui pesait. Peu à peu ses idées devinrent plus nettes ; la nuit, la matinée se retracèrent à lui, et comme il en voulait à Suzanne, qui était la cause première de ce qui venait de se passer, il se résolut d'aller s'en expliquer franchement avec elle. Tout en gagnant la rue du Faubourg-Saint-Honoré, il pensait au caractère de sa femme, et cette nature sèche et orgueilleuse le révoltait.

Il avait été sévère et même dur, il le sentait ; mais si elle lui avait seulement dit une bonne parole, si seulement son visage s'était adouci, comme il lui aurait ouvert les bras, comme il l'aurait reçue en grâce. Au lieu de cela, son aigreur, ses réponses ironiques, l'expression altière de ses traits l'avaient rendu impitoyable. Il s'en voulait presque d'avoir brisé son idole, il regrettait de l'avoir enfin vue telle qu'elle était; il se trouvait le plus malheureux des hommes de ne pouvoir conserver la moindre illusion.

Que ne lui était-il donné de la voir en ce moment, d'être témoin de l'heure d'angoisse qui avait suivi leur explication ; il se serait trouvé assez vengé.

La marquise avait attendu M. d'Engennes toute la matinée.

— Ah ! enfin, vous voilà, lui dit-elle en le voyant entrer, je vous attendais. Je sais que je mérite d'être grondée, et j'aime mieux que cela se passe tout de suite, afin que nous fassions la paix avant notre départ. J'espère que vous n'avez pas adressé de reproches à Christine ; j'en serais inconsolable, car c'est moi qui ai tous les torts, c'est moi qui l'ai entraînée. Voyons, grondez-moi tout à votre aise. J'écoute.

— D'abord, madame, je ne me reconnais pas malheureusement le droit de vous gronder, — il y avait une pointe de cérémonie dans le ton du comte, d'ordinaire fort amical, — je puis tout au plus me permettre de vous dire que j'ai été sérieusement affligé que Christine se fût laissée entraîner à faire une chose qu'elle n'ignorait pas devoir non pas tant me déplaire que me chagriner. Quant à vous, madame, je ne sais que votre mari qui ait le droit de vous blâmer.

— Voyons, cher comte, quittez ce ton sévère; parlez-moi avec votre habituelle bonne amitié, j'y tiens tant. Dites-moi tout ce que vous pensez, je ne m'en fâcherai pas, je tâcherai au contraire d'en profiter, si j'en suis capable.

Comme elle est douce et bonne ! pensa Guy, et l'humeur qu'il avait contre Suzanne s'apaisa subitement.

— Eh bien, chère marquise, causons donc sans rancune de ma part, car il faut bien vous avouer que je vous en voulais.

— Je le comprends, dit-elle simplement, et je me suis hier, en rentrant, adressé une foule de reproches que je me continue depuis ce matin. Aussi, comment nous douter, en allant tranquillement au spectacle, que nous trouverions cette partie montée? Mais, je vous le répète, c'est moi qui suis cause de tout; j'avais accepté le souper avant l'arrivée de Christine. J'espère que vous n'aurez pas trouvé mauvais qu'elle soit venue au spectacle avec moi.

— Rodolphe y était-il?

— Oui.

— Alors, non-seulement je la blâme, mais, si vous voulez bien me le permettre, je vous blâme toutes les deux.

— Mais ma tante de Circé était avec nous, et c'est, je crois, un chaperon...

— Ah! quel chaperon! Trente-cinq ans et encore charmante!

— Mais je ne puis empêcher M. Appiany de venir la saluer.

— Parlons-nous sincèrement?

— C'est convenu.

— Alors, chère marquise, vous savez très bien que
ce n'était pas elle qui l'attirait.

— Mon Dieu, répondit-elle étourdiment, je n'en
sais rien. En vérité, je serais bien en peine de dire qui
l'occupe.

Le comte pâlit. Souvent il avait soupçonné Rodolphe
de ne s'occuper de la marquise que pour s'occuper plus
facilement Christine, et, en ce moment, ce soupçon devint une certitude. Il y avait eu dans le ton de Suzanne
une sorte de dépit qui ne lui avait pas échappé.

— On lui fait généralement l'honneur de croire qu'il
s'occupe de vous, et que vous le lui permettiez.

— C'est vrai, reprit-elle tristement, j'ai eu le tort de
ne pas le lui défendre. Mais...

— Mais...

— Oh! ce serait une triste histoire, n'en parlons
plus. C'est fini...

— Si cela est, je vous en félicite, car vous vous seriez préparé bien des regrets. Rodolphe n'a pas assez
de cœur pour vous comprendre. J'aurais eu un véritable chagrin de vous voir vous perdre pour lui.

— Merci, dit-elle en lui tendant la main.

Il fut pour la porter à ses lèvres, il s'arrêta; il fut
pour la serrer tendrement, il s'arrêta encore et eut assez d'empire sur lui-même pour ne lui donner qu'une
cordiale poignée de main, toute d'amitié.

— Comme la vie est difficile, continua-t-elle, et triste
et pleine d'écueils; c'est désolant de ne pouvoir jamais
laisser aller son cœur. Pourquoi ne m'avez-vous pas
avertie ?

— Parce que, chère marquise, il y a des choses trop
délicates à dire, et que je suis un trop jeune Mentor.
Puis, je n'aurais pas osé; puis, il est si rare qu'en pareille circonstance les conseils servent à quelque chose,
si ce n'est à blesser. Mais, je suis réellement bien heureux de voir que vous n'êtes pas sérieusement engagée,
et que vous avez su vous défendre d'une liaison qui
vous aurait fait perdre même aux yeux de vos meilleurs amis.

— Ah ! ne me félicitez pas, dit-elle ingénument, je
n'aurais eu aucun empire sur mes sentiments, si lui-
même ne m'avait guérie. Il est si léger, si fantasque.
Il ignore ce que c'est qu'une sincère affection; la passion véritable est trop sérieuse pour lui. Il en parle
beaucoup. Il se figure qu'il la cherche, mais il la craint
bien plutôt; s'il la trouvait, ce serait un fardeau, au
lieu d'être, comme il le dit, une consolation. Enfin,
prenons-le pour ce qu'il est, un homme aimable, très
aimable : voilà tout. Vous avez raison, cher comte, je
n'aurais trouvé que chagrin et remords. Les femmes
qui ont un bon mari ne savent pas comme elles sont
heureuses ! Quand on est, comme je le suis, laissée à
soi-même, quand on n'a personne pour vous tendre la
main, le monde est bien difficile. Il faudrait être co-

quette et ne chercher qu'à s'étourdir. Mais je n'ai ni le goût d'un tel rôle, ni l'esprit qu'il faut pour le soutenir.

Il y eut un instant de silence.

Elle a trop de cœur, pensa le comte, pour se résoudre à l'entreprendre. Quelle aimable nature ! Comme il serait facile de l'amener au bien et d'en faire la plus douce, la plus aimable compagne ! Il se sentait attiré vers elle et eut peur de la vivacité de ce sentiment.

— C'est à présent que je vais me permettre de vous gronder, répliqua-t-il d'un ton moitié sérieux, moitié badin, et changeant tout d'un coup le tour qu'avait pris l'entretien : placez donc votre consolation ailleurs que dans le monde, occupez donc votre vie, c'est si grand dommage de vous la voir dépenser inutilement. Vous qui êtes la bonté même, cherchez donc l'oubli de vos chagrins en venant en aide à ceux qui souffrent.

— Je me trouverai moins à plaindre, n'est-ce pas? lui dit-elle avec douceur, quand je verrai de véritables malheureux.

— Non, ce n'est pas ce que j'ai voulu dire, interrompit-il affectueusement; non, car je vous plains de toute mon âme. Vous n'avez qu'une seule condition de bonheur, la richesse; ce serait beaucoup pour certaines femmes, c'est trop pour vous.

— Vous avez raison, j'aurais adoré la vie de famille, la vie d'intérieur. Quelquefois, j'ai d'horribles tristesses. Il me prend des serrements de cœur dont vous n'avez pas d'idée. Un jour, c'était dans les commencements de notre mariage, je me trouvais dans un de ces accès de mélancolie. — Qu'avez-vous? que vous manque-t-il? me demanda le marquis. — Que vous m'aimiez un peu, lui répondis-je. — Mais, ma chère, je vous aime, reprit-il en riant de tout son cœur, comme si je lui demandais la chose la plus drôle. Voulez-vous une nouvelle parure? Voulez-vous donner un bal? Voulez-vous une nouvelle paire de chevaux? Vous n'avez qu'à dire. Mais, ma chère enfant, je ne suis pas un galantin, moi; je ne sais pas filer le parfait amour. Je vous ai épousée pour vous arracher aux griffes de madame votre mère qui aurait pu trouver moins bien pour vous; puis, vous aviez tout ce qu'il fallait pour me faire honneur. Allons, j'ai sagement agi, n'est-ce pas? Car vous êtes une bonne et gentille petite femme. Ne perdez pas votre temps à être triste. Amusez-vous! jouissez de votre position qui fait envie à beaucoup! — Il me baisa la main, et sortit me laissant plus seule que jamais.

— Il y a pourtant des femmes que l'affection de leur mari ennuie, que ses soins fatiguent!

Suzanne ne répondit pas. Elle sentit que Guy faisait allusion à son propre ménage; il y avait longtemps qu'elle avait compris qu'il ne devait pas être heureux.

Le comte se leva tout à coup. Il se trouvait de toutes

manières disposé à dire plus qu'il ne voulait. Il tendit la main à la marquise, et ils échangèrent un affectueux souhait de se revoir.

En regagnant son hôtel, Guy songeait à la différence qui existait entre le caractère des deux amies, et la comparaison n'était pas à l'avantage de Christine. Comment va-t-elle me recevoir? Et pendant le voyage, quelle mine me fera-t-elle devant nos amis qu'il est bien inutile de mettre dans la confidence de nos démêlés intérieurs. Guy fut bientôt à même de résoudre ces questions. Sa femme avait déjà son chapeau et semblait l'attendre avec impatience. Quoiqu'elle eût baissé son voile, il vit qu'elle avait pleuré; l'impression pénible qu'il en ressentit ne ressemblait en rien au sentiment douloureux que lui causait autrefois la vue de ses larmes. Elle semblait triste, mais d'une tristesse haute et maussade que le comte respecta.

Dans le trajet de l'hôtel au chemin de fer, chacun s'attendait à ce que l'autre lui adressât la parole; comme personne ne parla, l'humeur leur prit à tous deux, et chacun de son côté se mit à regarder à la portière.

Ils retrouvèrent à la gare les amis qui venaient à Emblimont pour le comice agricole, et ils montèrent avec eux dans le wagon qui leur était réservé. Christine évita de se mettre auprès de Rodolphe, mais elle causa avec la même liberté d'esprit que si rien ne se fût passé. Guy lui adressa la parole comme à l'ordinaire,

13

cependant il y avait une nuance qu'elle saisit parfaitement.

En arrivant à Tours, l'omnibus du château et une voiture attendaient les voyageurs au débarcadère. Christine monta seule dans le coupé, arriva la première à Emblimont, courut chez ses enfants, et pour la première fois les embrassa parce qu'elles étaient les filles de Guy; jusque-là, elle les avait embrassées parce qu'elles étaient les siennes. Elle s'arrêta un instant chez sa belle-mère; puis, prétextant un grand mal de tête, elle se retira sans attendre que l'omnibus fût arrivé.

Ce voyage, cette nécessité d'être aimable quand elle avait le cœur plein d'amertume, l'avaient excédée. Elle était impatiente de se trouver seule pour pouvoir penser et repenser à la scène du matin; pour se dire qu'elle avait manqué de présence d'esprit, qu'elle aurait pu et dû répondre ceci et encore cela; elle trouvait une foule de bonnes raisons et d'excuses qui, dans le moment, ne lui étaient pas venues à l'esprit, et elle s'en voulait de n'avoir pas su s'en servir. Ainsi elle engourdissait sa conscience qui lui reprochait d'avoir, avec intention, jeté Guy hors de lui-même. Il y avait des instants où le souvenir de sa dureté lui faisait venir les larmes aux yeux; puis, il y en avait d'autres où elle s'en applaudissait. Longtemps elle attendit, espérant que son mari viendrait lui dire bonsoir, mais il ne vint pas. Le lendemain, elle se leva le cœur triste; cependant, elle se prit à espérer de nouveau que la matinée ne se passerait pas sans qu'elle vît son mari ; qu'il ne pourrait supporter de rester ainsi en froid avec elle. Chaque porte qui se fermait ou s'ouvrait, chaque bruit de pas la faisait tressaillir : enfin, le voilà, se disait-elle. Comme il ne vint pas, le chagrin de Christine tourna à la colère. Elle descendit au déjeuner la tête très montée, et bien résolue à infliger à son mari tout ce qu'elle savait pouvoir le contrarier davantage, sans toutefois pour cela lui donner prise sur elle. Sa toilette était un négligé des plus simples. Une robe blanche sans rubans, sans dentelles ; mais elle était coiffée d'un petit bonnet mis comme elle seule savait les mettre. Aussi, quoique ses larmes de la veille l'eussent un peu pâlie, elle était charmante. Sa belle-mère, qui ne se doutait de rien, l'accueillit avec une tendresse qui témoignait le plaisir qu'elle éprouvait de la revoir; Christine y répondit avec la plus affectueuse câlinerie, et se montra très aimable pour son mari. Guy recevait ses prévenances d'un air contraint; il n'avait pas sa gaieté habituelle; elle, au lieu de s'en préoccuper, redoublait de bonne grâce, et semblait chercher à dédommager ses hôtes, ce qui le faisait enrager. Elle n'eut pas besoin de s'occuper particulièrement de Rodolphe; en étant délicieuse pour chacun, elle le fut tout naturellement pour lui. L'humeur de son mari, dont elle s'apercevait très bien, la ravissait; ses regrets avaient tourné à l'amertume, et son orgueil froissé lui inspirait le désir de se venger et de le pousser à bout. Il parlera alors, pensait-elle, et je le ramènerai à moi bien facilement.

Après le dîner, quoique le temps fût à l'orage et que la pluie commençât à tomber, Christine eut la fantaisie de s'en aller toute seule faire une promenade dans le parc. Son mal de tête, à ce qu'elle disait, lui était revenu; c'est-à-dire que Guy ayant retrouvé sa gaieté, elle était outrée de le voir ainsi prendre son parti.

Mme d'Engennes se joignit à ceux qui l'engageaient à ne pas se risquer, à la nuit tombante, par un temps aussi incertain; la jeune femme lui répondit d'un ton poli, mais qui n'admettait pas d'observation. Un quart d'heure ne s'était pas écoulé que la pluie inondait le parc. Aussitôt tous les manteaux, tous les parapluies se trouvèrent mis en réquisition, et chacun prenant une route différente, s'empressa de courir au-devant de la promeneuse. Rodolphe fit comme les autres, et mieux que les autres, car il alla droit à la retraite préférée de Christine.

La jeune comtesse avait marché fort vite, et s'était réfugiée dans une grotte de rocailles qui était assez loin du château et proche de la rivière. Elle arriva toute haletante de sa course, et, se laissant tomber sur un banc, s'abandonna sans contrainte aux tumultueuses pensées qui agitaient son âme. Elle ne pouvait supporter que Guy ne se fût pas humilié devant elle, qu'il n'eût pas pris à cœur les taquineries qu'elle lui avait fait endurer

pendant la matinée, et qu'il ne fût pas venu solliciter
son pardon. Elle avait complétement oublié tout ce
qu'elle lui avait dit de blessant, elle ne se rappelait que
les reproches qu'elle en avait reçus, et toutes les fois
que ce souvenir lui revenait, il réveillait en elle la plus
violente colère. Et il voudrait que je m'humilie devant
lui qui m'a blâmée, mortifiée sans pitié? Non! mille
fois non! tout le bonheur de ma vie dût-il en dépendre,
non, plutôt mourir! s'écria-t-elle avec désespoir, et,
d'un bond, elle fut à l'entrée de la grotte. Là, elle s'arrêta frémissante, et, d'un œil égaré, mesura la profondeur de l'eau, fit quelques pas en avant, mais tout à
coup se rejetant en arrière : mon Dieu! murmura-t-elle
en tombant à genoux, sauvez-moi de moi-même. Elle
resta un instant abîmée dans sa douleur, puis une sorte
de rire nerveux contracta son visage : si par hasard il
aimait Suzanne! fut la pensée qui vint lui déchirer le
cœur. Alors, se relevant soudain, elle retourna vers le
banc, couvrit ses yeux de ses mains, et pleura amèrement.

Rodolphe la surprit dans cet accès de désespoir; il
demeura un instant assez embarrassé, puis enfin s'approcha et osa détacher une de ses mains crispées sur sa
figure. Elle crut que c'était Guy; elle avait bien compté
qu'il viendrait la chercher; cependant, malgré la satisfaction qu'elle en éprouva, fidèle à son habitude de résistance, elle retira brusquement sa main. La vue du
comte Appiany lui arracha un cri de surprise; elle fut

vivement désappointée, et sa colère contre son mari redoubla. Ah! il n'est pas venu, se dit-elle, c'est bien...
L'orgueil sécha tout de suite ses larmes. Mais Rodolphe,
qui n'avait pas été sans remarquer le ton sur lequel
était monté le ménage, se rendit parfaitement compte
de ce qui se passait; aussi se garda-t-il de faire la
moindre question.

— Vous souffrez, madame, lui dit-il le plus naturellement du monde?

— Oui, la tête me fait un horrible mal; j'ai les nerfs
crispés, je suis venue ici pour trouver un peu de repos; le salon me fatiguait. Ce voyage, cette nuit passée en chemin de fer m'ont accablée.

Le comte Appiany, sans avoir l'air de chercher à
la calmer, trouva moyen de lui marquer la plus affectueuse sympathie, et ce qu'il disait, tout inspiré qu'il
fût par la tête, tâchait néanmoins d'arriver jusqu'au
cœur. Puis, tout en lui parlant de la préoccupation que
son absence avait causée, il l'engagea à rentrer, afin
de ne pas inquiéter davantage. Rodolphe était prudent
jusque dans ses moments d'abandon.

Il l'enveloppa dans le manteau qu'il avait apporté, et,
d'un mouvement plein de sollicitude, il passa son bras
sous le sien. L'air, purifié par la pluie, était frais et délicieux à respirer. La nuit était venue, une nuit sombre;
en vain quelques étoiles essayaient de se montrer; de
gros nuages noirs remplis de pluie les cachaient à
chaque instant.

—Par quel chemin allons-nous retourner, dit le comte?

— Prenons par le petit bois, répondit-elle, je le connais et vais vous guider. Il conduit près du château, ce qui me permettra de regagner immédiatement ma chambre. J'éviterai ainsi les regards et les questions de tous les curieux qui vont m'assaillir.

— Pourquoi marchez-vous donc si vite, madame?

— Mais, monsieur, parce que cette route est détestable. J'ai hâte d'en sortir. C'est un vrai lac. Pour comble de malheur, on n'y voit plus.

— Prenez garde, madame, vous allez vous heurter à cette branche.

Et, en se penchant pour l'écarter, son visage effleura les cheveux de Christine. Elle se recula vivement. Rodolphe éprouva la même sensation enivrante que le soir où ils avaient chanté ensemble.

— La branche vous a-t-elle frappée, madame?

Sa voix était émue.

— Non, monsieur, grâce à vous. Quelle horrible corvée je vous fais faire! J'en suis honteuse.

— Permettez-moi, madame, de croire que vous n'en pensez pas un mot.

— Mais si, en vérité, je pense ce que je vous dis. Tenez, voilà cette malheureuse pluie qui recommence à tomber. Les étoiles se cachent de nouveau, voyez comme le ciel redevient noir. C'est bien la vie : par-ci, par-là un point brillant; puis tout retombe dans les ténèbres.

— Voilà, ce me semble, un tableau de la vie qui n'est guère ressemblant, quant à la vôtre, du moins, — et il soupira. — Les ténèbres ne me paraissent pas faites pour vous. Il me semble que tout, dans votre existence, doit être soleil et lumière. Pourquoi donc ce découragement? Souffrez-vous davantage?

— Oui et non. J'ai l'âme à la mort. Ce voyage m'a laissé une tristesse.....

— Le souper d'avant-hier vous a donc ennuyée?

— Non; il m'a beaucoup amusée. Et vous, monsieur?

— Moi, madame, j'ai été si heureux!

Il fit une pause, puis continua :

— Savez-vous qu'on a fait sur ce souper tous les contes possibles? Lorsque je suis arrivé au club, c'était la nouvelle du jour.

— Pour l'amour de Dieu, n'en parlez pas à Guy.

Bon, se dit Rodolphe, voilà le sujet de la querelle.

— Je me garderai d'aborder ce sujet qui paraît vous attrister.

Christine était retombé dans ses réflexions.

— Je n'aime pas à entendre parler plaisir quand je suis dans mes idées sombres.

— Y êtes-vous souvent?

— Quelle question indiscrète!

— Non, c'est au contraire une question remplie du plus sympathique intérêt, car, lorsque je vous vois ainsi, et je vous y ai déjà vue bien des fois, vous n'êtes pas alors seule à souffrir.

— Merci, vous êtes bon.

Il y avait dans sa voix une inflexion particulière. Rodolphe ne l'avait entendue qu'un certain soir, mais il ne l'avait jamais oubliée.

— Hélas ! continua-t-elle, la vie compte tant de jours tristes, et le bonheur y est si fugitif, qu'on est tenté de se demander : qu'est-ce que le bonheur ? Ne passe-t-il pas souvent pendant le temps que l'on met à prononcer son nom ?

— Le bonheur, reprit le comte d'un accent pénétrant, c'est de se comprendre et de s'aimer.

— Se comprendre et s'aimer ? Croyez-vous qu'il y ait réellement des cœurs assez parfaits pour se dévouer sans retour l'un à l'autre, pour trouver l'indulgence réciproque sans laquelle l'amour est impossible ?

— Oui. Je le crois.

— Avez-vous rencontré dans votre vie une de ces tendresses-là ?

— Non. Mais je suis certain que je pourrais la rencontrer, et que je pourrais m'y dévouer corps et âme.

— Avez-vous aimé Suzanne, lui dit-elle brusquement.

— Oui.

— Et pourtant, il me semble que maintenant...

— Que maintenant ?

— Eh bien ! que maintenant vous n'y songez guère, et elle...

— Madame !

13.

— Oh ! gardez votre secret, je ne m'en soucie pas. Je vous soupçonne d'être fort volage.

— Volage, non. Mais comment pourriez-vous reprocher à un pauvre mortel qui verrait le ciel s'ouvrir devant lui d'oublier ce qu'il aurait vu sur la terre. Eh bien ! un soir, le ciel s'est ouvert pour moi, et je n'ai jamais pu l'oublier.

Il voulut prendre la main de Christine qui la retira.

— Il faut pourtant oublier, dit-elle tristement.

— Jamais, répliqua-t-il avec vivacité. Commandez-moi plutôt d'oublier de vivre.

Ils n'étaient plus qu'à quelques pas du château; on les avait entendus; les uns coururent au-devant d'eux, les autres les attendirent sur le perron. Ce fut à qui s'informerait si Christine n'était pas mouillée, si elle n'avait pas pris froid. Guy ne lui adressa pas un mot; mais, détachant le manteau qui l'enveloppait, il le tendit à Rodolphe :

— Je vous remercie, lui dit-il.

Sa parole était polie, mais sèche; son air était hautain. Sa femme s'en aperçut. Elle avait atteint son but.

— Je vous engage à aller changer de toilette, lui dit-il froidement.

Elle monta chez elle, et fut exprès très longue à s'habiller. — C'est impossible qu'il ne vienne pas, pensait-elle tout en préparant ce qu'elle lui répondrait. Elle se promettait d'abord de l'exaspérer,

puis de se jeter dans ses bras en lui disant : Je t'aime,
comme jamais elle ne le lui avait dit. Mais encore une
fois elle fut trompée dans son attente, et sa colère se
ranima. Pas un moment, jusque-là, elle ne s'était rappelé sa promenade avec Rodolphe; alors seulement
elle s'en souvint. Elle se rendit compte avec complaisance du sentiment qu'elle lui inspirait, et sa vanité en
fut satisfaite. C'est pour moi qu'il a oublié Suzanne,
fut ce qui la flatta particulièrement. Je la vengerai,
ajouta-t-elle comme par respect vis-à-vis d'elle-même,
je le désespérerai, mais à mon heure; jusque-là, sans
l'encourager, je lui cacherai à quel point il m'est indifférent. Car il m'est indifférent; mais il sert mes projets, puis cela m'amuse d'entendre ce sceptique, ce
détaché des choses de la terre me parler de passion.

Elle faisait ces réflexions tout en descendant au
salon, où elle fut plus aimable que jamais. Beaucoup d'invités venaient d'arriver. L'accueil qu'elle
leur fit, celui qu'elle en reçut, l'aida à oublier tout
le reste.

Comme on allait prendre le thé, un des gardes de
M. d'Engennes le fit demander, afin de le prévenir que
le feu était à la ferme de la Grelière. Guy donna l'ordre de préparer les pompes et voulut lui-même les conduire. La plupart des jeunes gens, Rodolphe en tête,
le suivirent. La comtesse, sa belle-fille et plusieurs
autres femmes demeurèrent au salon afin d'attendre
leur retour.

Vers minuit, le corps des pompiers, — comme ils se nommaient eux-mêmes, — rentra triomphant : le feu était éteint. Mais, quoique les bâtiments fussent assurés, c'était une grande perte pour le fermier qui avait une nombreuse famille.

Christine, après avoir consulté sa belle-mère, proposa d'ouvrir une souscription en faveur des incendiés, et accepta d'en être la trésorière. Le lendemain, dès le matin, les collectes abondaient. Elle reçut entre autre un pli contenant un billet de banque. Le pli était ainsi conçu :

« Madame,

« Daignez recevoir ma modeste offrande, et permettez-moi de déposer à vos pieds le tribut de respect et d'amour que les simples mortels doivent aux anges.

« R. APPIANY. »

Elle lut d'abord avec dédain, puis relut avec une certaine complaisance, ôta le billet de banque qui était dans l'enveloppe, le mit dans un coffret destiné à recevoir la collecte ; puis, après avoir encore jeté un coup d'œil sur la lettre, elle la glissa dans un de ses écrins sous son collier de perles. Je la brûlerai plus tard, pensa-t-elle.

Le déjeuner réunissait vingt-cinq convives. On était en plein comice, le château ne désemplissait pas. Les habitués occupaient de temps immémorial un des bouts de la table. En face de M. Lenfret, à l'autre extrémité, — dans le bout de la jeunesse, — se trouvait une jeune femme dont la toilette passablement masculine et les allures à l'avenant semblaient beaucoup occuper le docteur. Elle était brune, avait l'œil vif, le nez au vent, la mine agaçante, et paraissait absorbée par son voisin de gauche, jeune homme pâle, à l'air éteint. Son regard n'animait pas sa physionomie, car un lorgnon d'écaille était rivé dans l'un de ses yeux, tandis que l'autre, comme s'il ne pouvait supporter le jour, clignotait sans cesse. Son cou maigre, qui ne gagnait rien à être décolleté, sortait disgracieusement de la petite ligne blanche qu'il appelait son col et de la ligne rouge qu'il nommait sa cravate. D'imperceptibles moustaches ornaient sa lèvre supérieure; mais, en revanche, des favoris tout ce qu'il y a de plus à l'anglaise encadraient ses maigres joues. Une raie irréprochable séparait en deux ses cheveux d'un blond fade. Il laissait faire tous les frais à sa voisine, mangeait et buvait avec une suite qui faisait plus d'honneur à son estomac qu'à son esprit, et ne paraissait pas le moins du monde occupé d'elle.

On se leva de table, et le docteur continua à suivre du regard les deux jeunes gens, car le jeune homme avait offert le bras à la jeune femme brune. Elle s'en allait d'un pas dégagé, faisant sonner l'éperon de l'une de ses bottes; lui, avait une démarche fatiguée, et sa compagne semblait le traîner. A peine au salon, le docteur allait s'informer du nom de ces deux deux personnages qui piquaient sa curiosité, Guy lui en évita la peine.

— Madame, je vous présente notre vieil ami le docteur Lenfret.

— Madame de la Trénie.

Le docteur salua.

— M. Lenfret, M. Gaston de Bligny. Gaston, vous reconnaissez le docteur Lenfret qui, si j'ai bonne mémoire, vous a tiré assez vertement d'un rude accès de fièvre.

Le jeune homme s'inclina sans répondre, et clignota en semblant dire : Qu'est-ce que c'est que cela?

— Montez-vous toujours à cheval, ce matin? continua le comte.

— Ne m'en parlez pas, mon cher, répondit M. Gaston, Mme de la Trénie le veut absolument, c'est queuvant. Non, paole d'honneur, j'en suis queuvé. Arriver de Paris, puis tout de suite repartir. Les femmes sont de fer.

M. de Bligny, soit par genre, soit parce qu'il n'avait pas la force de les prononcer, avalait à peu près tous les *r*.

— C'est bien heureux, en vérité, dit Mme de la Trénie, — le ton de sa voix était assez élevé pour que tout le salon pût l'entendre, — car, si on vous croyait, on se conduirait en vraie poupée, mais on ne vous croit pas. Quel cheval monterez-vous?

— Rob-Roy.

— Et moi, me laisserez-vous monter Rébecca ?

— Oui; mais, prenez garde, elle est vive en diable.

— Je ne prendrai pas garde. Est-ce que je connais la peur, moi?

Son petit air, en disant ces derniers mots, était d'une parfaite insolence. Elle avait sa petite toque de velours bleu un peu sur l'oreille, elle jouait avec une petite canne dont elle frappait le bout de sa botte, car sa jupe de piqué blanc était assez relevée pour laisser voir ses petits pieds parfaitement bien bottés. Elle portait un paletot de piqué blanc pareil à la jupe, et ce paletot un peu déboutonné laissait voir un gilet pareil. Un col et une cravate d'homme complétaient son costume qui lui donnait plutôt l'air d'un charmant mauvais sujet que d'une femme de bonne compagnie. Elle tira de la poche de côté de son paletot un joli porte-cigares.

— Allons-nous au fumoir? dit-elle délibérément. Voyons, venez-vous, monsieur Gaston, je veux engager mes paris, j'ai besoin que vous me conseilliez.

— Madame, votre paletot va mal; il fait un pli à l'épaule gauche. Est-ce qu'il vient de Paris?

— Quelle question! Et d'où voulez-vous qu'il vienne? Vous n'êtes pas d'humeur complimenteuse, ce matin. Oh! ce matin est une politesse, car vous n'y êtes jamais.

Et ils s'en allèrent : elle, toujours de son pas relevé, portant lestement sa longue jupe passée sous son bras; lui, de son pas languissant. Son pantalon presque collant qui le dessinait trop rigoureusement, sa veste courte produisaient l'effet le plus ridicule.

Le docteur ne pouvait assez les regarder.

— Comment, mon cher, dit-il enfin à Guy, cette sorte de petit animal, ce singe à mine de poitrinaire est le blond et joli Gaston de Bligny? Et sa pauvre mère qui rêvait de faire de son fils un amiral comme son grand-père! Si celui-là n'a pas peur à la fois de l'eau et du feu, je...

— Prenez garde, ne vous avancez pas trop, car il s'est très bien battu l'autre jour.

— Et pour qui?

— Ah! voilà. Pour qui n'en valait certes pas la peine. Quelqu'un de raisonnable s'était permis de sourire en voyant monsieur promener fièrement à son bras une femme en pleine quarantaine que tout Paris connaît depuis plus de vingt ans. Il s'est déjà endetté pour elle jusque par-dessus la tête, et vendrait pour lui plaire père et mère s'il les avait encore. Ceci est pour satisfaire à ce qu'il croit qu'exige sa position d'homme à la mode; quant à ce qui est du sentiment, il s'efforce d'en avoir un peu pour Mme de la Trénie.

— Il me semble que, pour un homme positif comme est M. de la Trénie, il a fait un singulier choix.

— La Trénie n'a pas une once de bon sens. L'amour-propre lui ôte le jugement. Il croit, en lançant sa femme dans la société des petits jeunes gens..... A propos, mon cher, savez-vous comment on les nomme, ces petits jeunes gens?

— Non.

— Eh bien, on les appelle des petits... Et le comte murmura le mot à l'oreille du docteur, dont la bonne figure s'épanouit du plus franc rire.

— Eh bien, c'est avec eux que la Trénie laisse sa jeune femme, et il est enchanté quand ces messieurs rient et plaisantent sans façon avec elle, et encore plus enchanté quand, en parlant d'elle, ils daignent dire : c'est un bon garçon. Mais la petite personne, malgré ses airs dégagés, est honnête ; elle trouve que Gaston la pose, et voilà uniquement pourquoi elle le recherche. Quant à Gaston, il pose, lui, et se donne les airs de n'avoir qu'à le vouloir pour être au mieux avec une femme du monde. Et, au besoin, il feint d'en faire le sacrifice à la femme de quarante ans. C'est vraiment pitié de voir ce gentil garçon, — car au fond il l'est, je vous assure,—gaspiller ainsi sa fortune et sa vie. Heureusement, l'oncle de Puiseux, qui ne le perd pas de vue, va lui faire donner un conseil judiciaire, ce qui sauvera sa grand'-mère, comme dit ce petit mauvais sujet en parlant de l'héritage qu'il attend de Mme de Courmont.

— Ce sera fort heureux si on arrive à l'empêcher de le dévorer, car ces petits messieurs ont des dents à

croquer toute une famille. C'est égal, je ne lui aurais
pas cru la force de faire tant de folies.

— Avez-vous vu sa chambre?

— Non.

— C'est une curiosité; et, ce qu'il y a de cosméti-
ques, d'essences, de fers à friser, d'outils pour les
mains, ferait honte à Mme de la Trénie qui, elle, affecte
de voyager avec une toute petite malle, comme un
touriste anglais.

Depuis un moment Guy, tout en causant, suivait des
yeux Christine qui, abandonnant à sa belle-mère le
soin de s'occuper des femmes, avait réuni autour d'elle
la plupart des hommes, parmi lesquels figurait Rodolphe. M. d'Engennes, impatienté par le tour qu'elle
laissait prendre à la conversation, sortit du salon, al-
luma son cigare et s'en alla dans le parc. Il voyait que
Christine le bravait, et, comme il lui était impossible
de se douter qu'elle ne le poussait à bout que pour le
ramener à elle, il ressentait la plus violente irritation.
Il commençait aussi à ne plus pouvoir supporter l'attitude de Rodolphe. L'espèce d'intimité qui existait entre
Christine et lui était à ses yeux si évidente que l'endurer plus longtemps dépassait l'empire qu'il avait sur
lui-même. Elle me donne tous les chagrins, se disait-il
avec douleur, même celui de soupçonner mes amis et
d'être forcé de briser avec eux. Et une foule de réflexions plus amères les unes que les autres vinrent lui
causer une telle souffrance que, pour l'apaiser, il alla

chez M. Fromentin. C'était un cœur sur lequel il savait pouvoir sûrement compter, et il y a des instants où la seule vue d'une personne amie suffit pour calmer les troubles de l'âme.

M. Fromentin dessinait; le comte jeta un coup d'œil sur son travail, fit, pour la forme, quelques réflexions, puis s'assit près de la table, et, la tête appuyée sur la main, suivit d'abord les progrès de l'aquarelle, puis finit par s'absorber dans ses pensées. Tout à coup, il se leva, se promena un instant par la chambre avec agitation, et, venant se placer devant M. Fromentin :

— Fulgence, lui dit-il avec une sorte d'anxiété, que feriez-vous si vous aviez une femme... Et il s'arrêta court.

M. Fromentin, extrêmement touché par cet appel à son amitié, fit effort sur lui-même pour commander à son émotion, et, sans quitter des yeux son dessin, sans avoir l'air de comprendre la gravité d'une position que Guy, plus tard, pourrait regretter d'avoir laissé deviner, même à lui :

— Si j'avais le bonheur d'être le mari d'une belle et charmante femme, je l'emmènerais en Italie.

— Oui, si elle vous..... Guy murmura le mot aimait.

M. Fromentin ne parut pas l'avoir entendu et continua :

— Cette vie seul à seul entre deux âmes faites pour

se comprendre, faites pour goûter ce que l'art et la nature peuvent offrir de plus beau me semble le rêve des
rêves.

— On ne croit plus aux rêves, reprit avec amertume
le comte, quand on est aux prises avec la réalité, et il
sortit vivement.

A peine Guy eut-il fermé la porte que M. Fromentin
jeta de côté ses pinceaux ; il était profondément affligé.
Le comte, en lui laissant entrevoir son chagrin, venait
de lui donner la plus grande preuve d'affection qu'il en
eût jamais reçue, et il songeait avec douleur à ce que
M. d'Engennes avait dû souffrir pour en arriver là.
Cependant, par délicatesse, il avait été obligé de
feindre de ne pas comprendre, parce qu'il ne pouvait
pas conseiller. La question était brûlante ; il eût été,
pour une ligne de conduite très sévère ; sa franchise
ne lui eût pas permis de le cacher, et, d'un autre côté,
il ne lui appartenait pas de s'immiscer dans les affaires
du jeune ménage. Depuis quelques jours, il voyait bien
que les choses allaient de mal en pis, et il redoutait un
éclat. Il eût souhaité que la comtesse pût s'interposer
entre les deux époux, mais il était visible que tous les
deux se tenaient avec elle sur la réserve : Guy, pour
ne pas l'affliger, Christine, parce qu'elle ne voulait
parler ni du souper ni de la scène qui en avait été la
suite.

M. Fromentin ayant une visite à faire dans les envi-
rons, traversa le parc et suivit le bois, afin de gagner

une grille qui conduisait sur le chemin qu'il devait prendre. Il vit de loin Christine, mais au lieu d'aller à elle, comme de coutume, il se contenta de la saluer et poursuivit sa promenade.

— Ah ! lui aussi ! se dit-elle, et, coupant court, elle revint, comme par hasard, au-devant de lui. Elle fut encore plus aimable que de coutume, et, remarquant son air grave : Est-ce que, par hasard, Guy lui aurait parlé, pensa-t-elle ? Alors, après avoir commencé par prendre pour thème de conversation les hôtes du château, les fêtes qui avaient eu et qui allaient avoir lieu, elle passa des joies aux peines de la vie, effleura d'abord le sentiment, vit que M. Fromentin s'y laissait prendre, et, paraissant céder à un besoin d'épancher son cœur, elle lui laissa entendre qu'elle aussi pouvait parler du chagrin, car elle en avait beaucoup. L'excellent homme lui sut gré de cette sensibilité qui lui alla au cœur. Tout ce qu'elle disait avec l'intention de le ramener à elle, Christine le sentait vraiment. Sa pauvre tête était l'image du chaos : le bien, le mal, l'amour, la colère, le regret, le désir de la vengeance s'y confondaient. L'ami Fulgence répondait à son expansion en lui donnant, sous forme d'axiomes, tous les bons conseils qu'il osait risquer. Elle les écoutait, y répondait avec une douceur qui le mettait de plus en plus sous le charme, et il commençait à se dire : On ne sait peut-être pas la prendre, quand toute la folle jeunesse qui était en promenade apparut tout à coup au tour-

nant d'une allée. Alors M. Fromentin salua Christine et
la laissa à ses hôtes.

Tout en s'éloignant, il entendait les rires et la voix
de la jeune femme se mêler aux rires et aux autres voix
parmi lesquelles il distinguait celle de Rodolphe. Ce que
c'est que d'avoir vingt ans, ne put-il s'empêcher de penser : le chagrin ne fait que glisser, c'est comme les bons
conseils, autant en emporte le vent.

Il y avait entre Mme de la Trénie et M. de Bligny une
grande discussion, elle tournait même un peu à l'aigre,
lorsque Christine, qui ne voulait pas faire d'aparté avec
Rodolphe, trouva plaisant de distraire Gaston. Il l'avait
déclarée ravissante, et, enchanté de ce qu'elle faisait
attention à lui, il abandonna la grave question du plus
ou moins de vitesse de Terpsichore ou de Vol-au-Vent,
et se mit à lui débiter tout ce qu'il put trouver de plus
aimable. Elle, au lieu de le railler comme d'habitude,
l'encouragea, et y prit d'autant plus de plaisir qu'elle
s'aperçut de la vive humeur que ce manége causait à
Mme de la Trénie. Celle-ci fit une mine boudeuse, et,
comme on revenait au château, elle ne put s'empêcher,
en quittant la jeune comtesse, de lui jeter un regard
plein de colère et d'envie.

— Ah ! se dit la malheureuse Christine en rentrant
dans son appartement, elle m'envie, elle appelle peut-
être cela du bonheur ! Qu'elle soit donc heureuse comme
je le suis ! Si je lui en voulais, je ne saurais imaginer
une plus grande punition.

Elle resta longtemps non pas perdue dans ses réflexions, car elle n'avait plus le courage de penser,
mais abîmée dans la plus douloureuse torpeur. Puis,
ne pouvant plus la supporter, elle passa chez ses filles,
et les emporta chez elle. Christine était dans un de ces
moments de souffrance où l'on demanderait à genoux
l'aumône d'une douce parole; si ses filles avaient pu lui
dire un mot de tendresse qui eût apaisé son cœur, elles
l'eussent sauvée ; mais les enfants, habituées à jouer
avec elle, poussaient de joyeux éclats de rire qui lui
firent un mal affreux ; elle appela pour qu'on les
emmenât immédiatement, et monta chez sa belle-
mère. Elle essaya d'ouvrir, la porte était fermée ; elle
frappa.

— Qui est là? demanda Mme d'Engennes.

Christine voulut répondre, elle sentit que sa voix
était pleine de larmes, une fausse honte la retint, elle
redescendit, et, rentrée chez elle, s'abandonna à toute
l'amertume de ses sentiments. Tantôt elle ne pouvait
se consoler de la dédaigneuse froideur de son mari,
tantôt elle se sentait disposée à tout faire pour le braver, et ce fut, malheureusement, cette dernière impression qui prévalut.

Après le dîner, tous les invités du château, qui allaient au bal que la préfecture de Tours offrait aux
membres du comice, s'arrangèrent dans plusieurs voitures. Christine, toujours aussi mal montée et plus que
jamais excitée contre son mari, fit signe à Rodolphe de

venir dans sa calèche. Pendant la route, elle trouva le
moyen d'irriter Guy en étant d'un avis opposé aux
siens sur tous les sujets, en se moquant sans pitié de
leurs voisins de campagne et autres bonnes gens,
comme elle disait, qu'ils allaient rencontrer au bal. Le
comte Appiany, qui s'apercevait de l'impatience de son
ami, se gardait bien de prendre une part active à la
conversation, mais, de temps à autre, d'un air bon enfant, il laissait tomber un mot qui ravivait le feu quand
il était près de s'éteindre. Depuis quelques jours, Rodolphe haïssait cordialement M. d'Engennes, et, sans
parti pris, sans savoir s'il se jetterait ou non dans une
aventure en règle, il l'avait tellement en grippe qu'il
se réjouissait de tous les déplaisirs qu'il lui voyait
éprouver.

L'arrivée de Christine fit événement dans le bal; il
y eut un mouvement spontané : on se leva pour mieux
la voir. Sa toilette, qui semblait des plus simples, la
faisait paraître d'autant plus belle aux yeux des autres
femmes qui lui savaient gré de ne pas avoir cherché à
les écraser. Elle avait une robe de mousseline de l'Inde
dont la jupe traînante formait de gracieux plis autour
de la taille. Un large entre-deux de guipure d'Angleterre la garnissait vers le bas, un petit volant
de même guipure, légèrement froncé, terminait la
jupe. Elle portait, pour tout bijou, un beau fil de
perles noué derrière le cou par un étroit ruban rouge.
Quelques fleurs de grenades naturelles ornaient sa

coiffure. Elle avait un bouquet pareil à son corsage.

Mme de la Trénie, comme pour faire ressortir la grâce de Christine, marchait auprès d'elle la tête haute et d'un air cavalier. Sa robe, exactement collante sur les hanches, marquait sans pitié ses imperfections. Le bas de la jupe, qui allait en s'élargisssant et traînait d'une façon démesurée, étalait une garniture surchargée et passablement fanée qui avait soutenu l'assaut de plus d'un bal. Un chignon monstre, véritable corne d'abondance d'où pleuvait de l'or, des fleurs, des rubans, de la dentelle; un collier écrasant, des bracelets à profusion complétaient cette ridicule toilette que Mme de la Trénie regardait comme la dernière expression de la mode et du bon goût.

La jeune comtesse fut le point de mire de tous les regards : les hommes tenaient à honneur de la saluer et de recevoir un mot d'elle. Elle leur répondait avec grâce et dignité, savait parfaitement proportionner son accueil ; ne craignait pas, avec les plus considérables, de déployer la plus charmante coquetterie, ce qui lui donnait ensuite le droit d'être aimable tout à son aise avec qui bon lui semblait.

Rodolphe était plus que jamais sous le charme, et sa vanité, surexcitée par le succès de Christine, lui faisait saisir toutes les occasions de se rapprocher d'elle, afin de bien montrer qu'il était dans l'intimité d'une aussi ravissante femme.

La jeune comtesse accepta d'abord le bras du préfet

pour se promener dans le bal, puis celui du général, puis elle prit celui de son mari, et enfin ne refusa pas celui de Rodolphe. Elle rencontra en ce moment les yeux de Guy sévèrement fixés sur elle et soutint ce regard sans se troubler. Elle parla peu à M. Appiany, beaucoup à toutes les femmes, n'oublia aucune de celles qu'elle connaissait, et, quitte enfin de politesse, elle vint s'asseoir, comme par hasard, près d'une porte qui séparait deux salons, et, à son tour, jeta sur son mari un regard de défi. Là, pendant une heure, il y eut foule autour d'elle ; on causa des mille choses qui excitaient l'intérêt du jour, et surtout de la course de chevaux du lendemain. Un des plus frénétiques sportmen qui figurait parmi ses courtisans lui ayant demandé à quelle heure elle arriverait :

— Je n'irai pas à la course, répondit-elle avec une parfaite indifférence.

Rodolphe parut fort contrarié de cette détermination, et, toutes les fois qu'il put se rapprocher d'elle, il essaya, mais en vain, de la combattre.

Christine sentait que la jalousie de son mari était si éveillée qu'elle allait jusqu'au plus extrême mécontentement. Il avait une humeur dont elle ne le croyait pas capable, et elle ne voulut pas courir le risque de l'irriter davantage.

M. Appiany quitta le bal un des premiers, et, lorsque la jeune comtesse rentra, elle le trouva au salon où Mme d'Engennes était encore avec ceux de ses hôtes qui n'avaient pas été tentés par le bal. Après quelques instants de causerie, on se retira.

Au moment du bonsoir, en échangeant une poignée de main avec Rodolphe, Christine sentit qu'il lui glissait un billet. Elle pâlit ; un horrible frisson lui passa par tous les membres, ses yeux se baissèrent, puis se relevèrent, et, involontairement, elle jeta un regard inquiet autour d'elle. Quelque rapide qu'il fût, elle eut le temps de voir que son mari la considérait avec attention. Il n'avait pas deviné la vérité, mais l'émotion subite de sa femme l'avait rempli de trouble. La jeune comtesse, sentant le danger, fit un suprême effort et se mit à parler toilette avec Mme de la Trénie. Un débat renouvelé pour une garniture de robe ramena les femmes autour d'elles. Christine le fit durer jusqu'à ce qu'elle fût bien certaine que son mari était rentré dans son appartement ; alors elle regagna le sien. Vite elle glissa le billet dans un livre, se laissa déshabiller ; puis, la femme de chambre partie, elle courut mettre les verrous. Son cœur battait à se rompre ; des nuages lui passaient devant les yeux. Elle ouvrit cependant le livre et prit le billet. Tant d'audace l'indignait ; elle se demandait comment, devant tant de monde, Rodolphe avait osé le lui remettre.

Elle se promettait le lendemain de lui ôter, et au besoin sévèrement, toute espérance. Au fond, il ne lui déplaisait pas trop de désespérer le beau, le fier, le dédaigneux comte Appiany. Elle se figurait ainsi agir le plus vertueusement du monde, oubliant qu'elle seule avait amené Rodolphe à s'occuper d'elle. Tenant toujours le billet entre ses doigts, elle l'approcha enfin de la bougie, et le papier s'enflamma ; mais aussitôt elle souffla dessus :

— Il faut pourtant savoir ce qu'il m'écrit ; il faut pourtant que je puisse lui répondre s'il ose m'en parler.

Elle ne se disait pas que la meilleure des réponses était de ne pas permettre qu'il lui en parlât.

Elle lut enfin :

« Venez demain, ne me refusez pas, je vous en supplie à genoux. »

Pas de signature, mais le papier était timbré aux armes de Rodolphe.

— Quelle folie ! pensa-t-elle ; si on lisait ce billet, ne croirait-on pas que je lui ai donné le droit de se mettre à mes genoux. Non, certes, je n'irai pas à la course.

Et, prenant le papier, de nouveau elle l'approcha de la flamme, puis soudain, changeant d'idée, elle le roula et le fit entrer là où elle avait mis l'autre, dans l'écrin de son collier de perles. A l'endroit où se mettait le peigne, il y avait un vide, et elle jugeait cette cachette la plus sûre de toutes.

Comme il faisait très chaud, elle repoussa ses persiennes, s'accouda sur le balcon et se perdit dans ses pensées. Elle regardait vaguement la clarté que les fenêtres de sa belle-mère projetaient sur le sable de la terrasse, quand tout à coup l'ombre d'un homme vint s'y dessiner. Elle se retira aussitôt.

— En perdrait-il par hasard le sommeil? lui passa par l'esprit et la fit rire.

L'idée de Rodolphe transformé en chevalier errant lui sembla des plus divertissantes. Cependant, comme elle n'avait pas envie de dormir, elle lui en voulut d'être venu troubler sa rêverie. Une scène sentimentale au balcon ne lui souriait nullement. Ce n'est pas qu'elle n'eût assez aimé être traitée en héroïne, le romantique ne lui déplaisant pas, mais elle savait que Guy serait un Othello des moins commodes. Le bruit d'un meuble qu'on roulait au-dessus de sa tête vint la tirer de sa méditation. Elle écouta, réfléchit un moment; puis, ouvrant avec précaution la porte de la chambre, elle se glissa dans le corridor.

Guy était à se demander pour la millième fois ce qui, dans le bonsoir de Rodolphe, avait pu causer une si violente impression à sa femme. Quand, malgré le soin qu'elle avait mis à ne pas faire crier la porte, il entendit Christine sortir de chez elle, cette circonstance, dans un pareil moment, lui causa un tel trouble qu'il n'eut pas le courage d'aller de suite s'assurer de la vérité.

Lorsqu'enfin il eut acquis la preuve qu'il ne s'était pas trompé, il demeura comme frappé de stupeur. Chez qui pouvait-elle aller à pareille heure? Son es-

14.

prit, déjà rempli de défiance par le bonsoir, mit tout au pire, et, le cœur dévoré de jalousie, Guy s'abandonna aux soupçons les plus désolants.

Son imagination surexcitée lui présentait jusque dans les moindres détails la conduite de Rodolphe pendant les trois derniers jours. Partout il le retrouvait auprès de sa femme, et jamais comme un indifférent. Lui aurait-il, ce soir... Il eut peur et horreur de sa pensée. Christine, sa femme, un rendez-vous... Elle ! descendue là ! Non, c'était impossible. Il s'irrita contre lui-même d'avoir pu un seul instant admettre un pareil soupçon ; il le repoussa énergiquement, puis il y revint, il y revint encore, et, l'âme pleine de vengeance, il attendit Christine. Mais quelle attente ! Par moments, il se rappelait combien il l'avait aimée, et le souvenir de la tendresse passée amollissait son cœur. Mais, soudain, l'image de Rodolphe venait se dresser devant lui, et son ressentiment se ranimait avec une violence inouïe. Sa vie brisée, celle de la coupable perdue sans retour, la jeunesse de ses filles désolée par la privation de leur mère, et tout cela pour un caprice de cet homme qui, en échange de la plus sincère affection, de la plus cordiale hospitalité, apportait dans sa maison la honte et le désespoir ! Tout cela par la déloyauté de ce faux ami qui, avec la trahison dans le cœur, venait chaque jour s'asseoir tranquillement à sa table, y méditant peut-être comment il arriverait à le déshonorer. Je le tuerai... se disait-il avec rage. Et puis, après ? lui criait sa conscience. Je la chasserai, je la couvrirai d'opprobre... Et la même voix lui demandait encore si, en chassant, si en livrant à ses mauvais instincts cette femme sans famille, cette quasi-enfant, il ne la ferait pas descendre plus bas encore. Et il se souvenait des avertissements que sa mère lui avait donnés lorsqu'il avait voulu épouser Christine, et il comprenait qu'il avait charge d'âme ; et cependant, la conserver près de lui, la souffrir près de ses filles lui faisait horreur. Horreur de cette Christine tant aimée ! Il lui semblait être sous le poids d'un rêve affreux. Mais non, c'était bien la vie, la vraie vie avec toutes ses douleurs ; et il maudissait la femme dont la coquetterie avait de si funestes suites, et il maudissait l'ami qui avait provoqué cette coquetterie. Je le tuerai, se répétait-il ; l'un de nous deux doit cesser de vivre. Puis, quand il songeait que les suites de cette vengeance réclamée par l'honneur serait l'ignominie pour sa femme et une tache pour ses filles, il se sentait devenir fou, et, ne pouvant plus supporter les angoisses du doute, il appelait la réalité, quelle qu'elle pût être.

Soudain un bruit le fait tressaillir ; il écoute... Ce sont de petites mules qui frappent les marches de l'escalier dérobé. Elle était chez sa mère ! Il s'enfuit alors dans sa chambre. Mon Dieu, je vous remercie ! fut le premier cri de son cœur, et il éprouva ce qu'éprouverait un homme qui passerait subitement de la plus atroce agonie à la pleine santé.

Elle revient de chez ma mère, se dit-il dès qu'il fut en état de rassembler ses idées, et j'ai pu la soupçonner! Mais bientôt la réflexion le ramena au doute. Pourquoi y aller à pareille heure? Ne serait-ce pas pour m'habituer à l'entendre sortir de chez elle sans que je m'en inquiète? Et il resta livré à la tristesse de ses pensées.

XX

Christine, en effet, revenait de chez sa belle-mère qui avait été souffrante toute la journée. La jeune femme, entendant du bruit chez elle à une heure aussi avancée de la nuit, était montée afin de s'informer si elle n'était pas plus malade.

Mme d'Engennes, qui venait de se trouver fort indisposée, se mettait seulement au lit. L'état d'irritation dans lequel elle voyait son fils lui causait un véritable désespoir; elle le savait violent, et, ne pressentant que trop ce qui se passait entre sa femme, Rodolphe et lui, elle craignait un éclat qui eût tout perdu sans retour.

La comtesse considéra donc la visite de Christine comme un bonheur, et parut si sensible à son attention, que la jeune femme, vivement touchée, se montra plus affectueuse que jamais. Alors Mme d'Engennes, qui d'habitude ne prenait pas l'initiative, cédant à son désir de pacifier une position qui lui semblait des plus graves, et voulant aussi mettre un terme à ses anxiétés, lui demanda si elle savait ce que pouvait avoir Guy. Cette question parut tellement embarrasser sa belle-fille, qu'elle se reprochait déjà de la lui avoir adressée, quand celle-ci, dont le cœur ne demandait qu'à déborder, lui raconta le souper et la querelle qui en avait été la suite. Elle ne lui cacha pas non plus à quel point elle en voulait à son mari pour sa bouderie et son humeur sans fin.

La comtesse ignorait où en étaient venues les choses ; mais elle connaissait assez la mauvaise tête de Christine pour redouter que, si le désir de se venger y entrait une fois, il ne lui fît faire toutes les sottises du monde. Elle s'offrit donc comme médiatrice. La jeune femme accueillit avec joie ce moyen qui lui ramènerait son mari sans la forcer à faire le premier pas.

Il fut convenu qu'elles en causeraient de nouveau le lendemain matin, et toutes deux se quittèrent avec le cœur plus tranquille.

Christine était donc rentrée dans son appartement avec un calme d'esprit dont elle avait grand besoin ;

l'espérance succédait enfin à la cruelle agitation qu'elle éprouvait depuis quelques jours.

Avant de se coucher, elle alla vers sa fenêtre pour la fermer, mais elle trouva l'air si bon qu'elle se contenta de laisser tomber les rideaux et se mit au lit. Alors elle se souvint qu'elle voulait brûler les deux lettres. Ce sera pour demain, se dit-elle, et elle s'endormit bientôt.

Guy n'avait encore pu se décider à prendre du repos; la violente émotion qu'il avait éprouvée éloignait de lui le sommeil, et il demeurait absorbé dans sa douloureuse rêverie. Il en fut tiré par un mouvement que fit son chien. Guy avait toujours dans sa chambre un petit griffon d'Écosse qu'il affectionnait particulièrement. Rugh venait de quitter son coussin, s'était avec précaution acheminé vers la porte qui conduisait chez Christine, et, dressant les oreilles, il avait écouté d'un air inquiet. Approchant ensuite son nez entre le bas de la porte et le parquet, il avait senti à plusieurs reprises, puis était venu vers son maître, puis était retourné à la porte.

Il y a quelqu'un chez ma femme, se dit le comte, et son visage se décomposa, une sorte de mouvement nerveux agita ses membres. Il prit le chien, l'enferma de peur qu'il ne se mît à aboyer, et, saisissant son révolver, il attendit.

Christine reposait environ depuis une heure quand elle se réveilla en sursaut; sa veilleuse venait de s'é-

teindre, et, par une bizarrerie de son organisation, elle
ne pouvait dormir sans lumière. Elle allongea aussitôt
la main pour prendre sa boîte à allumettes qui se trouvait d'habitude sur une table auprès de son lit; elle ne
la trouva pas. Comme elle cherchait au hasard, il lui
sembla qu'une main avait frôlé la sienne. Epouvantée,
elle se rejeta dans son lit, et mit son drap par-dessus
sa tête. Puis elle chercha à se rassurer, se moqua
d'elle-même, se dit qu'elle était encore à moitié endormie; d'ailleurs, sa peur étant de celles qui pré-
fèrent le danger à l'incertitude, elle sauta résolûment
hors de son lit, et, les bras en avant afin de ne pas se
heurter dans les meubles, elle se dirigea vers la cheminée, sachant y trouver des allumettes. Tout à coup,
elle s'arrêta frappée de terreur... Il lui semblait avoir
entendu respirer tout proche d'elle, et ses yeux s'habi-
tuant aux ténèbres, elle distingua une forme humaine... Deux mains s'allongèrent pour la saisir. Elle
voulut crier, mais la frayeur paralysa sa voix. Se rejetant alors en arrière, elle s'embarrassa dans un guéridon sur lequel se trouvait un plateau : la table tomba
avec fracas.

A l'instant la porte du comte s'ouvrit, mais avant
qu'il eût pu se rendre compte de ce qui se passait, un
homme se précipita par la fenêtre qui était seulement
à quelques pieds du sol. Guy s'élança au balcon et tira
plusieurs coups de révolver afin de donner l'alarme.
Puis il revint près de Christine qui était évanouie.

En un moment le château fut sur pied. On arriva de tous côtés. Rodolphe fut le premier; il avait encore ses habits de la veille. M. d'Engennes et lui échangèrent un rapide coup d'œil. Ils se comprirent; car, Rodolphe montrant à Guy le secrétaire bouleversé : C'est un voleur, lui dit-il.

En ce moment la chambre fut envahie; les femmes tout en émoi s'y précipitèrent affublées de ce qui leur était tombé sous la main : la peur avait chassé la coquetterie. Les hommes, non moins étrangement costumés, arrivaient armés de hallebardes, de haches d'armes, d'épées gigantesques, car ils avaient, en passant dans le vestibule, dévalisé un trophée d'armes.

On se regardait, on s'interrogeait, on s'empressait à faire revenir Christine, quand des coups de fusils suivis de cris se firent entendre dans le parc.

Un domestique tout haletant, tout effaré, entra presque aussitôt.

— M. le comte... nous venons de l'arrêter.

En effet, les gardes avaient blessé et arrêté le voleur comme il allait atteindre le haut du mur.

Jusque-là, tout ce qui avait précédé demeurait une énigme, et chacun pouvait donner carrière à son imagination. Ce fut seulement lorsque Christine revint à elle qu'on put savoir ce qui s'était passé. Le comte, à son tour, expliqua sa subite présence en racontant qu'il s'était réveillé, et que son lit faisant face à la porte de la chambre de sa femme, il avait été, sachant la crainte qu'elle avait de l'obscurité, inquiet de ne pas voir le rayon de lumière qui d'habitude apparaissait sous la porte. Alors il s'était levé, et au moment même, entendant la chute du guéridon, il s'était précipité chez elle.

Il ne dit pas qu'en voyant la lumière disparaître, son émotion avait été d'une toute autre nature que celle dont il parlait, et que, malgré la présence du voleur, le coup d'œil de Rodolphe, la rapidité avec laquelle il avait compris sa pensée, la manière dont il y avait répondu avaient donné tant de force à ses soupçons, qu'il accusait Christine de ne pas être allée d'abord chez Mme d'Engennes.

Guy eût donné tout au monde pour oser interroger sa mère sur la visite que sa femme lui avait faite dans la nuit, mais il aima mieux souffrir de son inquiétude que de faire naître un doute.

La jeune comtesse fut quelques jours à se remettre des suites de sa frayeur. Son mari, tout en s'occupant d'elle avec bonté, ne lui montra pas la tendre sollicitude qu'autrefois, en pareille circonstance, il lui eût témoignée. Il était gêné avec elle, et, quand ils étaient seuls, cette gêne devenait de la glace. Elle avait présumé que cet événement la rapprocherait de son mari. Sa surprise était donc extrême en voyant qu'il semblait l'éloigner davantage, et elle ne pouvait s'expliquer ce qui se passait dans l'esprit de Guy. A plusieurs reprises, pour le remercier, elle lui avait tendu la

15

main d'un air affectueux; il n'avait répondu à cette
avance qu'avec raideur, évitant visiblement tout ce
qui pouvait amener une explication. Christine, piquée
de cette manière d'agir, prit l'initiative et bouda complétement.

Mme d'Engennes, qui avait aussi espéré que les deux
époux allaient se réconcilier, fut très affligée de voir
que les choses allaient en s'aggravant. Elle ne comprenait absolument rien à la conduite de son fils, car
elle avait vu les avances de Christine et le trouvait
trop sévère. Elle se rendait compte, encore mieux qu'il
ne le faisait, du caractère de sa femme, sentait surtout
combien il fallait lui savoir gré de la moindre concession, et prévoyait tout ce qu'il y avait de danger à pousser à bout cette nature orgueilleuse. Elle jugeait que
l'accès de sensibilité était passé, que maintenant le ressentiment tout seul la dominait, et elle en était effrayée.

Lorsque la jeune comtesse se trouva assez remise
pour descendre au salon, elle fut l'objet de toutes les
prévenances, et Gaston de Bligny se montra un des
plus empressés. Christine encouragea ces attentions,
elles lui servaient à dissimuler celles de Rodolphe, de
qui elle acceptait, non sans plaisir, les mille petits
soins qu'autorisait son état de souffrance. Elle l'appelait souvent près d'elle, prolongeait volontiers la conversation avec lui et l'interpellait à tous propos. Elle
avait recours à son avis pour une foule de choses, et
réclamait ses services à la moindre occasion. Personne

ne s'en étonnait et n'y voyait rien de plus que de coutume : Christine coquette comme un démon.

Cependant il se passait un drame à quatre personnages; la jeune comtesse, qui croyait simplement chercher à exciter la jalousie de son mari, tandis que son cœur froissé était bien près de venir en aide à son amour-propre; Guy, qui, avec l'air de ne plus s'occuper de sa femme, ne la perdait pas de vue; Rodolphe, qui sentait dans quelle affaire sérieuse il s'engageait, se le reprochait, mais ne voulait pas reculer; et Mme d'Engennes, qui voyait avec une inexprimable terreur sa belle-fille disposée à braver ouvertement son mari.

Un matin, Christine voulut prendre, dans l'écrin où se trouvait sa parure de perles, le peigne d'or qui pouvait se porter tout simplement. Alors elle se souvint que l'écrin, d'abord repris au voleur, avait été depuis emporté comme pièce de conviction. Alors aussi, pour la première fois, elle songea aux lettres qu'il contenait. Elle y attachait si peu d'importance que ce qui s'était passé depuis quelques jours les lui avait fait oublier. Mais, en ce moment, elle sentit tout ce qu'il pouvait résulter de grave et peut-être d'irrémédiable pour elle si elles tombaient dans les mains de son mari. Elle se trouva tellement saisie qu'elle fut obligée de s'asseoir, et demeura un instant comme privée de sentiment. Qu'allait-elle faire? Comment se procurer ces lettres? Et si, par fatalité, on les lisait? Si on allait les

montrer à son mari? Si on les publiait? Ce n'était,
certes, rien de coupable au fond. Mais son mari la
croirait-il? La tournure du billet ne pouvait-elle pas
faire présumer qu'il s'agissait d'un rendez-vous? Il lui
était possible de donner une explication satisfaisante,
mais Guy l'accepterait-il? Pourrait-il jamais lui pardonner ce degré d'intimité avec Rodolphe? Elle restait
atterrée.

Cependant sa nature énergique ne tarda pas à
réagir. Immédiatement elle prit une résolution : aller
dire au comte Appiany ce qui lui arrivait, et le prier
de la tirer de ce mauvais pas. Sans calculer jusqu'où
ce service rendu pouvait l'engager, elle demanda sa
petite voiture dont elle-même conduisait les poneys, et
partit.

Rodolphe était à la chasse, en forêt; on faisait une
battue au loup. C'était l'heure du déjeuner; il arrivait
souvent à Christine d'assister au repas des chasseurs;
sa démarche n'avait donc rien qui pût attirer l'attention. Elle pensa qu'il lui serait d'autant plus facile
de parler au comte Appiany que son mari était à
Tours, où il avait été mandé par le procureur impérial.

Tout en faisant courir ses petits chevaux à grande
vitesse, elle calculait ses chances de perte et de salut,
et ne pouvait se dissimuler que ce qu'elle considérait
comme son salut était le plus risqué des moyens.

A l'entrée d'un taillis, Christine s'arrêta brusque-

ment ; elle venait de changer d'idée, ne voulait plus
aller jusqu'au rendez-vous des chasseurs, et préférait
voir Rodolphe sans être vue. Jetant alors les rênes au
domestique qui l'accompagnait, elle lui commanda de
l'attendre. Puis elle prit à travers bois un sentier dé-
tourné qu'elle connaissait. Elle ne pouvait, en le suivant, s'empêcher de se rappeler combien de fois elle
l'avait suivi l'âme libre de tout souci, l'humeur joyeuse
et se faisant un plaisir du mouvement de joie qu'allait
exciter son arrivée. Aujourd'hui, elle parcourait ce
même chemin avec la terreur dans l'âme, en se cachant, et loin de souhaiter qu'on fêtât sa venue; tout
ce qu'elle désirait était qu'on ne l'aperçût pas. En
voyant ce qu'elle avait fait de sa vie, son cœur se serrait, les larmes lui venaient aux yeux, et elle regrettait
amèrement le temps où elle pouvait vivre en paix avec
elle-même. A mesure qu'elle avançait, son pas se ra-
lentissait instinctivement. Que n'aurait-elle pas alors
donné pour ne s'être point mis dans le cas de subir
cette heure douloureuse?

Enfin, au travers du bois, elle aperçut la maison
du garde qui se trouvait au milieu d'une clairière. La
jeune femme était si troublée qu'elle s'arrêta un moment, la force lui manquait; enfin, reprenant courage,
elle avança avec précaution.

La table du déjeuner avait été dressée à l'ombre,
sur la lisière même du taillis qui la cachait, et elle en
était si proche qu'elle l'eût touchée en étendant la

main. Les chasseurs avaient achevé leur repas; elle crut être arrivée trop tard et allait s'en aller lorsqu'il lui sembla reconnaître la voix de Rodolphe. Elle s'approcha plus près, et, écartant doucement une branche, elle vit qu'il préparait ses balles et ses cartouches. Il causait avec M. de Tressoles, l'un des hôtes du château, et leur entretien était si animé que Christine put arriver encore plus près d'eux sans que le froissement des feuilles les avertît de sa présence. Elle avait entendu prononcer son nom et voulait savoir ce qu'ils disaient d'elle. Elle écouta... Mais, pendant quelques minutes, il lui fut impossible de rien comprendre, tant son émotion était violente. Peu à peu, les battements de son cœur se calmèrent, le bruissement qui remplissait ses oreilles s'apaisa, et elle entendit :

— Mais, je t'assure, mon cher, disait M. de Tressolles à Rodolphe, que tu te jettes dans une si déplorable affaire, que moi, ton ami, tout le premier, je te donnerai tort.

— Mais, enfin, que veux-tu que je fasse ?

— Va-t-en ! Pars pour Paris !

— La laisser ? Jamais.

— La laisser ? Mais tu l'aimes donc ? Tu t'entends donc avec elle ? Tu viens pourtant, tout à l'heure, de me dire que jamais un mot... Voyons, mon cher, explique-toi ? Sois vrai ? L'aimes-tu ?

— Comment veux-tu que je n'en sois pas fou ? que je n'en aie pas la tête tournée ? Elle est ravissante !

— Fou! La tête tournée! Mais la tête n'est pas le cœur, et tu ne réponds pas en homme qui a le cœur vraiment pris. Si c'est affaire d'amour-propre seulement, tiens-toi pour satisfait sans chercher à aller plus loin, car il est assez visible que tu t'occupes d'elle et que tu ne lui déplais pas. Mais si c'est un caprice, prends garde! Comment! par pure fantaisie, tu irais... Tiens, c'est odieux!... Mais tu ne connais pas Guy, il ne le supportera jamais. Au premier jour, vous allez vous couper la gorge. Deux vieux amis! c'est horrible! Et pour qui? pour une coquette! car je gage qu'elle ne t'aime pas plus que tu ne l'aimes.

Christine, le cou tendu, le regard fixe, écoutait avec un désespoir qui allait jusqu'à la rage. Elle n'en pouvait croire ses oreilles. Elle se figurait être si véritablement admirée et aimée.

— Mon cher, continua Rodolphe, je te prie de ne pas parler d'elle avec cette légèreté.

— Légèreté! Mais, mon cher, puisque tu m'as prié de te parler franchement, je te dirai que la légèreté est toute de ton côté.

— Voyons, à ton tour, n'empire pas les choses. Certes, je veux que tu parles d'elle avec réserve; mais, cependant, je ne veux pas que tu m'accuses mal à propos. Tu n'as rien à me reprocher? Tu ne m'as vu faire aucune inconséquence? Tu ne m'as rien vu faire qui puisse la compromettre? Je m'occupe d'elle, c'est vrai; mais elle le veut bien. D'ailleurs, combien d'autres en font autant! Tu ne m'as pas vu me jeter à sa tête, et si elle...

Christine faillit éclater en sanglots.

— Et si elle s'y jette, n'est-ce pas? Avoue, mon bon Rodolphe, que je n'ai rien dit, et j'ajouterai que je n'oserais rien dire d'aussi fort! Ma parole d'honneur, ce qu'on appelle des honnêtes femmes sont folles de se perdre pour des vauriens tels que nous. Il faudrait qu'elles nous entendissent parler d'elles, pour leur servir de leçon. Mais rien ne pourrait les corriger de leur crédulité. Elles croient toujours qu'elles seront ce qu'elles nomment plus heureuses que les autres. Beau bonheur, ma foi! Et, ce qui est inconcevable, c'est que ce qui devrait les éloigner de nous semble être ce qui les attire. Ni le nombre des victimes, ni l'inconstance ne les fait réfléchir. Il est vrai que jamais l'entière vérité n'arrive jusqu'à elles. Tu as été, ou tu as fait l'amoureux de la marquise sans quitter la petite Léora. Tu as abandonné la marquise, ou elle t'a éconduit, et tu t'es rejeté vers la comtesse, toujours sans quitter ta danseuse, pour laquelle on dit que tu viens de faire meubler un petit hôtel.

— Mon cher, un caprice n'a rien de commun avec une passion.

— Et laquelle, je te prie, est le caprice? laquelle est la passion? Je ne saurais en faire la différence. Ecoute, Rodolphe, je ne suis pas plus rangé que toi, et j'aurais mauvaise grâce à te faire de la morale; aussi, mes re-

proches ne sont-ils que relatifs; mais je ne serais qu'un
lâche si je n'avais pas le courage de te dire que tu vas
de sang-froid commettre une mauvaise action. Tu
n'aimes pas la comtesse, et elle ne t'aime pas davantage, car son cœur n'a jamais brûlé que pour le plaisir
et les adorations.

— Mon cher, tu es par trop sévère, et je ne t'ai jamais vu aussi emporté contre une femme.

— C'est que celle-là ne m'inspire aucune sympathie,
et me laisse froid comme un marbre. Elle a un mari
parfait, un mari qui nous vaut tous mille fois.
Ainsi, mon cher, très certainement tu es charmant,
mais il est encore mieux que toi. Et sa belle-mère!
Quel chagrin ce sera pour cette famille! Une famille
qui a été la tienne, la mienne. Nous y avons tous été
accueillis et traités en enfants. Qu'elle choisisse un
étranger, s'il lui faut absolument faire une sottise. Et
toi, mon cher, tu ne devais à aucun prix t'engager là-
dedans. Les passions à faire ne manquent pas à Paris.
Non, ma parole, elle est impardonnable. Si encore elle
était malheureuse dans son intérieur, je ne dis pas que,
malgré moi, je n'y prendrais pas intérêt. Mais elle...
Vois-tu, c'est à faire prendre le mariage en exécration.
Tu me croiras si tu veux, mais je n'ai jamais, un seul
moment, envié Guy. Dès le premier hiver, j'ai vu tout
ce qu'elle serait...

— Oh! cela n'était pas bien difficile! Elle n'a jamais
aimé son mari. Je t'assure que, pour ma part, je l'au-

15.

rais certainement admirée, mais je n'aurais jamais songé à elle si...

Christine ne put en entendre davantage : écrasée par la honte, elle se traîna jusqu'à sa voiture, partit comme un trait, gagna le château, courut s'enfermer dans sa chambre, et, à moitié folle de douleur, elle s'abîma dans son désespoir.

La manière dont tous deux l'avaient traitée, le peu de cas qu'ils semblaient faire d'elle, le misérable caractère de Rodolphe, tout l'accablait. Ses yeux, longtemps fermés à la lumière, s'ouvraient tout à coup, et ils ne pouvaient supporter l'éclat de la vérité. Elle était humiliée; le monde et sa fausseté lui faisait une telle horreur qu'elle eut l'idée de fuir, d'aller se cacher à l'extrémité de la terre, et de ne jamais reparaître. Elle demeura longtemps en proie à une sorte de délire; puis, peu à peu, elle se calma, chercha le parti à prendre avec plus de sang-froid. Elle comprit mieux que jamais combien elle était coupable, et n'envisagea pas sans remords la faute que cette douloureuse humiliation venait peut-être de lui épargner. Mais ce fut en vain qu'elle réfléchit au moyen de se procurer ses lettres. Rodolphe, maintenant, lui inspirait un profond mépris, et elle en était à se demander si, malgré l'effroi que lui causait l'idée de se confier à son mari, il ne valait pas mieux lui dire la vérité que de la lui laisser apprendre, lorsque, tout à coup, elle songea à sa belle-mère, et Mme d'Engennes lui sembla alors son seul refuge, et, comme avec son impétuosité l'action suivait toujours la pensée, elle y courut à l'instant. Heureusement la comtesse était seule, car Christine, l'âme partagée entre le désespoir et l'espoir qui venait d'y renaître, entra avec une précipitation folle. Ses mouvements avaient quelque chose de désordonné, son visage était bouleversé, ses yeux, gonflés par les larmes, avaient une expression effrayante.

— Pardonnez-moi, madame, et sauvez-moi, balbutia-t-elle en se jetant aux pieds de sa belle-mère. Ce furent les seuls mots qu'elle put prononcer, ses sanglots l'étouffaient.

Mme d'Engennes, terrifiée par ces paroles, éprouva d'abord un sentiment de répulsion pour cette femme. Elle la laissa un moment à ses genoux, ne pouvant vaincre la répugnance qu'elle lui inspirait. Puis la compassion, le devoir la ramenèrent vers la malheureuse Christine, elle la releva, la fit asseoir, la rassura, et lorsque Christine osa regarder sa belle-mère, il y avait dans ses yeux tant de douceur, qu'elle se sentit rassurée et osa se jeter dans ses bras.

— Je vous atteste, madame, lui dit-elle, que si j'ai été légère, je n'ai point été sérieusement coupable.

Il y avait une telle expression de vérité dans son accent, que Marguerite, délivrée de son angoisse, lui répondit avec une bonté qui mit Christine en confiance. Alors elle raconta tout ce qui avait rapport aux deux lettres, mais ne lui parla pas de la conversation qu'elle avait entendue. Ce secret devait mourir avec elle.

Mme d'Engennes essaya de calmer sa frayeur quant aux lettres, et lui promit de les lui rapporter. Puis elle crut le moment venu de lui parler avec fermeté de cette coquetterie, cruel et dangereux passe-temps qui lui faisait en ce moment verser tant de larmes, et des suites qu'elle pouvait avoir pour le repos et l'honneur d'une famille.

Elle ne lui dissimula pas que si Guy se croyait en droit de lui adresser quelque sérieux reproche, il était à craindre qu'il ne lui fallût beaucoup de temps pour le ramener à elle.

— Mais, madame, lui répondit Christine, je l'aime, je ne l'ai jamais tant aimé. Eh bien, c'est vrai, dans les commencements de notre mariage, il n'était pas pour moi ce qu'il est devenu... ce qu'il est devenu aujourd'hui.

Le ressentiment de la comtesse s'était apaisé, son cœur seul parlait, et la douleur, le regret de Christine, l'amour qu'elle montrait pour Guy venaient de lui obtenir dans ce cœur une place qu'elle devait toujours conserver.

Mme d'Engennes aida sa belle-fille à regagner son appartement, l'engagea à se reposer jusqu'à l'heure de la toilette, et insista pour la déterminer à venir au dîner, ce dont elle voulait se dispenser, mais ce n'était pas le moment d'éveiller l'attention. Elle resta auprès d'elle jusqu'au moment où il lui sembla la voir céder au sommeil. Cependant la jeune femme, quoique plus calme, ne dormait pas ; elle se recueillait dans l'amertume de ses pensées; ce qu'elle avait fait de sa vie, ce qu'elle avait fait de celle des siens, la navrait.

Malgré la douceur que sa belle-mère avait mise à lui dire certaines choses, elles portaient coup et lui déchiraient le cœur. Puis elle pensait de nouveau aux lettres et recommençait à s'inquiéter. Si le juge d'instruction les avait lues ? S'il allait en parler à Guy ? S'il allait les lui remettre ? Cette crainte lui arrachait des cris de douleur. Elle revenait alors à sa résolution de lui avouer la vérité dès qu'il serait revenu. Mais elle ne tardait pas à sentir qu'en soulageant son cœur elle remplirait de doute et d'inquiétude le cœur de son mari ; qu'il ne manquerait pas de croire qu'elle ne lui disait pas tout, et que Rodolphe l'avait plus occupée qu'elle ne voulait l'avouer. Chose étrange, depuis la conversation qu'elle avait entendue, Guy était un tout autre homme à ses yeux. Elle avait vécu trois ans près de lui, parfaitement indifférente à ses qualités, mais la justice qu'un de ses amis venait de lui rendre faisait que, tout d'un coup, elle le voyait sous son vrai jour. Au milieu de la multitude de sentiments qui l'agitaient, elle se sentait prise pour lui d'une vivacité de tendresse que jamais elle n'avait ressentie jusque-là. Elle était fière d'être la femme d'un homme dont on pensait tant de bien, et elle eût donné des jours de sa vie pour entendre en ce moment une de ces affectueuses paroles qu'il lui prodiguait autrefois et qui la laissaient si froide.

Ce fut avec un affreux battement de cœur qu'elle descendit au salon. Tout ce qu'elle avait d'orgueil et de fierté se révolta à la vue de Rodolphe et de M. de Tressolles. Le cœur lui manqua. Cependant, elle parvint à dominer son trouble, et soutint énergiquement l'épreuve. Une fois le premier choc supporté, elle réunit tout ce qu'elle possédait d'intelligence afin de changer la situation qui lui avait été faite. Elle prit assez sur elle-même pour être toute charmante avec M. de Tressolles, mais toute charmante avec tant de simplicité et de modestie qu'il n'y avait que le désir d'être agréable qui parût et non celui de plaire, de manière qu'il pût en être flatté sans en devenir vaniteux. Il lui fallut se contraindre davantage avec Rodolphe, parce qu'il est plus facile de cacher son mépris que sa haine. Elle y arriva néanmoins, et sut paraître affectueuse sans qu'il fût possible d'y voir autre chose qu'une honnête amitié. Comme dans la soirée il voulait continuer à lui rendre les petits soins dont elle lui avait laissé prendre l'habitude, son cœur se souleva de dégoût.

— Vous avez été, lui dit-elle avec une dignité pleine de grâce, un charmant garde-malade dont j'ai accepté les soins avec la plus affectueuse reconnaissance, mais, maintenant que me voilà guérie, je vous rends vite votre indépendance. Je ne veux plus accaparer toute votre amabilité et vous prie de la partager entre nous toutes.

L'air calme, le ton de bienveillante amitié qui régnait dans ses paroles, cachaient une angoisse intérieure que personne ne pouvait deviner, et Rodolphe encore moins que tout autre.

Enfin, Christine touchait à la fin de cette soirée, et elle se préparait déjà à se retirer, sa santé lui servant encore d'excuse, quand son mari, qu'on n'attendait que le lendemain, entra dans le salon. Tout le sang de la jeune femme se glaça. S'il allait avoir les lettres ? pensa-t-elle, et, toute tremblante, elle alla au-devant de lui.

— Comme vous êtes pâle, Christine ? Vous sentez-vous malade ? lui demanda-t-il avec intérêt.

— Non, répondit-elle, je me trouve seulement un peu fatiguée.

Mais déjà elle était rassurée. Elle avait trop l'habitude de lire sur la physionomie de son mari pour ne pas voir qu'il ne rapportait aucune préoccupation de son voyage.

Il fut longuement question du voleur. Il avait été interrogé. M. d'Engennes raconta que cet homme avait aperçu Christine au moment où elle descendait de voiture pour entrer au bal. La vue du collier de perles avait excité sa convoitise. Il connaissait le château d'Emblimont pour y avoir travaillé ; il s'était donc facilement introduit dans le parc. Christine, en laissant la fenêtre de sa chambre ouverte, lui avait offert elle-même le moyen de s'introduire.

Le lendemain, dans l'après-dînée, Mme d'Engennes apporta les deux lettres à sa belle-fille ; celle-ci exigea qu'elle en prît lecture, puis elles les brûlèrent.

Seulement, alors, la jeune femme se crut sauvée. Elle mit dans ses remercîments une chaleur et une vivacité qui émut profondément sa belle-mère, et il régna désormais entre elles la plus touchante affection.

XXI

La foule de visiteurs qu'avait amenés le concours agricole était enfin partie ; la famille se retrouvait seule. Christine attendait ce calme avec impatience, espérant, à force de tendresse, regagner celle de son mari. Mais il continua à répondre à ses avances avec cette froideur qui la désespérait, et lui était d'autant plus sensible qu'il ne l'y avait pas habituée. Jusque-là il s'était montré son très humble serviteur, toujours prêt à revenir et à pardonner, toujours disposé à oublier; ce changement lui semblait donc inexplicable. Elle en parla à la comtesse qui s'en apercevait aussi, ne le comprenait pas davantage, et l'engagea à provoquer une explication; mais Guy trouvait toujours moyen de l'éluder.

Il eût, en effet, été difficile à Christine de se rendre compte de ce qui se passait dans l'esprit de son mari, et si elle avait pu y lire, peut-être eût-elle perdu courage.

Le comte était persuadé que sa femme avait à son égard les torts les plus graves. Sa tenue, pendant les deux soirées qui avaient précédé l'événement, son embarras au moment du coucher, l'attitude de Rodolphe en entrant dans la chambre de Christine, sa réponse à une pensée qu'il n'aurait pu deviner s'il n'avait senti combien il prêtait au soupçon : tout cela était sans cesse présent à son esprit, et il était convaincu que sa femme ne méritait plus ni sa tendresse ni son estime.

La conduite de sa mère était à son tour une énigme qui l'irritait. Il n'aurait certainement pas voulu la voir traiter Christine comme il le faisait lui-même ; néanmoins il était froissé de l'affection qu'elle lui montrait. Il cherchait à s'expliquer le motif qui la faisait agir, car il ne doutait pas qu'elle ne vît le changement survenu dans ses manières, et il s'expliquait le redoublement d'affection qui était dans les siennes par l'amour

qu'elle lui portait. Pour lui ramener Christine, elle eût
été la chercher au milieu des flammes. Puis il pensait
qu'elle n'avait rien vu de tout ce qu'il avait observé,
et qu'elle était la dupe de tous les semblants de Christine.

Quant à lui, il s'en défendait, et, loin d'être touché
des sentiments qu'elle lui montrait, il n'en éprouvait
qu'un redoublement d'indignation.

— Il faut donc, se disait-il, qu'elle ait de bien grands
reproches à s'adresser pour se faire si humble.

Il l'eût préférée froide et digne, car, pour lui, tromper était le dernier degré de l'avilissement, et s'il l'a-
vait vue prête à subir les conséquences de sa faute, à
défaut d'affection, il aurait eu une certaine estime pour
la droiture de sa conduite.

Guy était parfaitement résolu à ne recevoir aucune
explication de Christine, parce qu'il n'aurait pu s'empêcher de lui dire : vous m'avez trompé, et, une fois
ce mot échappé, il sentait que, vivre en présence l'un
de l'autre serait impossible, et, pour l'avenir de ses
filles, il était résolu à endurer le supplice de sa présence. Mais, désormais, la femme n'existait plus pour
lui ; il ne voyait plus en elle que la mère, et, à ce titre
seulement, elle avait droit à ses égards.

A peu de temps de là, un matin, pendant le déjeuner, il arriva de Paris une dépêche qui annonçait la
mort de M. de Grécourre. Suzanne priait le comte de
venir l'aider de ses conseils.

Christine se montra fort sensible à cette nouvelle, et non moins sensible au départ de son mari. Elle alla le trouver pendant qu'il faisait ses préparatifs de voyage.

— Vous m'en voulez toujours, Guy, lui dit-elle ; je vous en supplie, ne me quittez pas ainsi.

— Non, ma chère, vous vous trompez, répondit-il froidement, je ne vous en veux pas.

— Je t'en prie, Guy, mets fin à cette froideur qui me désespère. Dis-moi enfin tout ce que tu as sur le cœur.

— Je n'ai plus de cœur.

Et il quitta la chambre, laissant Christine désolée. Lui n'était pas même ému, car elle lui inspirait maintenant une sorte de répulsion.

En arrivant à Paris, il se hâta doublement d'aller trouver la marquise ; car, en lui rendant service, il espérait oublier sa propre souffrance.

Suzanne était encore toute bouleversée des douloureux instants qu'elle venait de passer, et en parla au comte avec la plus touchante émotion.

Le marquis était mort d'un violent accès de goutte. Profitant d'un instant de mieux, il avait fait à sa femme des recommandations remplies de prévoyance et de bonté. — Croyez-moi, lui avait-il dit, comme suprême et dernier conseil, ne faites jamais la folie d'épouser Appiany. — Combien, ajouta-t-elle en finissant le récit de ces tristes moments, en face de ce lit de mort, j'ai été heureuse de ne pas l'avoir offensé !

Le marquis lui ayant laissé toute sa fortune, Suzanne avait des dispositions à prendre. Le testament lui créait des obligations à remplir. Au milieu des tracas des gens de loi, les conseils de Guy lui furent d'un grand secours. Il venait la voir plusieurs fois dans la journée; d'abord ils causaient affaires, puis, peu à peu on jetait un regard sur les choses de la vie, sur le passé, sur l'avenir, et insensiblement les choses du cœur finissaient par trouver leur place. Ils n'étaient heureux ni l'un ni l'autre, et leur malheur était un lien de plus.

Le comte, lorsqu'il la quittait, se sentait de plus en plus sous le charme, car le caractère de Suzanne avait pour lui une séduction infinie. Elle était bonne, généreuse, désintéressée; tout ce qui était bien l'attirait. Il venait de beaucoup souffrir, et la douceur de ces sensations calmait ses récentes blessures. Mais, cependant, comme il n'était pas homme à rester sans compter avec lui-même, il vit très bien que ce baume enivrant était le plus dangereux des poisons; il vit que cette sympathie était bien près de la tendresse, et il sentit qu'il fallait rompre au plus vite; que s'il ne partait pas tout de suite, il ne pourrait plus partir. Il dit donc à Suzanne qu'il était obligé de retourner à Emblimont, et que, ne voulant pas la laisser sans une personne sûre pour la conseiller, il lui demandait de lui présenter un de ses amis, M. de Fayeule, auditeur au Conseil d'État, qui serait heureux de lui être utile; et il le lui

présenta ; c'était la plus sincère preuve d'attachement
qu'il pût donner à la marquise. Il devinait que l'attrait
était réciproque, mais il avait en même temps la délicatesse de voir que cette passion la conduirait à sa
perte, tandis que maintenant son existence pouvait être
heureuse et honorée.

Au reste, il fut d'autant plus satisfait de sa manière
d'agir qu'une dépêche le rappela immédiatement en
Touraine. Anne avait une fluxion de poitrine et était
fort mal.

Guy trouva Christine dans un désespoir violent,
comme tous ses sentiments. Elle soigna sa fille avec
une tendresse si dévouée qu'un instant elle trouva
grâce devant lui.

La convalescence de l'enfant fut longue, Anne eut
des rechutes qui inquiétèrent la famille.

Mme d'Engennes en causait souvent avec le docteur
qui n'était pas rassuré. Pourtant, lorsque le mieux fut
bien établi, elle parla à M. Lenfret de l'Italie ; on allait entrer en hiver, et elle le redoutait pour sa petite-
fille. Le docteur approuva cette idée et engagea sérieusement Guy à emmener sa fille à Florence. Le voyage
fut sur-le-champ résolu.

Mme d'Engennes, sous tous les rapports, espérait
beaucoup de ce voyage. Guy restait le même pour sa
femme, et sa raideur, surtout dans l'intimité, devenait
de plus en plus visible. La jeune femme en ressentait
un chagrin dont elle parlait sans cesse à sa belle-mère,

lui disant que ce qui la décourageait par-dessus tout
était de voir que plus elle faisait d'efforts pour plaire à
son mari, plus il semblait s'éloigner d'elle. La comtesse relevait son courage, l'engageait à mettre sa confiance dans celui qui seul peut nous soutenir, et réveillait ses sentiments religieux.

Christine, réconciliée avec Dieu et avec elle-même,
éprouvait, malgré sa douleur, cette paix intérieure que
la bonté divine accorde à tous les abattus, à tous les
délaissés qui recourent à elle dans la sincérité de leur
cœur. Cette paix, cet accord avec elle-même étaient
depuis si longtemps inconnus à la jeune femme, et elle
les trouvait si doux qu'elle se demandait comment elle
avait pu volontairement se priver d'une si grande consolation.

Mme d'Engennes espérait qu'une fois seul avec sa
femme, Guy verrait mieux la réforme qui s'était opé-
rée en elle, qu'il lui pardonnerait et redeviendrait ce
qu'il avait été autrefois. Elle ne comprenait d'ailleurs
pas ce qu'il avait à lui reprocher de plus grave que par
le passé. Bien des fois il lui avait pardonné les mêmes
coquetteries; elle ne voyait pas ce que les dernières
avaient de plus irrémissibles, et en voulait, au fond, à
son fils de ne pas savoir gré à sa femme de sa volonté
de revenir au bien.

Comme la comtesse n'allait à Paris que pour y être
avec ses enfants, elle résolut de passer le temps de
leur absence à Emblimont, et engagea Suzanne, qui

portait rigoureusement son deuil, à venir partager sa
solitude. La marquise accepta avec empressement et
hâta son arrivée afin de dire adieu aux voyageurs.

Le comte fut à la fois content et fâché de se retrouver avec Suzanne qui était sans doute sous les mêmes
impressions, car le contentement du revoir une fois
passé, elle parut moins à son aise que de coutume ; et,
d'un commun accord, ils semblaient éviter l'occasion
de se trouver seuls ensemble.

Christine les observait trop attentivement pour que
cette gêne pût lui échapper. Ils s'aiment, pensait-elle.
Et elle passait les nuits à pleurer et les jours à souffrir,
car les soins que Guy, comme hôte, rendait à la marquise, étaient empreints d'un respect voisin de l'admiration ; tandis que ceux qu'elle en recevait n'étaient
que l'expression du devoir et de la politesse. Le jour
du départ fut donc pour elle la fin d'une cruelle angoisse.

Mme d'Engennes, qui de son côté observait toutes
choses, avait été fort alarmée de ce sentiment contenu,
mais qui pouvait, par un hasard quelconque, se développer. Elle se souvenait trop de ce que la jalousie lui
avait autrefois fait souffrir pour ne pas plaindre de
toute son âme sa malheureuse belle-fille et pour ne pas
chercher à lui venir en aide. Aussi, sous le prétexte de
la santé d'Anne, avait-elle pressé le départ.

XXII

Le comte établit sa famille à Florence. Christine eût désiré y vivre dans la retraite ; mais Guy, contrairement à sa manière habituelle de voir, voulut qu'elle allât dans le monde. Le tête-à-tête lui était insupportable, et plus elle faisait abnégation de ses goûts pour prendre les siens, plus cette fatale pensée l'obsédait. — Il faut donc qu'elle ait bien à se faire pardonner, se répétait-il à chaque attention ou à chaque concession de sa femme. Les soirées en famille, celles qu'il aimait tant autrefois, il les redoutait maintenant. Quand il voyait Christine tout ce qu'il avait rêvé qu'elle fût : occupée de ses devoirs, occupée de ses enfants, occupée de chacun excepté d'elle, simple avec ce charme qu'elle répandait sur toutes ses actions, aimable sans prétention, et faisant, pour son entourage, les frais que jadis elle faisait pour plaire au dehors, il se reprenait à l'adorer ; puis, tout d'un coup, il se sentait pris d'un profond désespoir en songeant à ce qui les séparait.

Un soir où, dans la conversation, elle avait prononcé le nom de Rodolphe, Guy sortit soudain, et il ne rentra pas de la soirée. Lorsque, avant de se coucher, il passa chez ses filles comme il faisait toujours, miss Watson, qui s'y trouvait, remarqua que son visage était défait, et que ses yeux étaient rougis comme s'il avait pleuré.

Christine, elle aussi, avait été frappée de la brusque sortie de son mari, mais il était devenu si étrange qu'elle s'en affligea plus qu'elle ne s'en étonna. C'est impossible, se dit-elle, qu'il soit encore jaloux; et sa nuit fut sans sommeil, car lorsqu'elle songeait à Rodolphe, ce n'était plus que pour s'adresser les plus amers reproches.

M. d'Engennes fuyait donc son intérieur, et lorsque sa femme n'allait pas dans le monde, il y allait seul. On le recherchait beaucoup à Florence : son amabilité, son esprit en avaient fait l'homme à la mode. Christine était moins goûtée. On la trouvait belle, mais sa réserve un peu hautaine effrayait les femmes et tenait les hommes à une respectueuse distance. Si le comte eût encore pu lui savoir gré de quelque chose, il eût été heureux de ce changement; mais, comme il attribuait tout aux remords qu'elle devait éprouver, il ne trouvait jamais qu'elle en fît assez.

Guy, qui avait les qualités de sa mère, en avait aussi les défauts, et comme à elle, jadis, la confiance trompée, l'affection trahie lui semblaient des crimes irrémissibles. Aussi rien ne lui faisait quitter la ligne de conduite qu'il s'était tracée. Il avait accepté ce voyage non comme un plaisir, mais comme un devoir. Afin

16

d'éviter de se trouver toujours seul en présence de Christine, il avait demandé à sa mère de lui donner miss Watson. L'affection que la petite malade avait pour elle, les soins qu'elle en recevait lui avaient tout naturellement servi de prétexte. Il n'avait pas parlé du temps que lui et sa femme consacraient à des visites soit aux musées, soit aux monuments, car il ne l'accompagnait que pour la forme, et elle-même discontinua ses promenades. Ils étaient deux à les faire, mais c'était la solitude pour l'un et pour l'autre, et quelle solitude !

Christine se trouvait non moins heureuse de la présence de miss Clarisse ; car, sans jamais paraître deviner ses peines, elle sentait que cette excellente fille les partageait, et les preuves muettes d'affection et de dévouement qu'elle en recevait adoucissaient l'amertume de son chagrin.

Au printemps, Guy quitta Florence et emmena sa femme et ses enfants à Naples. La jeune comtesse fut indifférente à ce changement, rien ne lui plaisait plus ; la conduite de son mari la jetait dans le désespoir, car elle n'y voyait pas de terme, et tout son amour-propre ne pouvait l'aider à cacher sa douleur.

Elle se rejetait vers ses filles ; elle cherchait à s'absorber dans ses devoirs maternels ; mais c'était en vain qu'elle essayait ainsi d'oublier Guy ; cette affection qu'elle avait dédaignée lui semblait maintenant indispensable à sa vie.

Que de fois elle avait encore essayé de provoquer une explication; que de fois elle avait prié, supplié : « Je n'ai absolument rien, » avait été l'invariable réponse de son mari. Jamais il ne s'était ému, jamais il n'avait paru touché de ses larmes; il était, quoi qu'elle fît, demeuré inflexible. Peut-être même, dans ces moments-là, éprouvait-il au dedans de lui-même une sorte de satisfaction à voir désolée et humiliée cette femme qui l'avait tant fait souffrir. Que de fois aussi l'orgueil de Christine l'avait sollicitée d'entrer en révolte, lui avait conseillé de se relever plus fière que jamais. Mais, depuis que son cœur s'était éveillé, il imposait silence à ses mauvaises passions; depuis qu'elle était revenue au bien, son âme trouvait cette force de résistance qui lui avait manqué jusque-là, et, loin de plier sous le fardeau, elle l'acceptait comme une expiation.

A Naples, de même qu'à Florence, Guy, dans le monde, était accueilli avec une faveur toute particulière. Quant à Christine, elle n'y allait que fort rarement, et sa présence faisait toujours sensation. Elle se montrait moins froide qu'à Florence, causait volontiers, chantait quelquefois. Sa beauté avait changé d'expression. Ce n'était plus la beauté radieuse qui enlevait à Paris tous les suffrages et faisait tant de jalouses, c'était une beauté mélancolique qui excitait la sympathie. Si la jeune femme se montrait plus aimable qu'elle ne l'avait fait l'hiver précédent, ce n'était pas qu'elle reprît goût au monde, c'est qu'elle ne voulait pas perdre aux yeux de son mari. En effet, quand il la voyait ainsi, il ne pouvait s'empêcher de se reprocher sa dureté ; parfois même il se sentait faiblir ; alors, pour se défendre contre ses propres sentiments, il faisait un appel à ses souvenirs.

Le résultat ordinaire de ces colères ravivées était de lui donner le désir de punir Christine, et comme il s'était aperçu qu'elle était jalouse, il n'avait pour cela qu'à s'occuper d'une autre femme. Il prenait plaisir à suivre sur la physionomie de Christine la douleur qu'il lui causait ; en la faisant souffrir, il lui semblait calmer sa propre souffrance.

On était au commencement de mai ; la chaleur se faisait déjà sentir. M. d'Engennes offrit à sa femme d'aller passer les premiers beaux jours à Sarrente.

Il s'informa d'une villa, et le duc de Sera Caprera, qui en avait une charmante, la lui offrit. Le jour fut pris pour la visiter.

Le duc fit préparer une collation et y invita quelques-unes des personnes que le comte et la comtesse semblaient voir le plus volontiers. Cette visite devint donc une partie de plaisir. Dès cinq heures du matin, on était en mer. La société s'était divisée en plusieurs petites barques. Le temps était à souhait, le vent favorable ; c'était une délicieuse journée. Christine jouissait, avec l'enthousiasme qui lui était naturel, du splendide spectacle que lui offrait cette belle Méditerranée et ses côtes enchantées. Les petites barques fendaient les vagues bleues avec une légèreté et une rapidité d'oiseau, parfois même elles luttaient de vitesse, se dépassaient, puis se dépassaient encore.

Alors la jeune femme, qui se recueillait dans la joie de l'heure présente, était ramenée à la tristesse habituelle de ses pensées lorsque la barque qui portait son mari côtoyait la sienne; elle le voyait uniquement occupé de la charmante duchesse de San Antonio dont, au fond du cœur, elle était jalouse. Comme elle va me gâter cette belle journée! pensait-elle avec découragement. Et la mer, et les rives enchantées, tout s'effaçait devant son chagrin, et, comme pour en doubler l'amertume, elle ne pouvait s'empêcher de faire un retour vers le temps heureux où Guy ne songeait qu'à elle : et je ne voulais pas de sa tendresse! se disait-elle avec un affreux déchirement de cœur.

A Castellamare, on quitta les barques pour prendre la route de terre taillée sur le flanc des rochers. Des mulets parés de glands de laine rouge avaient été préparés. Christine, se confiant aux soins d'Agnello, son muletier, s'abandonna au charme que lui présentait cette route pittoresque : l'azur sur sa tête, et, à ses pieds, la mer frissonnant mollement sous les caresses du vent et souriant au soleil qui se mirait dans ses flots.

La villa, délicieuse habitation telle qu'on en voit dans les rêves quand le sommeil vous favorise, était

16.

une jolie demeure entourée de rosiers et de myrthes, et cachée dans un bois d'orangers qui s'avançait jusqu'à la mer.

La journée fut des plus agréables. Christine seule souffrit à un tel point que bien des fois elle eut peine à retenir ses larmes. Guy subissait réellement le don de fascination que possédait la duchesse, jolie Anglaise aux yeux bleus qui semblaient un reflet du ciel, aux cheveux blonds éclatants comme de vrais rayons de soleil, et qui, en se jouant autour de son visage, formaient un nuage lumineux. Elle avait la vivacité d'une Italienne avec toute la gracieuse coquetterie des femmes de sa nation. Elle causait à merveille, et avait cet à-propos qui relève et entretient la conversation. Ni elle ni Guy ne songeaient à autre chose qu'à passer le temps gaiement et de leur mieux. Néanmoins, quoique habituée au succès, la duchesse était bien aise de captiver un homme aussi aimable que M. d'Engennes, et lui n'était pas indifférent au plaisir qu'une aussi aimable personne semblait prendre à causer avec lui.

Christine, malgré elle, suivait leurs regards, l'intonation de leurs voix; si elles baissaient, elle avait froid au cœur; s'ils parlaient haut, elle écoutait avec avidité; s'ils riaient, cette gaieté lui faisait mal.

Honteuse enfin de n'avoir pas l'énergie de cacher à son mari le tourment qu'il lui infligeait, elle se mit aussi à être aimable, et, sans l'ombre de coquetterie, rien qu'avec sa grâce naturelle et son esprit, elle eut bientôt un cercle autour d'elle. Mais, cette fois, les femmes n'y manquaient pas, car Christine déployait pour elles toutes ses séductions.

Guy, sans cesser de s'occuper de la duchesse, ne pouvait s'empêcher d'écouter sa femme et de la regarder avec orgueil. Elle saisit un de ces regards et le cacha avec amour au meilleur de son cœur. Jusque-là il lui avait fallu user de sa volonté pour être aimable, dès lors elle fut naturellement charmante, et son gracieux visage avait un reflet de joie intérieure qui depuis longtemps en avait disparu. C'est que ce regard était le premier qui, depuis bien des mois, fût venu lui parler d'espérance.

Le soir, en revenant de Naples, on s'arrêta chez la duchesse pour prendre des glaces. On demanda à Christine de chanter. Sans se faire prier, elle se mit au piano et chanta *la Religieuse*, de Schubert. Toute son âme semblait passée dans sa voix, l'émotion était générale, et la sienne était si grande que ses larmes coulaient.

Elle chercha des yeux son mari. Elle vit qu'il quittait précipitamment le salon. Guy n'était plus maître de son trouble. Le son de cette voix le remuait jusqu'au fond de l'âme. Ce chant d'amour et de regrets le remplissait d'une sensation enivrante à laquelle il s'abandonnait, quand tout à coup l'impossible se dressa entre lui et son bonheur. Guy ressentit alors un tel

désespoir qu'il voulut fuir, et s'échappa la mort dans
l'âme. C'était trop souffrir et trop la faire souffrir ;
par pitié pour lui et pour elle, il arrêta qu'il irait
faire un voyage, qu'il s'éloignerait d'elle pendant quelque temps.

Toute la journée, il avait légèrement souffert de la
tête, cette douleur devint alors si vive qu'il fut obligé
de rentrer chez lui.

Lorsque Christine monta en voiture, le valet de
chambre la prévint de l'indisposition du comte. En arrivant, elle courut à la chambre de son mari, qui
calma son inquiétude en l'assurant qu'une bonne nuit
suffirait pour le remettre.

Le lendemain matin, Guy ne se sentit pas mieux, et, le
mal augmentant rapidement, vers le soir les symptômes
d'une fièvre pernicieuse se manifestèrent.

Pendant vingt-quatre heures, il eut presque cons-
tamment le délire. Dans un des rares instants où il re-
couvra sa lucidité, sans accorder la moindre attention
à sa femme, sans avoir l'air de la reconnaître, il demanda sa mère, à qui un télégramme fut tout de suite
envoyé.

Christine ne quitta son mari ni le jour ni la nuit.
Dès qu'elle pouvait se recueillir pour penser, l'amer
chagrin de n'avoir reçu ni un mot ni un regard de
Guy pendant qu'il avait repris sa connaissance, venait
se joindre aux inquiétudes qui la dévoraient. Enfin,
après neuf jours d'angoisses, la fièvre commença à se

calmer, et Guy se trouvait hors de danger quand Mme d'Engennes arriva. Le docteur et M. Fromentin l'accompagnaient.

Lorsque le comte vit réunis autour de lui ceux qu'il aimait le plus, des larmes coulèrent sur ses joues amaigries. Il avait cru ne jamais les revoir.

Christine avait tant de fois désespéré de la vie de son mari qu'elle tremblait à la moindre reprise du mal, trouvait que le mieux n'allait pas assez vite, et continuait à entourer le malade de soins remplis de la plus tendre prévoyance. Mais, au grand étonnement de sa mère, Guy, loin de se montrer touché d'une si vive sollicitude, avait à peine un regard pour sa femme; ses attentions semblaient lui être à charge; il les supportait, mais ne les appelait jamais.

Le premier moment de joie passé, il était tombé dans une tristesse à laquelle la maladie n'avait aucune part.

La jeune femme était extrêmement changée, fatiguée, abattue; cette convalescence tant désirée la rendait heureuse sans qu'elle parût contente. La gaieté qu'elle voulait montrer n'était qu'un pénible effort. Quand la comtesse, inquiète de cet état physique et moral, l'avait interrogée, elle n'avait répondu que par des larmes. Elle était énervée par cette souffrance de tous les instants qu'elle voulait encore cacher; elle était au bout de son courage.

Mme d'Engennes eut alors avec miss Clarisse une

conversation confidentielle qui ne fut pas de nature à calmer ses appréhensions. Miss Watson lui parla de Christine avec un véritable enthousiasme, mais ne lui cacha pas que la froideur de Guy, loin de diminuer depuis le séjour en Italie, avait pris toutes les proportions de la plus parfaite indifférence.

Une après-dînée, la comtesse insista pour que sa belle-fille, qui lui semblait encore plus abattue que de coutume, allàt faire une promenade avec le docteur et M. Fromentin.

Le jeune ménage, dès son arrivée, avait loué un petit palais situé à l'extrémité de Chiaia, vers l'entrée de la Villa-Reale. C'était une charmante habitation de laquelle on avait une vue délicieuse.

Guy, couché dans le salon sur une chaise longue placée tout près du balcon, avait commencé par suivre d'un air distrait les promeneurs qui arrivaient en foule; puis son mélancolique regard s'était attaché sur la mer et ne s'en détournait plus.

Sa mère, assise près de lui, considérait avec une profonde angoisse les ravages que la maladie avait exercés sur ses traits. Ils étaient tous deux plongés dans la tristesse de leurs pensées.

— Comme nous avons été heureux ici, ma mère, dit subitement le comte en sortant de sa rêverie.

— Et pourquoi ne le serions-nous plus, mon enfant? Il me semble que plus que jamais tu as autour de toi tout ce qui peut donner le bonheur. Et, s'approchant de lui, elle appuya ses lèvres sur son front.

Il l'embrassa alors, et il y eut dans la manière convulsive dont il la serra quelque chose de si désolé que c'était comme un appel à sa tendresse. Marguerite ne put contenir l'expression de son inquiétude.

— Qu'as-tu donc, mon bien-aimé? lui murmura-t-elle à l'oreille.

Il garda le silence. Mais son visage, déjà si pâle, devint blanc comme un linceul.

— Mon Dieu! s'il allait mourir!

Et elle fut prise d'un anxiété folle.

— Je t'en supplie, mon enfant chéri, l'unique bonheur de ma vie, réponds-moi!

Elle parlait toujours à voix basse; la terreur faisait trembler sa voix.

— Parle! Tu es malheureux, n'est-ce pas? Dis-moi tout! Je t'aime tant; ne me fais pas souffrir! Quel secret nous caches-tu? Ta femme est au désespoir, et moi... moi, je te conjure de m'ouvrir ton cœur. Qu'as-tu? Que t'est-il arrivé? Est-ce pendant ton voyage? Est-ce avant de partir? Parle! parle donc!

Il fit un signe affirmatif.

— Avant de partir!

Elle resta comme frappée de stupeur. Il aime Suzanne! pensa-t-elle.

Marguerite n'osait plus interroger son fils.

— Je t'en supplie! dit-elle en faisant un effort suprême.

Alors Guy raconta à sa mère dans les moindres détails tout ce qu'il avait vu dans la soirée fatale, tout ce qu'il avait observé les jours précédents, et il ne lui cacha pas les conséquences qu'il en avait tirées.

— Je la crois coupable, lui dit-il, et j'ai voulu m'en détacher. Mais, ce qui est affreux, c'est que, la sachant indigne de moi, je l'aime toujours; c'est que, tout en ayant horreur de ses soins, tout en les repoussent, je sentais que c'étaient eux qui me redonnaient la vie. Que de fois, en voyant combien je la faisais souffrir, j'ai été pour lui dire : ne souffre plus, je t'aime, je ne saurais exister sans ton amour!

— Eh bien, mon enfant, ouvre-lui les bras, dis-lui : je t'aime! car jamais elle n'a été plus digne de ta tendresse.

Le regard de Marguerite rayonnait de bonheur, son visage avait une expression de joie que jamais Guy n'y avait vue. Elle était délivrée de la plus terrible angoisse, et elle voyait son fils bien-aimé plus près du bonheur qu'il ne l'avait encore été.

— Ma mère, reprit le jeune homme qui sentait une vie nouvelle s'ouvrir devant lui, ne me trompez pas, ne me donnez pas une fausse espérance. J'en mourrais. Si elle a manqué à ses devoirs, si seulement vous avez un doute, ne sollicitez pas une réconciliation qui, de ma part, serait un acte de faiblesse méprisable. Ce que vous me direz, je le croirai, car j'ai en vous une foi absolue, parce que vous êtes la vérité même. Devant

Dieu, je vous demande donc de me dire ce qui est.

— Devant Dieu, mon enfant, je te jure que je sais tout ce que tu sais. Je te jure que je sais tout, et qu'elle est digne de ton amour.

Guy était si faible qu'il ne put résister à tant de bonheur. Il s'évanouit.

Lorsqu'il rouvrit les yeux, Christine, penchée sur lui, épiait avec angoisse son retour à la vie. Dans sa joie, elle saisit la main de son mari; Guy ne la retira pas comme il faisait toujours; mais, attirant à lui sa femme, il l'embrassa comme il l'embrassait autrefois, quand elle était aimée.

Christine sentit alors que tous ses maux étaient finis; elle resta un moment comme abîmée dans sa joie, puis, se relevant tout à coup, elle alla se jeter dans les bras de Mme d'Engennes.

— Ma mère, mon bon ange! lui dit-elle avec un accent d'ineffable tendresse.

_____

17

UN MARI IMPROMPTU

— Comment, mon cœur, c'est ainsi que ton mariage s'est fait? Réponds-moi, ne ris pas. Tu m'impatientes. Je vais prendre mes vapeurs.

— Mais que veux-tu que je te dise? c'est la pure vérité.

— Comment, il est entré chez toi par la fenêtre?

— Oui.

— Et sans habit?

— Oh! il avait sa veste et portait son habit sous le bras.

— Et son épée?

— Il la tenait entre ses dents.

— Alors la fenêtre n'était pas élevée?

— Non; seulement à quelques pieds du jardin.

— Oh! la bonne aventure! Voilà une sans pareille demande en mariage!

Et la petite comtesse partit d'un éclat de rire si
franc, si vif, que la jeune marquise en demeura toute
interdite.

— Je t'avoue qu'hier, en entendant le nom de ton
mari, continua-t-elle, mon intérêt, car ce n'était pas
de la simple curiosité, s'est éveillé tout de suite. C'était
chez la baronne de Vernès, à son jour indiqué pour
tenir café.

— Ah ! elle tient aussi café ? C'est une mode qui n'est
pas encore arrivée jusqu'à notre Marais.

— Tant pis pour le Marais, car cette mode est fort
divertissante. Il n'y a pas une plus aimable façon de
rassembler du monde sans gêne ni cérémonie. J'arri-
vai un peu tard et trouvai les petites tables qui occu-
pent la salle à manger à peu près remplies. Elles sont
de cinq ou de trois personnes. Les unes étaient cou-
vertes de cartes, de jetons, d'échecs, de damiers, de
trictracs ; les autres, de vin, de bière, d'orgeat et de
limonade. La tablette de la cheminée se trouvait gar-
nie de liqueurs.

Mme de Vernès qui, d'après la règle établie, ne se
lève pour personne, et est ainsi dispensée d'être aimable, ce qui lui va à merveille, était à son comptoir,
vêtue à l'anglaise, robe simple, courte, tablier de mousseline, fichu pointu et petit chapeau. Devant elle, il
y avait des oranges, des biscuits, des brochures et
tous les papiers publics.

Au moment du souper, on posa sur les petites tables

une seule entrée. En même temps, le buffet fut garni
d'une poule au riz et d'un fort rôti. C'est l'étiquette du
souper. Les valets étaient en vestes blanches et en bon-
nets blancs. On les appelle garçons, exactement comme
dans les cafés. Pour éviter la cérémonie, les tables sont
numérotées et l'on tire les places au sort. Voilà comment je me suis trouvée auprès de ton mari, voilà
comment j'ai tant causé de toi avec lui. Je le trouve
charmant. Après le souper... mais je te conterai cela
plus tard...

— Non, dis tout de suite.

— Eh bien, on a d'abord joué une pantomime, puis
on a improvisé un proverbe et nous l'avons deviné.
Mais revenons à ton histoire que je grille de connaître,
d'abord parce que tu es ma chère amie que j'aime par-
dessus tout, puis parce qu'étant fort *sensible*, je suis
folle de tous les romans véritables, que je trouve *di-
vines* toutes les histoires de cœur, et que ton mari me
semble un héros comme il y en a peu.

La comtesse, en robe de linon doublée de taffetas bleu
de ciel, sans paniers, à la mode nouvelle, les cheveux négligemment roulés sur le cou, un petit chapeau de paille
à la jardinière, un peu sur l'oreille, s'accommoda bien
à son aise dans sa bergère, en personne qui se dispose
à écouter. Sa mine vive et spirituelle exprimait une
franche curiosité; ses traits délicats avaient une mobi-
lité qui permettait de suivre toutes ses impressions; ses
mouvements étaient pleins d'aisance et de grâce. Sa

bonbonnière, son éventail occupaient tour à tour ses
petites mains gantées de mitaines qui laissaient voir
son bras blanc et rond, et découvraient des bouts de
doigts effilés terminés par de jolis ongles roses dont elle
devait volontiers, à la moindre contrariété, se servir en
manière de griffes.

La jeune marquise, calme, posée, et d'une beauté
mélancolique et majestueuse, était assise sur un pliant,
dans toute l'ampleur de ses paniers. Sa taille, naturellement mince, ressortait encore plus mince de cette
volumineuse jupe. Ses mouvements, au milieu de cet
imposant attirail, n'avaient pas le même laisser-aller
que ceux de la comtesse; mais, en revanche, ils avaient
une dignité pleine de charme. Sa physionomie douce
et grave respirait la sensibilité, et ses grands yeux
bleus devenaient humides dès que son cœur se mêlait
de ses paroles, et il s'en mêlait souvent.

Il était environ deux heures, et quoique l'usage,
dans les autres quartiers, eût déjà retardé le dîner,
les anciennes habitudes du Marais se trouvaient scru-
puleusement conservées à l'hôtel d'Escligni; les deux
jeunes femmes sortaient donc de table.

La comtesse d'Ambrujeac, mariée en province, était
venue depuis peu habiter Paris et faisait fureur à la
cour. Elle avait dérobé quelques heures à sa vie de
plaisir pour les donner à son amie la marquise d'Escligni qui habitait, rue de la Perle, l'hôtel du président
son beau-père.

Le salon, dont les fenêtres donnaient sur le jardin, était gaiement éclairé par un beau soleil qui, malgré d'épais et majestueux rideaux, faisait étinceler les cristaux du lustre et des girandoles, et mettait en lumière les gracieuses arabesques de Boucher qui décoraient la boiserie. Ce sacrifice à un goût récent était largement compensé par le reste de l'ameublement qui ramenait en plein Louis XIII et Louis XIV. Cependant, au milieu des lourds fauteuils et des massifs canapés qui avaient toute l'imposante dignité du grand siècle, deux bergères étaient aussi parvenues à s'introduire. Bien qu'on fût en été, un tapis de la Savonnerie, sur le fond noir duquel roulait un semis de grosses perles blanches, couvrait le parquet. Une rosace formée de têtes de sauvages ornait le milieu du tapis. Tout cet ensemble avait un air d'autrefois qui occupait l'attention de la comtesse. Ses yeux allaient du jardin au salon et du salon au jardin. Comme tout cela doit être triste quand le soleil ne l'éclaire plus, finit-elle par se dire. Malgré le lierre qui le couvre, ce grand mur qui nous fait face finirait à la longue par m'étouffer; la sombre verdure de ces grands marronniers me donnerait le spleen, et ce salon a une solennité mortelle. Elle se rappela alors les nouveautés élégantes qui l'entouraient, et personne moins qu'elle n'ayant le culte du souvenir, il lui sembla fatal d'être condamnée à regarder les objets sur lesquels tant de générations avaient déjà arrêté leurs yeux. Il n'y eut pas jusqu'aux figures de sauvages du

tapis qui, avec leur diadème de plumes et leur éternelle langue rouge sortant de la bouche, ne lui devins-
sent antipathiques. Pauvre amie! se dit-elle en reportant ses regards vers la marquise, et pourtant elle
semble se plaire ici. Il faut donc qu'il soit bien. aimable! Peut-être éprouva-t-elle un mouvement d'envie,
car le beau château d'Ambrujeac, où elle avait été condamnée à vivre seule à seule avec son mari, lui avait
paru le plus triste des séjours.

— Eh bien, dit-elle tout à coup à son amie, comme
pour faire trêve à des pensées qui lui devenaient pénibles, tu ne me dis rien?

En effet, la marquise, occupée à rassembler ses souvenirs, était devenue méditative.

— Allons, mon cœur, décide-toi, je t'écoute, ajouta-
t-elle avec vivacité.

— Eh bien, écoute, reprit la jeune femme, et elle
commença, non sans une certaine émotion. C'était un
soir, il pouvait être minuit. J'étais dans ma chambre
de toilette, achevant un ouvrage destiné à ma mère :
nous la fêtions le lendemain. Il faisait très chaud. J'a-
vais laissé ma fenêtre ouverte. Elle donnait, comme tu
sais, sur le jardin de l'hôtel Konsky. Tout d'un coup le
silence de la nuit est troublé. J'entends un bruit de
voix. J'écoute. On marche à pas précipités. On court.
Le sable crie sous ma fenêtre. Avant que je puisse la
refermer, un homme escalade mon balcon : il est dans
ma chambre. Il vient à moi, je pousse un cri. — Si-

lence ! me dit-il rudement, et il souffle la lumière. Je
ne bouge plus, je retiens ma respiration, je tremble
comme la feuille ; cependant je comprends bien que ce
n'est pas un voleur. Nous restons ainsi quelques minutes, puis un grand tumulte remplit l'escalier. On
monte ; on arrive près de la porte de ma chambre ; on
essaie en vain de l'ouvrir ; il l'avait fermée à la clef et
avait poussé les verrous. Bientôt des coups redoublés
l'ébranlent. Alors, au milieu du fracas, une main saisit
la mienne et une voix fort douce me dit à l'oreille : Au
lieu d'aller au couvent, voulez-vous épouser le marquis
de... (je n'entends pas le nom). Dans ce cas, continue
la voix, pas un mot sur la manière dont je suis entré
ici. Il y va de la vie d'une femme. L'épouvante m'empêche de répondre, mais je m'engage mentalement. A
ce moment, la porte cède, mon père paraît le premier.
Ses yeux étincellent de colère : Malheureuse enfant!
s'écrie-t-il. Et, repoussant cet homme qui voulait me
protéger, il me saisit par le bras et me jette au fond de
la chambre, où je tombe évanouie.

Ce qui se passa ensuite, je ne puis te le dire. Quand
je revins à moi, j'étais dans ma chambre à coucher,
étendue sur mon lit, la tête enveloppée de linges, car
je m'étais blessée en tombant. Je n'eus d'abord d'autre
sensation que celle d'une vive souffrance, puis peu à peu
la mémoire me revint; je me mis à pleurer. La bonne
Dancel, qui était près de mon lit, s'empressa aussitôt
de me consoler. Elle m'avait vue naître, m'était entiè-

rement dévouée, ne trouvait rien au-dessus de moi, et cependant elle ne put s'empêcher de me dire : Ah! mademoiselle, qui l'aurait cru? Je compris alors que je passais pour coupable, et ma douleur redoubla; nous pleurâmes toutes deux. Mais vois quel égoïsme! le chagrin de ma pauvre Dancel me faisait du bien.

Ce fut seulement vers le soir que ma mère vint auprès de moi; elle se montra d'abord très froide, très raide; elle me questionna sèchement, je ne lui répondis pas. Elle insista, voulut savoir depuis quand cette liaison était commencée; plus que jamais je gardai le silence. Enfin, elle eut recours à la douceur, à la prière; elle me parla des reproches que je lui avais attirés de la part de mon père, de la douleur que je lui causais. Elle me fit alors tant de peine, que je fus sur le point de céder. Pourtant, je persistai à me taire. Il y va de la vie d'une femme, me disais-je pour m'encourager à la résistance. Ma mère, exaspérée par ce qu'elle nommait mon endurcissement, ne ménagea plus ses paroles; elle me dit que j'étais la honte de la famille, qu'elle me retirait sa tendresse; qu'elle avait insisté pour que le mariage se fît; mais qu'à partir de ce moment elle m'abandonnait et ne s'opposerait plus à la décision de mon père qui entendait, tout de suite, me faire rentrer au couvent.

Elle me laissa consternée. J'eus un terrible accès de désespoir, puis je tombai dans un profond abattement. Je ne pouvais cependant m'empêcher de songer qu'il

avait été question de mon mariage. Quoique je l'eusse
à peine entrevu, il m'avait paru jeune et de la plus aimable figure; j'y aurais donc songé sans trop de peine,
si je ne m'étais dit que ce devait être quelque très
grand coupable. Mais quel crime pouvait-il avoir sur
la conscience? Comment avait-il pu mettre en danger
la vie d'une femme? Et quelle était cette femme? La
princesse Konsky était fort belle, je l'avais vue à la
promenade et en visite chez ma mère; mais elle était
mariée et devait, à mon avis, se trouver tout à fait
étrangère à l'événement qui cependant venait de se
passer chez elle. A moins qu'il n'eût voulu l'assassiner!
me disais-je. Alors le charmant jeune homme me faisait horreur. Enfin, lasse de broder sur ce thème, je
finis par m'endormir.

Le lendemain, la bonne Dancel entra chez moi dès le
matin et m'annonça qu'après le dîner la famille se
réunirait et que je paraîtrais devant elle. Cette nouvelle me causa le plus grand trouble; je fus prise d'un
tremblement nerveux qui ne me quitta pas de la journée. La femme de chambre de ma mère vint m'accom-
moder; elle se retira en larmes; j'étais à faire pitié.

Enfin, l'heure sonna et je parus devant le redoutable
tribunal. Il était composé de mon grand-père, de ma
grand'mère, de mon père, de ma mère et de mes
oncles. Le maréchal avait un air si dur que je frémis;
la maréchale ne me semblait pas dans des dispositions
plus tendres; ma mère évitait mes regards; ceux de

mon père étaient courroucés; mon oncle le bailli me semblait fort hostile; mais je lisais sur le visage de mes deux autres oncles, l'évêque et le commandeur, une bienveillance qui me fut au cœur et le soutint.

Mon père exposa les faits avec une sévérité vraiment terrible et sans pouvoir avancer rien de positif; il laissa néanmoins chacun persuadé que je recevais habituellement le coupable, et que la princesse se prêtait à ces criminelles entrevues.

J'étais atterrée, ce qui me donna si bien l'apparence d'être ce que je n'étais pas, que le commandeur et l'évêque parurent me retirer l'intérêt qu'ils me portaient d'abord. Aussi, lorsque mon père exprima la volonté de me faire entrer immédiatement à l'abbaye des Vaux, aucune voix ne s'éleva en ma faveur.

Soudain, il s'opéra en moi une étrange révolution; le couvent me fit horreur, et le marquis..... Eh bien! mon cœur, il faut te l'avouer, le marquis me parut plus charmant que jamais. S'il eût assassiné, on n'aurait pas manqué de me le dire, et il n'en avait pas été question. J'étais donc rassurée. Alors, rassemblant tout mon courage, je fis quelque chose de si osé qu'aujourd'hui encore je me demande comment je trouvai tant de résolution. Je me levai, et, allant droit à mon oncle l'évêque, je lui demandai de vouloir bien m'entendre. Une fois seule avec lui, sous le sceau de la confession, je lui dis la vérité. Il m'écouta avec une bienveillante attention, m'encouragea à lui ouvrir mon cœur quant au mariage, me loua d'avoir gardé ma parole, me remercia de la confiance que je lui témoignais et m'assura que je n'aurais pas lieu de m'en repentir.

Il me remit à ma mère qui me fit reconduire dans ma chambre où je demeurai partagée entre la crainte et l'espoir.

Une heure après, ma mère elle-même vint me chercher. Mon père me reçut à bras ouverts. Il ne fut plus question du passé. Je faisais, trouva-t-on, un superbe mariage.

— Sais-tu ce qu'avait dit ton oncle? interrompit la comtesse qui écoutait son amie avec la plus vive attention.

— Oui, je l'ai su. Il avait simplement assuré à mon père que j'étais tout à fait innocente, et que, loin de mériter des reproches, ma loyauté de caractère méritait des éloges.

Depuis ce jour, il se fit un complet changement dans ma position. Le marquis était fils unique, et, quoique de robe, il avait de hautes alliances. Son oncle occupait alors le ministère de la guerre, et on se réjouissait en pensant qu'il pourrait tout ce qu'il voudrait pour l'avancement de mon frère ; on me traita comme une puissance. Cependant, à l'égard du marquis, il y avait une nuance de froideur qui a été longtemps à disparaître.

Je ne sais pas comment M. d'Escligni avait expliqué à son père et à sa mère son aventure et motivé sa singulière demande en mariage ; mais je reçus un grand accueil de la famille, qui parut considérer notre union comme un bonheur.

Lui, me paraissait le moins heureux de tous, et j'en étais froissée. D'abord, comme il m'avait témoigné une vive reconnaissance pour le secret gardé, j'avais pris cette reconnaissance pour de l'affection, et j'en avais éprouvé une douce joie. Mais à mesure que le jour approchait, il devenait de plus en plus triste, et ce qui m'étonnait, c'est que ses parents et les miens n'en paraissaient point préoccupés.

Le soir de notre mariage, lorsqu'on m'eut conduite à l'hôtel de mon beau-père et que je fus dans mon appartement, je vis entrer mon mari d'un air tout à la fois hautain et désespéré. Son visage était pâle, ses traits contractés. Peu à peu cependant l'expression de sa physionomie s'adoucit, ses yeux devinrent humides de larmes. Madame, je vous en supplie, me dit-il, ne me jugez ni si froid, ni si insensible que mon air pourrait vous le donner à croire. Mais la manière dont je suis entré chez vous la première fois a dû vous instruire tout de suite que mon cœur n'était plus libre. Je le regardai avec des yeux si étonnés qu'il vit que je n'avais rien compris, et continua avec un redoublement d'embarras : Vous avez bien voulu m'accorder votre main, vous avez bien voulu accepter mon nom que je vous offrais en réparation d'un outrage involontaire, et moi j'ai eu le bonheur de vous arracher au couvent, pour lequel vous me sembliez ne point avoir de goût;

vous êtes belle, douce, modeste, je vous aurais, je le
sens, passionnément aimée si... Il s'arrêta; son trouble
était plus grand que jamais. Mais, reprit-il avec effort,
je vous respecte trop pour ne pas vous dire toute la vérité; je vous estime trop pour vous offrir un amour indigne de vous. Son émotion l'obligea encore une fois de
s'arrêter. Mais soyons amis, voulez-vous? ajouta-t-il en
se mettant à mes genoux; il prit ma main, y appuya
ses lèvres, puis, se relevant, il me salua et sortit.

Il me laissa fort malheureuse; je l'aimais. Jusque-là
je ne m'en étais pas doutée; j'avais cru simplement
le trouver aimable, mais ce procédé rempli de délicatesse avait achevé de toucher mon cœur.

Le lendemain, nous déjeunâmes ensemble, puis nous
vînmes dans ce même salon, et, appuyés sur le balcon
de cette fenêtre, près de laquelle nous sommes assises,
nous causâmes affectueusement. Vois-tu ce vieux
marronnier qui est là-bas à l'angle du jardin? Eh
bien, je pourrais le dessiner de mémoire, tant je le
regardai ce matin-là. Tout en l'écoutant, je suivais de
l'œil la forme des branches; je suivais les oiseaux qui
sautillaient dans le feuillage, et j'enviais leurs ailes. J'aurais voulu m'envoler, tant je souffrais, car cet ami, je
ne l'aimais plus, je l'adorais. Il me parlait le plus doucement du monde, me disait mille choses bonnes, en-
tremêlées de sages conseils sur la manière dont je devais me conduire pour plaire à ses parents. Et moi, je
me faisais un visage pour l'écouter, je lui cachais mon

émotion, j'évitais son regard ; j'avais l'âme trop fière pour lui laisser voir tout ce qu'il gagnait sur mon cœur.

Une année se passa ainsi ; je ne te dirai pas que je pris mon parti, car, en affaire de cœur, je ne saurai jamais le prendre, mais ma tendresse même me donna la force de me résigner.

Je passais mes journées à l'attendre, et l'heure qui me le ramenait était l'heure bénie ; il était si bon ! Néanmoins, il perçait parfois au travers de cette bonté une nuance de pitié qui me faisait mal. Ses soins, car il en avait, me semblaient alors simplement une réparation et me devenaient insupportables ; à chaque revoir succédait donc un violent chagrin ; d'ailleurs son absence me causait un véritable désespoir : j'étais jalouse. Je comprenais enfin comment j'avais sauvé la princesse.

La vie que je menais était fort triste et fort sévère : ma belle-mère, dont la maison était de deux siècles en retard quant aux usages, était impitoyable pour toutes les nouveautés. Modes et idées du jour étaient tout à fait proscrites. Pour un peu, elle eût dit, quand je revenais de chez ma mère, que j'avais l'air éventé ; et d'un autre côté, quand j'allais dans ma famille, on me trouvait un air antique, et l'on me raillait de mes coiffures basses et de mes robes sans garnitures. Pas de spectacle ; de temps en temps, une promenade au boulevard du Temple, où j'allais m'asseoir avec toutes les femmes les plus graves de notre Marais. La présidente n'aime pas à me voir liée avec de jeunes femmes. J'aurais supporté sans ennui cette existence si le marquis s'y fût mêlé plus souvent, mais il fuyait ces réunions séculaires, comme il les appelait. Il était même question qu'il retournât à l'ambassade de Vienne, à laquelle il avait été attaché en qualité de gentilhomme d'ambassade, et je savais que je resterais avec ma belle-mère; cette perspective me désolait.

Quelque calme et mélancolique que je sois par nature, ces interminables journées où pas une heure ne m'appartenait me faisaient mourir d'ennui. Nous déjeunions à neuf heures, et, dès le matin, je devais être en correct déshabillé, c'est-à-dire en petits paniers. Nous allions ensuite, en chaise, entendre la messe aux Minimes, puis, quand il ne pleuvait pas, je faisais, en compagnie de ma belle-mère, une promenade à la place Royale, la plus belle, mais la plus triste des places, qui me semblait encore plus déserte quand il prenait fantaisie à la présidente de me conter que sa grand'mère lui avait représenté cette place comme réunissant jadis force belles dames, force seigneurs qui y venaient dans les plus galants carrosses. Après la promenade, nous rentrions, et j'avais juste le temps d'être coiffée et habillée sans reproches pour le dîner qui avait lieu à une heure. On sortait de table à deux heures, et je me mettais alors à mon métier à tapisserie, ou je brodais au tambour jusqu'à la nuit. Pendant ce temps, ma belle-mère jouait aux cartes, et quelques

majestueuses p résidentes, quelques imposantes con-
seillères discouraient sans reprendre haleine, et con-
damnaient sans désemparer les idées, les coutumes et
les mœurs du jour qui leur fournissaient un sujet toujours nouveau.

Dans le commencement, fatiguée par ces éternelles
répétitions, il m'arrivait de bâiller; aussitôt ma belle-
mère, qui me perdait rarement de vue, m'adressait un
coup d'œil que je ne comprenais que trop : aussi, dès
que l'expérience me fut un peu venue, je n'écoutai
plus et me mis à songer à lui, et quand par hasard on
pensait à me demander mon opinion, je me contentais
de m'incliner. J'avais remarqué que cette manière de
répondre était de toutes les manières celle qui plaisait
le plus à ma belle-mère et aux femmes qu'elle recevait. Aussi, en général, avais-je leur amitié, et elles
m'exceptaient volontiers de la réprobation dont elles
poursuivaient l'époque présente. A sept heures on sou-
pait, l'hiver on reprenait les cartes au sortir de table ;
l'été parfois, comme je te l'ai dit, nous allions prendre
des chaises sur le boulevard, mais je t'avoue qu'il
m'était impossible de partager l'aversion que les autres
quartiers inspiraient à notre société. Tous ces beaux et
riches carrosses, toutes ces jolies femmes en charmante
toilette trouvaient grâce entière à mes yeux. Je sentais
cependant qu'entre elles et moi, il y avait l'insurmon-
table barrière du préjugé, mais je ne les en considé-
rais pas moins avec plaisir.

Dès que le jour finissait, nous rentrions ; on causait quelques instants, puis on se retirait. A dix heures, tout l'hôtel était plongé dans le repos. Aussi, lorsque, pour le plus souvent à deux heures du matin, le carrosse du marquis ébranlait le pavé de la cour, ma pauvre belle-mère le déplorait comme un vrai scandale.

Le président et la présidente n'étaient pas sans s'apercevoir qu'il se passait quelque chose d'extraordinaire dans notre ménage. Les continuelles absences de mon mari, ma gêne qui perçait malgré notre bonne entente lui attiraient de piquants reproches et de sévères remontrances. Le plus singulier est qu'il cherchait à s'en consoler près de moi. Depuis quelque temps, au reste, il y venait plus souvent, me louait de mes qualités, trouvait que j'embellissais, me remerciait de ma raison. Un jour, il fut même jusqu'à me remercier de ma résignation. Il y avait un certain « Vous êtes bonne, vous ! Vous êtes indulgente, vous ! » dit d'une voix si douce que j'en étais émue jusqu'au fond de l'âme. Ce « vous » avait fini par me donner beaucoup à penser. Elle le rend donc malheureux, me disais-je? Et tout en gardant une grande réserve, — ne ris pas, mon cœur,—car ma fierté me défendait contre mon amour, quand je le voyais par trop triste, je trouvais pour lui les plus douces paroles d'amitié.

Un jour, il entra chez moi avec le visage bouleversé, et sans me raconter une histoire qu'il ne pouvait pas me faire entendre, je compris à quelques mots que tout devait être rompu. Je restai impassible, mais une tempête de bonheur remplit mon pauvre cœur.

A partir de ce jour, le plus beau de ma vie, son amitié peu à peu se convertit en tendresse. Il me fit une cour des plus délicates. Mon beau-père et ma belle-mère furent ravis de ce changement, voulurent bien me l'attribuer, et je devins bientôt la plus gâtée des filles et la plus aimée des femmes.

— Allons donc ! à la bonne heure ! Je soupirais après cette fin ; mais comme elle s'est fait attendre ! s'écria impétueusement la comtesse ; et à présent ?

— A présent, je compte cinq années de la plus douce existence. Aussi je trouve maintenant que le Marais est la Terre promise.

La comtesse fit malgré elle une petite grimace qu'elle cacha derrière son éventail.

En ce moment on amena le comte Gabriel d'Escligni, beau garçon de trois ans qui n'avait pas encore quitté ses robes de fille. En revanche Mlle Julie, sa sœur, grâce à ses quatre ans, était déjà coiffée, poudrée, et portait ses petits paniers du meilleur air. Ils embrassèrent leur mère, puis leur gouvernante les emmena promener au boulevard du Temple. Mais, afin d'apaiser le regret qu'ils avaient de s'en aller, elle dut leur promettre de les conduire chez Curtius voir les figures de cire.

Versailles. — Imp. de E. AUBERT, 6, avenue de Sceaux.

LIBRAIRIE ACADÉMIQUE

DIDIER ET CIE

PARIS

35, QUAI DES AUGUSTINS, 35

1868

LIBRAIRIE ACADÉMIQUE DIDIER ET CIE

35, Quai des Augustins, à PARIS·

HISTOIRE — LITTÉRATURE — PHILOSOPHIE

ÉDITIONS IN-8

AMPÈRE (J. J.)

Histoire littéraire de la France avant et sous Charlemagne. Nouv. édit. 3 vol. in-8. . . . . 22 fr. 50

La Philosophie des deux Ampère, publiée par M. J. Barthélemy Saint-Hilaire. 1 vol. in-8. . . . . 7 fr. 50

La Grèce, Rome et Dante, études littéraires d'après nature. 3ᵉ édition. 1 vol. in-8. . . . . 7 fr. 50

La Science et les Lettres en Orient. 1 vol. in-8. . . . . 7 fr. 50

D'ASSAILLY

Les Chevaliers poëtes de l'Allemagne. — *Minnesinger.* 1 vol. in-8. . 5 fr.

BABOU (H.)

Les Amoureux de madame de Sévigné. 1 vol. in-8. . . . . 6 fr.

BADER (CLARISSE)

La Femme biblique. Sa vie morale et sociale, sa participation au développement de l'idée religieuse. 1 vol. in-8. 7 fr.

La Femme dans l'Inde antique. (*Ouvrage couronné par l'Académie française*). 1 vol. in-8. . . . . 7 fr.

BARANTE

Vie politique de M. Royer-Collard.—*Ses discours et ses écrits.* 2 v. in-8. 14 fr

Vie de Mathieu Molé. — *Le Parlement et la Fronde.* 1 vol. in-8. . . . . 7 fr.

Histoire du Directoire de la République française, *complément de l'Histoire de la Convention.* 3 forts volumes grand in-8 cavalier. . . . . 21 fr.

Études historiques et biographiques. 2 vol. in-8. . . . . 14 fr.

Études littéraires et historiques. 2 vol. in-8. . . . . 14 fr.

Pensées et réflexions morales et politiques du comte de Ficquelmont, précédées d'une notice par M. de Barante. 1 vol. in-8. . . . . 6 fr.

Œuvres dramatiques de Schiller, trad. de M. de Barante. Nouvelle édition revue. 3 vol. in-8. . . . . 15 fr.

BARET (E.)

Les Troubadours et leur influence sur les littératures du Midi de l'Europe. 1 vol. in-8. . . . . 7 fr

BARTHÉLEMY (ED. DE)

La Galerie des Portraits de mademoiselle de Montpensier : recueil des Portraits et Éloges des seigneurs et dames les plus illustres de France, la plupart composés par eux-mêmes. Nouvelle édition, avec notes. 1 vol. in-8. 6 fr.

BASTARD D'ESTANG

Les Parlements de France. Essai historique sur leurs usages, leur organisation et leur autorité. 2 forts volumes in-8. . . . . 15 fr.

BAUDRILLART

Publicistes modernes. 1 fort vol. in-8. . . . . 7 fr.

Jean Bodin et son temps. Tableau des théories politiques et des idées économiques au xviᵉ siècle. 1 vol. in-8. . . . . 7 fr.

BAUTAIN (L'ABBÉ)

La Conscience, ou la Règle des actions humaines. 1 vol. in-8 . . . . . . 6 fr.

BERSOT (ERN.).

Morale et politique. 1 vol. in-8 . . . . 6 fr.

Essais de philosophie et de morale. 2 vol. in-8. . . . . 12 fr.

BERTAULD

Philosophie politique de l'histoire de France. 1 vol. in-8 . . . . . . 6 fr.

La Liberté civile. Nouv. études sur les publicistes contemporains. 1 v. in-8. 7 fr.

BERTRAND (ALEX.) ET GÉNÉRAL CREULY

Guerre des Gaules. Commentaires de J. César. Trad. nouv. avec texte, accompagnée de notes topographiques et militaires, suivie d'un index biographique et géographique. 2 vol. in-8 (le 1ᵉʳ est en vente). . . . . 14 fr.

BIMBENET (EUG.)

Fuite de Louis XVI à Varennes, d'après les documents judiciaires et administratifs, etc. 1 vol. in-8 avec des fac-simile. . . . . 7 fr. 50

BLAMPIGNON

Étude sur Malebranche d'après les documents inédits. (*Ouvrage couronné par l'Académie française.*) 1 volume in-8. . . . . 4 fr.

J. F. BOISSONADE

Critique littéraire sous le Iᵉʳ empire, avec une notice par M. Naudet, de l'Institut, et une étude de M. F. Colincamp, etc. 2 forts vol. in-8 avec portrait. 15 fr.

BONNECHOSE (ÉMILE DE)

Histoire d'Angleterre, depuis les temps les plus reculés jusqu'à l'époque de la Révolution française, avec un résumé chronologique des événements jusqu'à nos jours. (*Ouvrage couronné par l'Académie française.*) 2ᵉ édit. 4 vol in-8. . 24 fr.

BROGLIE (DUC DE)

Écrits et Discours. Philosophie, littérature, politique. 3 vol in-8. . . . 18 fr.

BROGLIE (A. DE)

L'Église et l'Empire romain au IVᵉ siècle. — 3 parties en 6 vol. in-8. 42 fr.

Le Prince de Broglie et dom Guéranger, par l'abbé Marty, in-8. . . 1 fr.

BUNSEN (C. C. J. DE)

Dieu dans l'histoire, traduction de M. Dietz, avec une étude biographique par M. Henri Martin. 1 fort vol. in-8 . . . . 7 fr. 50

CARNÉ (L. DE)

Les États de Bretagne. 2 vol. in-8. . . . . 4 fr.

Les Fondateurs de l'Unité française. Suger, saint Louis, Du Guesclin, Jeanne d'Arc, Louis XI, Henri IV, Richelieu, Mazarin. 2 vol. in-8. . . . . . 14 fr.

La Monarchie française au XVIIIᵉ siècle. Études historiques sur les règnes de Louis XIV et de Louis XV. Nouv. édit. 1 vol. in-8. . . . . 6 fr.

L'Histoire du Gouvernement représentatif en France (Études sur), de 1789 à 1848. (*Ouvrage couronné par l'Académie française.*) 2 vol. in-8. . . . . 14 fr.

CHAMPOLLION LE Jⁿᵉ.

Lettres écrites d'Égypte et de Nubie en 1828 et 1829. Nouv. édit. 1 vol. in-8 avec planches. . . . . 7 fr. 50

CHASLES (PHIL.)

Voyages d'un critique à travers la vie et les livres — Orient. 1 volume in-8. . . . . 7 fr.

CHASLES (ÉMILE)

Michel de Cervantes. Sa vie, son temps, etc. 1 vol. in-8. . . . . . . 7 fr. 50

La Comédie au XVIᵉ siècle. 1 vol. in-8. . . . . 5 fr.

CHASSANG

Apollonius de Tyane, sa vie, ses voyages, ses prodiges, par PHILOSTRATE, et ses Lettres ; ouvr. trad. du grec, avec notes, etc. 1 vol. in-8. . . . . 7 fr.

Histoire du Roman dans l'antiquité grecque et latine, et de ses rapports avec l'histoire. (*Ouvrage couronné par l'Académie des inscriptions.*) 1 vol. in-8. 7 f

CLÉMENT (CHARLES)

Géricault. — *Étude biographique et critique*, avec le catalogue raisonné de l'œuvr du maître. 1 vol. in-8. . . . . 6 fr.

CLÉMENT (PIERRE)

Jacques Cœur et Charles VII, ou la France au xv* siècle. Nouv. édition revue. 1 fort vol. in-8. Portrait et grav. . . . . 8 fr.

Enguerrand de Marigny, *Beaune de Semblançay, le chevalier de Rohan*. Episode de l'histoire de France. 2* édition. 1 vol. in-8. . . . . 6 fr.

COMBES (F.)

La Princesse des Ursins. Essai sur sa vie et son caractère politique. 1 v. in-8. 6 fr.

COURCY (MARQUIS DE)

L'Empire du Milieu. État et description de la Chine. 1 fort vol. in-8. . . . 9 fr.

COURDAVEAUX

Caractères et Talents. Études de littérature ancienne et moderne. 1 vol in-8. 6 fr.

Entretiens d'Épictète, trad. nouvelle et complète. 1 vol. in-8. . . . . . 7 fr.

COUSIN (V.)

La Jeunesse de Mazarin. 1 fort vol. in-8. . . . . 7 fr. 50

La Société française au XVII* siècle, d'après le *Grand Cyrus*, roman de mademoiselle de Scudéry. 2 beaux vol. in-8 . . . . 14 fr.

Madame de Chevreuse. 2* édit. 1 vol. in-8, orné d'un joli portrait. . . 7 fr.

Madame de Hautefort. 1 vol. in-8. avec un joli portrait. . . . . 7 fr.

Jacqueline Pascal. 4* édition. 1 vol. in-8, *fac-simile*. . . . . 7 fr.

La Jeunesse de madame de Longueville. 4* édition, revue et augmentée. 1 vol. in-8, 2 portraits. . . . . 7 fr.

Madame de Longueville pendant la Fronde (1651-1653). 1 vol. in-8. . 7 fr.

Madame de Sablé. 2* édition. 1 vol. in-8, avec portrait. . . . . 7 fr.

Études sur Pascal. 1 vol. in-8. . . . . 7 fr.

Fragments et Souvenirs littéraires. 1 vol. in-8. . . . . fr.

Premiers Essais de Philosophie. Nouv. édit. 1 vol. in-8. . . . . 6 fr.

Philosophie sensualiste du XVIII* siècle. Nouvelle édit. 1 vol. in-8. 6 fr.

Introduction à l'Histoire de la Philosophie. Nouv. édition. 1 vol. in-8. . 6 fr.

Histoire générale de la Philosophie depuis les temps les plus anciens jusqu'au . xix* siècle. 7* édit. 1 vol. in-8. . . . . 7 fr. 50

Philosophie de Locke. Nouvelle édition entièrement revue. 1 vol. in-8. 6 fr.

Du Vrai, du Beau et du Bien, 12* édit. 1 vol. in-8 avec portrait. . . . 7 fr.

Fragments pour servir à l'histoire de la philosophie. 5 vol. in-8. . 30 fr.

Séparément : **Philosophie ancienne et du moyen âge**. 2 vol. in-8. . 12 fr.

—— **Philosophie moderne**. 2 vol. in-8. . . . . 12 fr.

—— **Philosophie contemporaine**. 1 vol. in-8. . . . . 6 fr.

CRAVEN (M** AUG.), NÉE LA FERRONNAYS

Récit d'une Sœur. Souvenirs de famille. 7* édition. 2 vol. in-8, avec un beau portrait. . . . . 15 fr.

DANTIER (ALPH.)

Les Monastères bénédictins d'Italie. Souvenirs d'un voyage littéraire au delà des Alpes. (*Ouvrage couronné par l'Académie française.*) 2 beaux v. in-8. 15 fr.

DAUDVILLE

Physiologie des instincts de l'homme. 1 vol. in-8. . . . . 6 fr.

DELAUNAY (FERD.)

Philon d'Alexandrie. *Écrits historiques,* trad. et précédés d'une introduction 1 vol. in-8 . . . . 7 fr.

DESNOIRESTERRES

La Jeunesse de Voltaire. 1 vol. in-8. . . . . 7 fr. 50

Voltaire au château de Cirey. 1 vol. in-8. . . . . 7 fr. 50

DELÉCLUZE (E. J.)

Louis David, son école et son temps. Souvenirs. 1 vol. in-8.. . . . . . . 6 fr.

DESJARDINS (ERNEST)

Le grand Corneille historien. 1 vol. in-8. . . . . 5 fr.

Alésia (7ᵉ CAMPAGNE DE JULES CÉSAR). Résumé du débat, etc., suivi de notes inédites de Napoléon Iᵉʳ sur les COMMENTAIRES DE JULES CÉSAR. In-8, avec *fac-simile*. 3 fr.

CH. DESMAZE

Le Châtelet de Paris, son organisation, ses priviléges, etc. 1 vol. in-8. . 6 fr.

DREYSS (CH.)

Mémoires de Louis XIV POUR L'INSTRUCTION DU DAUPHIN. 1ʳᵉ édit. complète, avec une étude sur la composition des Mémoires et des notes. 2 vol. in-8. . 12 fr.

DUBOIS (D'AMIENS) (FRÉD.)

Éloges prononcés à l'Académie de médecine. PARISET, BROUSSAIS, ANT. DUBOIS, RICHERAND, BOYER, ORFILA, CAPURON, DENEUX, RÉCAMIER, ROUX, MAGENDIE, GUENEAU DE MUSSY, G. SAINT-HILAIRE, A. RICHARD, CHOMEL, THÉNARD, etc., etc. 2 vol. in-8. . . . . 14 fr.

DUBOIS-GUCHAN

Tacite et son siècle, ou la société romaine impériale, d'Auguste aux Antonins, dans ses rapports avec la société moderne. 2 beaux volumes in-8. . . . . 14 fr.

DU CELLIER

Histoire des Classes laborieuses en France, depuis la conquête de la Gaule par Jules César jusqu'à nos jours. 1 vol. in-8. . . . . 6 fr.

DU MÉRIL (ÉDELST.)

Histoire de la Comédie, période primitive. (*Ouvrage couronné par l'Académie française.*) 1 vol. in-8. . . . . 8 fr.

EICHHOFF (F. G.)

Tableau de la Littérature du Nord, AU MOYEN AGE, en Allemagne, en Angleterre, en Scandinavie et en Slavonie. Nouv. édit. revue et augmentée. 1 vol. in-8. 6 fr.

FALLOUX (Cᵗᵉ DE)

Correspondance du P. Lacordaire avec madame Swetchine, publiée par M. DE FALLOUX. 1 vol. in-8.. . . . .

Madame Swetchine. Journal de sa conversion, méditations et prières publiées par M. DE FALLOUX. 1 vol. in-8. . . . . 6 fr.

Madame Swetchine. Sa vie et ses pensées, publiées par M. DE FALLOUX. 8ᵉ édit. 2 vol. in-8. . . . . 15 fr.

Lettres de madame Swetchine, publiées par M. DE FALLOUX. 2 vol. in-8. 12 fr.

Lettres inédites de madame Swetchine, publiées par M. DE FALLOUX. 1 vol. in-8. . . . . 6 fr.

Étude sur madame Swetchine, par Ern. Naville. In-8. . . . . . . 1 fr. 50

FERRARI (J.)

La Chine et l'Europe, leur histoire et leurs traditions comparées. 1 vol. in-8. . . . . 7 fr. 50

Histoire des Révolutions d'Italie, ou Guelfes et Gibelins. 4 vol. in-8. . 24 fr.

FEUGÈRE (LÉON)

Les Femmes poëtes au XVI° siècle, étude suivie de notices sur M¹¹° de Gournay, d'Urfé, Montluc, etc. 1 vol. in-8. . . . . 6 fr.

FLAMMARION

Dieu dans la Nature. Philosophie des sciences et réfutation du matérialisme. 1 vol. in-8. Portrait. . . . . 7 fr. 50

La Pluralité des mondes habités. Étude où l'on expose les conditions d'habitabilité des terres célestes, etc. 4° édit. 1 fort vol. in-8 avec figures. . . . 7 fr.

Les Mondes imaginaires et les Mondes réels, voyage astronomique, et revue critique des théories sur les habitants des astres. 1 fort vol. in-8, fig. 7 fr.

FRANCK (AD.)

Philosophie et Religion. 1 vol. in-8. . . . . 7 fr. 50

GANDAR

Bossuet orateur. Études critiques sur les sermons de la jeunesse de Bossuet. (*Ouvrage couronné par l'Académie française.*) 1 fort vol. in-8. . . . 7 fr. 50

Choix de Sermons de la jeunesse de Bossuet. Édition critique d'après les textes, avec introduction, notes et notices. 1 vol. in-8, 5 fac-similé. . 7 fr. 50

GEFFROY (A.)

Gustave III et la Cour de France, suivi d'une Étude sur Louis XVI et Marie-Antoinette apocryphes (*Ouvrage couronné par l'Académie française*). 2 beaux vol. in-8 avec photographie inédite, 2 beaux portraits et fac-simile. . . . . 16 fr.

Lettres inédites de M°°° des Ursins, avec une introd. et des notes. 1 v. in-8. 6 fr.

GERMOND DE LAVIGNE

Le Don Quichotte de FERNANDEZ AVELLANEDA, traduit de l'espagnol et annoté. 1 beau vol. in-8. . . . . 6 fr.

GERUSEZ

Histoire de la littérature française jusqu'à la Révolution (*Ouvrage couronné par l'Académie française*). Nouvelle édition. 2 vol. in-8. . . . . 14 fr.

GODEFROY (F.)

Lexique comparé de la langue de Corneille et de la langue du XVII° siècle en général. (*Ouvrage couronné par l'Académie française.*) 2 vol. in-8. . . . . 15 fr.

GUADET

Les Girondins, leur vie politique et privée, leur proscription, leur mort. 2 vol. in-8. . . . . 12 fr.

GUÉRIN (MAURICE DE)

Journal, lettres et fragments, publiés par M. TREBUTIEN, avec une étude par M. SAINTE-BEUVE. 1 volume in-8. . . . . 7 fr.

GUÉRIN (EUGÉNIE DE)

Journal et lettres, publiés par M. TREBUTIEN. (*Ouvrage couronné par l'Académie française.*) 2 vol. in-8. . . . . 14 fr.

GUIZOT

Sir Robert Peel, étude d'histoire contemporaine, accompagnée de fragments inédits des Mémoires de Robert Peel. Nouvelle édition. 1 vol. in-8. . . . . . 7 fr.

Histoire de la Révolution d'Angleterre, depuis l'avénement de Charles I°° jusqu'à la mort de R. Cromwell (1625-1660). 6 vol. in-8, en 3 parties. . . 42 fr.

— **Histoire de Charles I°°**, depuis son avénement jusqu'à sa mort (1625-1649) précédée d'un *Discours sur la Révolution d'Angleterre.* 8° édit. 2 vol. in-8. 14 fr.

— **Histoire de la République d'Angleterre et de Cromwell** (1649-1658). 2° édit. 2 vol. in-8. . . . . 14 fr.

— **Histoire du protectorat de Richard Cromwell**, et du *Rétablissement des Stuarts* (1659-1660). 2° édit. 2 vol. in-8. . . . . 14 fr.

Études sur l'Histoire de la Révolution d'Angleterre, 2 vol. in-8 :
— **Monk. Chute de la République.** 5ᵉ édit. 1 vol. in-8, portrait.. . . . . 6 fr.
— **Portraits politiques** des hommes des divers partis : *Parlementaires, Cavaliers, Républicains, Niveleurs*. Études historiques. Nouv. édit. 1 vol. in-8.. 6 fr.
Essais sur l'Histoire de France. 10ᵉ édit. revue et corrigée. 1 vol. in-8. 6 fr.
Histoire des origines du gouvernement représentatif et des institutions politiques de l'Europe, etc. (*Cours d'Histoire moderne de 1820 à 1822.*) Nouv. édit. 2 vol. in-8. . . . . 10 fr.
Histoire de la civilisation en Europe et en France, depuis la chute de l'empire romain jusqu'à la Révolution française. Nouv. édition. 5 vol. in-8. 30 fr.
Discours académiques, suivis des discours prononcés pour la distribution des prix au Concours général et devant diverses sociétés, etc. 1 vol. in-8. . . 6 fr.
Corneille et son temps. Étude littéraire, etc. 1 vol. in-8. . . . . . . 6 fr.
Méditations et Études morales et religieuses. Nouv. édit. 1 vol. in-8. 6 fr.
Études sur les beaux-arts en général. 3ᵉ édit. 1 vol. in-8. . . . . . . 6 fr.
De la Démocratie en France. 1 vol. in-8 de 164 pages. . . . . . . 2 fr. 50
Abailard et Héloïse. Essai historique par M. et Mᵐᵉ GUIZOT, suivi des *Lettres d'Abailard et d'Héloïse*, traduites par M. Oddoul. Nouv. édit. 1 vol. in-8. 6 fr.
Grégoire de Tours et Frédégaire. — HISTOIRE DES FRANCS ET CHRONIQUE, trad. Nouv. édit. revue et augmentée de la *Géographie de Grégoire de Tours et de Frédégaire*, par M. ALFRED JACOBS. 2 vol. in-8, avec une carte spéciale. . 14 fr.
Cet ouvrage est autorisé par décision ministérielle pour les Écoles publiques.
Œuvres complètes de W. Shakspeare, traduction nouvelle de M. GUIZOT, avec notices et notes. 8 vol. in-8. . . . . 40 fr.
Histoire de Washington *et de la fondation de la république des États-Unis*, par M. C. DE WITT, avec une Introduction par M. GUIZOT. 3ᵉ édition, revue et augmentée. 1 vol. in-8, avec portraits et carte.. . . . . 7 fr.
Correspondance et Écrits de Washington, traduits de l'anglais et mis en ordre par M. GUIZOT. 4 vol. in-8.. 12 fr.
Dictionnaire universel des synonymes de la langue française, contenant les synonymes de GIRARD, BEAUZÉE, ROUBAUD D'ALEMBERT, etc., augmenté d'un grand nombre de nouveaux synonymes, par M. GUIZOT, 7ᵉ édit. 1 vol. gr. in-8.... 12 fr.
L'introduction de cet ouvrage est autorisée dans les Etablissements d'instruction publique.

GUIZOT (GUILLAUME)
Ménandre. Étude historique et littéraire sur la Comédie et la Société grecques. (*Ouvrage couronné par l'Académie française.*) 1 vol. in-8, avec portrait. . . 6 fr.

HOUSSAYE (HENRY)
Histoire d'Apelles. Études sur l'art grec. 1 vol. in-8, grav. . . . . . . 7 fr.

JACQUINET
Des Prédicateurs au XVIIᵉ siècle avant Bossuet. (*Ouvrage couronné par l'Académie française.*) 1 vol. in-8. 6 fr.

J. JANIN
La Poésie et l'Éloquence à Rome au temps des Césars. 1 vol. in-8. 6 fr.

JOBEZ (AD.)
La France sous Louis XV (1715-1774). Tomes I à IV parus. In-8. Prix du vol. 6 fr.

JUSTE (THÉOD.)
Le Soulèvement des Pays-Bas contre la domination espagnole. 2 vol. in-8. . . . . 14 fr.

LACODRE
Les Desseins de Dieu. Essai de Philosophie religieuse et pratique. 1 v. in-8. 6 fr.

LÉON LAGRANGE
Joseph Vernet et la Peinture au XVIIIᵉ siècle, avec grand nombre de documents inédits. 1 volume in-8. . . . . 7 fr.
Pierre Puget, peintre, sculpteur, architecte, etc. 1 vol. in-8. . . . . . . 6 fr.

LAMENNAIS

Dante. La Divine Comédie, trad. accompagnée d'une introduction et de notes, avec le texte italien, publ. par M. E. D. FORGUES. 2 vol. in-8. . . . . . . 14 fr.

Correspondance inédite, publiée par M. FORGUES. 2 vol. in-8. . . . . . 10 fr.

LAPRADE (V. DE)

Questions d'art et de morale. 1 vol. in-8. . . . . 7 fr. 50

Le Sentiment de la nature avant le Christianisme. 1 vol. in-8. . . 7 fr. 50

Le Sentiment de la nature chez les modernes. 1 vol. in-8. . . . . 7 fr. 50

LE DIEU (L'ABBÉ)

Mémoires et Journal de l'abbé Le Dieu, sur la vie et les ouvrages de Bossuet, publiés sur les manuscrits autographes. 4 vol. in-8. . . . . 20 fr.

LÉLUT

Physiologie de la pensée. Recherche critique des rapports du corps à l'esprit. 2 vol. in-8. . . . . 12 fr.

LEMOINE (ALB.)

L'Aliéné devant la philosophie, la morale et la société. 1 vol. in-8. . . 6 fr.

LEPINOIS (H. DE)

Le Gouvernement des Papes et les Révolutions dans les États de l'Église, d'après des documents extraits des archives secrètes du Vatican, etc. 1 v. in-8. 7 fr.

LITTRÉ

Études sur les barbares et le moyen âge. 1 vol. in-8. . . . . . . 7 fr. 50

Histoire de la langue française. Études sur les origines, l'étymologie, la grammaire, etc. 4ᵉ édit. 2 vol. in-8. . . . . 15 fr.

LIVET (CH.)

Précieux et Précieuses. Caractères et mœurs du XVIIᵉ siècle. 1 vol. in-8. 7 fr.

La Grammaire française et les Grammairiens du XVIIᵉ siècle. (*Mention très-honorable de l'Académie des inscriptions.*) 1 fort vol. in-8. . . . . . 7 fr.

LOVE

Le Spiritualisme rationnel, à propos des divers moyens d'arriver à la connaissance, etc. 1 vol. in-8. . . . . 6 fr.

MALOUET

Mémoire de Malouet, publiés par son petit-fils le baron Malouet. 2 vol. in-8 ornés d'un portrait gravé sur acier. 15 fr.

MARGERIE (A. DE)

Théodicée. Études sur Dieu, la Création et la Providence. *Ouvrage couronné par l'Académie française.* 2 vol. in-8. . . . . 12 fr.

MARTHA BECKER

Le Général Desaix. Étude historique. 1 vol. in-8, avec portrait. . . . 5 fr.

Matérialisme et spiritualisme. 1 vol. in-8. . . . . 5 fr.

MARY (D')***

Le Christianisme et le Libre Examen. Discussion des arguments apologétiques. 2 vol. in-8. . . . . 12 fr.

MATTER

Le Mysticisme en France au temps de Fénelon. 1 vol. in-8. . . . 6 fr.

Swedenborg. Sa vie, ses écrits, sa doctrine. 1 vol. in-8. . . . . . . 6 fr

Saint-Martin, *le Philosophe inconnu*, sa vie, ses écrits; son maître Martinez et leurs groupes. 1 vol. in-8. 6 fr.

MAURY (ALF.)

Les Académies d'autrefois, 2 parties :

— *L'ancienne Académie des sciences.* 1 volume in-8. . . . . 7 fr.

— *L'ancienne Académie des inscriptions et belles-lettres.* 1 volume in-8. . 7 fr.

Croyances et légendes de l'antiquité. 1 vol. in-8. . . . . 7 fr.

MEAUX (V¹ᵉ DE)

La Révolution et l'Empire. Étude d'histoire politique. 1 vol. in-8. . . 7 fr. 50

MÉNARD (L. ET R.)

La Sculpture ancienne et moderne. (*Ouvrage couronné par l'Académie des beaux-arts.*) 1 vol. in-8. . . . . 6 fr.

Tableau historique des Beaux-Arts, depuis la Renaissance jusqu'au dix-huitième siècle. (*Ouvrage couronné par l'Académie des beaux-arts.*) 1 vol. in-8. 6 fr.

Hermès Trismégiste. Traduction nouvelle avec une étude sur les livres hermétiques. 1 vol. in-8. 6 fr.

La Morale avant les philosophes. 1 vol. in-8. . . . . 3 fr. 50

MERCIER DE LACOMBE (CH.)

Henri IV et sa politique. (*Ouvrage couronné par l'Académie française. 2ᵉ prix Gobert.*) 1 vol. in-8. 6 fr.

MÉZIÈRES (ALF.).

Pétrarque. Étude d'après des documents nouveaux. 1 vol. in-8. . . . 7 fr. 50

MICHAUD (ABBÉ)

Guillaume de Champeaux et les écoles de Paris au xiiᵉ s. 1 vol. in-8. 7 fr. 50

MIGNET

Éloges historiques : *Jouffroy, de Gérando, Laromiguière, Lakanal, Schelling, Portalis, Hallam, Macaulay.* 1 vol. in-8. . . . . 6 fr.

Portraits et notices HISTORIQUES ET LITTÉRAIRES. Nouvelle édition. 2 vol. in-8. . . . . 10 fr.

Charles-Quint, SON ABDICATION, SON SÉJOUR ET SA MORT AU MONASTÈRE DE YUSTE. 5ᵉ édit., revue et corrigée. 1 beau vol. in-8. . . . . 6 fr.

Histoire de la Révolution française, de 1789 à 1814. 9ᵉ édit. 2 vol. in-8. 12 fr.

MILLET

Histoire de Descartes avant 1637. 1 vol. in-8. . . . . 7 fr. 50

MOLAND (LOUIS)

Molière et la Comédie italienne. 1 vol. in-8 illustré de 20 types de l'ancien théâtre italien, gravés d'après Callot, etc. . . . . 7 fr.

Origines littéraires de la France. Roman, Légende, Prédication, Poétique, etc. 1 vol. in-8. 6 fr.

MONNIER (F.)

Le Chancelier d'Aguesseau, etc., avec des documents inédits et des ouvrages nouveaux du Chancelier. (*Ouvr. cour. par l'Acad. franç.*) 2ᵉ édit. 1 vol. in-8. 6 fr.

MONTALEMBERT (COMTE DE)

L'Église libre dans l'État libre. Discours prononcé au congrès de Malines. 1 v. in-8.. . . . . 2 fr. 50

MORET (ERNEST)

Quinze ans du règne de Louis XIV. 1700-1715. (*Ouvrage couronné par l'Académie française, 2ᵉ prix Gobert.*) 3 vol. in-8. . . . . 15 fr.

NOURRISSON

Tableau des progrès de la pensée humaine. Les philosophes et les philosophies depuis Thalès jusqu'à Hegel. 5ᵉ édit. revue et corrigée. . . . 7 fr. 50

Philosophie de saint Augustin. (*Ouvrage couronné par l'Académie des sciences. morales.*) 2 vol. in-8. . . . . 14 fr

La Nature humaine. Essais de psychologie appliquée. (*Ouvrage couronné par l'Académie des sciences morales.*) 1 vol. in-8. . . . . 7 fr.

NOUVION (V. DE)

Histoire du règne de Louis-Philippe Iᵉʳ, roi des Français (1830-1840). 4 vol. in-8. . . . . 24 fr.

PELLISSON ET D'OLIVET

Histoire de l'Académie française. Nouv. édit. avec une introduction, des notes et éclaircissements, par M. Ch. Livet. 2 gros vol. in-8. . . . . . . 14 fr.

POIRSON (A.)

Histoire du règne de Henri IV. (*Ouvrage qui a obtenu deux fois le grand prix Gobert, de l'Académie française.*) Seconde édition, considérablement augmentée. 4 vol. in-8. . . . . 30 fr.

PONCINS (L. DE)

Les Cahiers de 89 ou les vrais Principes libéraux. 1 vol. in-8. . . . . . 6 fr.

POUJADE (EUG.)

Chrétiens et Turcs, scènes et souvenirs de la vie politique, militaire et religieuse en Orient. 1 fort vol. in-8. . . . . 6 fr.

PRELLER

Les Dieux de l'ancienne Rome. *Mythologie romaine,* trad. par M. Dietz, avec préface de M. Alf. Maury. 1 vol. in-8. . . . . 7 fr. 50

RAYNAUD (MAURICE)

Les Médecins au temps de Molière. Mœurs, Institutions, Doctr. 1 v. in-8. 6 fr.

RÉMUSAT (CH. DE)

Bacon. Sa vie, son temps et sa philosophie. 1 vol. in-8. . . . . 7 fr.
Channing : Sa vie et ses œuvres, avec préface de M. de Rémusat. 1 vol. in-8. 6 fr.

RONDELET (ANT.)

Du Spiritualisme en économie politique. (*Ouvrage couronné par l'Académie des sciences morales.*) 1 vol. in-8. . . . . 6 fr.

ROUGEMONT

L'Age du Bronze, ou les *Sémites en Occident,* matériaux pour servir à l'histoire de la haute antiquité. 1 vol. in-8. 7 fr.

ROUSSET (CAMILLE)

Le comte de Gisors, 1732-1758, étude historique. 1 vol. in-8 . . 7 fr. 50
Histoire de Louvois et de son administration politique et militaire. (*Ouvrage couronné par l'Académie française.* 1er prix Gobert.) 3e édit. 4 vol. in-8. 28 fr.

P. ROUSSELOT

Les Mystiques espagnols. 1 vol. in-8. . . . . 7 fr. 50

SACY (S. DE)

Variétés littéraires, morales et historiques. 2e édit. 2 vol. in-8. . . . . 14 fr.

J. BARTHÉLEMY SAINT-HILAIRE

Le Bouddha et sa religion. Nouv. édition, revue et augm. 1 vol. in-8. . 7 fr.
Mahomet et le Coran. Précédé d'une introduction sur les devoirs mutuels de la philosophie et de la religion. 1 vol. in-8. . . . . 7 fr.

SAISSET (E.)

Le Scepticisme. — Ænésidème. — Pascal. — Kant. — Études, etc. 1 vol. in-8. 7 fr.
Précurseurs et Disciples de Descartes. Études d'histoire et de philosophie. 1 vol. in-8. . . . . 7 fr.

SALVANDY (N. DE)

Histoire de Sobieski et de la Pologne. 2 vol. in-8. Nouvelle édition. . . 14 fr.
Don Alonso, ou l'Espagne; histoire contemporaine. Nouv. édit. 2 v. in-8. 14 fr.
La Révolution de 1830 et *le Parti révolutionnaire,* ou Vingt mois et leurs résultats. Nouv. édit. 1 vol. in-8. 1855. . . . . 5 fr.
Discours de MM. Berryer et de Salvandy à l'Académie française. In-8. 1 fr.
Discours de MM. de Sacy et de Salvandy à l'Académie française. In-8. 1 fr.

SAULCY (F. DE)

Histoire de l'Art judaïque, d'après les textes sacrés et profanes. 1 vol. in-8. 7 fr.
Les Campagnes de Jules César dans les Gaules. Études d'archéologie militaire. 1 vol. in-8, fig. . . . . 7 fr.
Voyage en Terre-Sainte, 1865. 2 beaux vol. grand in-8, ornés de fig. et de cartes. . . . . 28 fr.

SCHILLER

Œuvres dramatiques, trad. de M. DE BARANTE. Nouv. édit. entièrement revue, accompagnée d'une étude, de notices et de notes. 5 vol. in-8. . . . . . 15 fr.

SCHNITZLER

Rostoptchine et Kutusof. *La Russie en* 1812. Tableau de mœurs et essai de critique historique. 1 vol. in-8. . . . . 6 fr.

SCLOPIS (F.)

Histoire de la Législation italienne, trad. par M. CH. SCLOPIS. 2 v. in-8. . 10 fr.

SHAKSPEARE

Œuvres complètes, trad. de M. GUIZOT. Nouv. édit. revue, accomp. d'une Étude sur Shakspeare, de notices, de notes. 8 vol. in-8. · . . . . 40 fr

SORBIER

Loisirs d'un magistrat, méditations morales et études historiques. 1 v. in-8. 7 fr.

SOREL

Le Couvent des Carmes et le Séminaire Saint-Sulpice pendant la Terreur. 1 vol. in-8 avec pl. . . . . 7 fr.

STEENACKERS

Agnès Sorel et Charles VII, essai sur l'état moral et politique de la France au XVIᵉ siècle. 1 vol. in-8 avec un beau portrait. . . . . 7 fr. 50

DANIEL STERN

Dante et Gœthe. Dialogues. 1 vol. in-8. . . . . 7 fr. 50

STAAFF

Lectures choisies de littérature française depuis la formation de la langue jusqu'à la Révolution. 3ᵉ édition. 1 vol. in-8 de 900 pages. . . . . . . 7 fr. 50

Mᵐᵉ SWETCHINE

Voir Cⁱᵉ DE FALLOUX.

THIERRY (AMÉDÉE)

Saint Jérôme. La Société chrétienne à Rome et l'émigration romaine en terre sainte. 2 vol. in-8. . . . . 15 fr.

Trois Ministres des fils de Théodose. Nouveaux Récits de l'histoire romaine. 1 volume in-8. . . . . 7 fr.

Récits de l'Histoire romaine au Vᵉ siècle. 1 vol. in-8 (*sous presse*).

Tableau de l'Empire romain, depuis la fondation de Rome jusqu'à la fin du gouvernement impérial en Occident. 4ᵉ édit. 1 vol. in-8. . . . . 7 fr.

Histoire d'Attila, de ses fils et de ses successeurs en Europe. Nouv. édit. revue. 2 vol. in-8. . . . . 14 fr.

Histoire des Gaulois jusqu'à la domination romaine. 6ᵉ édition revue. 2 vol. in-8. . . . . 14 fr.

Histoire de la Gaule sous la domination romaine. 4 vol. in-8. Tomes I et II en vente. Le vol. à. . . . . 7 fr. 50

TISSOT

Turgot. Sa vie, son administration, ses ouvrages. (*Ouvrage couronné par l'Académie des sciences morales.*) 1 vol. in-8. . . . . 5 fr.

Les Possédées de Morzine. Broch. in-8. . . . . 1 fr.

TOPIN (MARIUS)

L'Europe et les Bourbons sous Louis XIV. 1 vol. in-8. . . . . 7 fr.

VILLEMAIN

Souvenirs contemporains d'Histoire et de Littérature. Première partie : M. DE NARBONNE, etc. 7ᵉ édit. 1 vol. in-8. . . . . 7 fr.

Souvenirs contemporains d'Histoire et de Littérature. Deuxième partie : LES CENT-JOURS. 1 vol. in-8. Nouv. édit. . . . . 7 fr.

La République de Cicéron, traduite avec une introduction et des suppléments historiques. 1 vol. in-8.. . . . . 6 fr.

Choix d'Études SUR LA LITTÉRATURE CONTEMPORAINE : *Rapports académiques*, Études sur *Chateaubriand, A. de Broglie, Nettement*, etc. 1 vol. in-8. . . . . . 6 fr.

Cours de Littérature française, comprenant : *Le Tableau de la Littérature au XVIII* siècle et le *Tableau de la Littérature au moyen âge*. Nouv. édit. 6 vol. in-8. . . . . 36 fr.

— **Tableau de la Littérature** au XVIII* siècle. 4 vol. in-8. . . . . 24 fr.

— **Tableau de la Littérature** au moyen âge. 2 vol. in-8.. . . . . . . 12 fr.

Tableau de l'éloquence chrétienne au IV* siècle, etc. Nouv. édit. 1 fort vol. in-8.. . . . . 6 fr.

Discours et Mélanges littéraires : *Éloges de Montaigne et de Montesquieu.* — *Sur Fénelon et sur Pascal.* — *Rapports et discours académiques*. Nouv. édit. 1 vol. in-8.. . . . . 6 fr.

Études de Littérature ancienne et étrangère : *Études sur Hérodote, Lucrèce, Lucain, Cicéron, Tibère et Plutarque.* — *Essai sur les romans grecs.* — *Shakspeare; Milton; Byron*, etc. Nouv. édit. 1 vol. in-8. . . . . 6 fr.

Études d'Histoire moderne : *Discours sur l'état de l'Europe au XV* siècle.* — *Lascaris.* — *Essai historique sur les Grecs.* — *Vie de l'Hôpital*. 1 vol. in-8. 6 fr.

VILLEMARQUÉ (H. DE LA)

Barzaz Breiz. *Chants populaires de la Bretagne*, recueillis et annotés avec musique. 1 vol. in-8. . . . . 7 fr. 50

Le grand Mystère de Jésus. Drame breton du moyen âge, avec une Étude sur le théâtre chez les nations celtiques. 1 vol. in-8, pap. de Hollande. . . . 12 fr.

— LE MÊME, pap. ordinaire. . . . . 7 fr.

La Légende celtique et la poésie des cloîtres, etc. 1 vol. in-8. . 7 fr.

Les Bardes bretons. Poëmes du VI* siècle, traduits en français avec fac-simile. Nouv. édit. 1 vol. in-8. . . . . 7 fr.

Les Romans de la Table ronde et les Contes des anciens Bretons. Nouv. édit. 1 vol. in-8. . . . . 7 fr.

Myrdhinn ou l'Enchanteur Merlin. Son histoire, ses œuvres, son influence. 1 vol. in-8. . . . . 7 fr.

VITU (AUG.)

Histoire civile de l'armée, ou des conditions du service militaire en France avant la formation des armées permanentes. 1 vol. in-8. . . . . 7 fr. 50

VOLTAIRE

Lettres inédites de Voltaire, publiées par MM. DE CAYROL et FRANÇOIS, avec une Introduction par M. SAINT-MARC GIRARDIN. 2* édit. augmentée. 2 vol. in-8. 14 fr.

Voltaire à Ferney. Correspondance inédite avec la duchesse de Saxe-Gotha, nouvelles Lettres et Notes historiques inédites, publiées par MM. EV. BAVOUX et A. FRANÇOIS. Nouv. édit. augmentée. 1 vol. in-8.. . . . . 6 fr.

Voltaire et le président de Brosses. Correspondance inédite, suivie d'un Supplément à la Correspondance de Voltaire, publiée avec notes, par M. TH. FOISSET. 1 vol. in-8. . . . . 5 fr.

WHYTE MELVILLE

Les Gladiateurs. — Rome et Judée. — Roman antique, trad. par BERNARD DEROSNE, avec préface de TH. GAUTIER. 2 vol. in-8. . . . . 10 fr.

WITT (CORNÉLIS DE)

Études sur l'histoire des États-Unis d'Amérique. 2 volumes :

— **Thomas Jefferson**. Étude historique sur la démocratie américaine. 2* édit. 1 vol. in-8, orné d'un portrait.. 7 fr.

— **Histoire de Washington** *et de la fondation de la République des États-Unis*, avec une Étude par M. GUIZOT, 3* édit. 1 vol. in-8, orné de portraits et d'une carte.. . . . . 7 fr.

ZELLER

Les Empereurs romains. Caractères et portraits historiques. 1 vol. in-8. 7 fr.

ÉDITIONS IN-12

ARMAILLÉ (C⁰⁰ D') NÉE DE SÉGUR
La Reine Marie Leckzinska. Étude historique. 1 vol. in-12. . . . . . 3 fr.
Catherine de Bourbon, sœur de Henri IV. Etude historique. 1 vol. in-12. 3 fr.

ALAUX
La Raison.—Essai sur l'avenir de la philosophie. 1 vol. in-12. . . . . 5 fr. 50

AMPÈRE (J. J.)
La Science et les Lettres en Orient. 2ᵉ édit. 1 vol. in-12. . . . . 3 fr. 50
Littérature et Voyages. Nouv. édit. 1 vol. in-12. . . . . 3 fr. 50
Heures de poésie. Nouvelle édition. 1 vol. in-12. . . . . 3 fr. 50
La Grèce, Rome et Dante, études littéraires. 5ᵉ édit. 1 vol. in-12. . . 5 fr. 50

AUDIAT
Bernard Palissy. Étude sur sa vie et ses travaux, 1 vol. in-12. . . . . 3 fr. 50

AUDLEY (Mᵐᵉ)
Beethoven, sa vie, ses œuvres. 1 vol. in-12. . . . . 5 fr.

D'AZEGLIO (MASSIMO)
L'Italie de 1847 à 1865. Correspondance politique publiée par Eug. Rendu. 3ᵉ édition. 1 vol. in-12. 5 fr. 50

BADER (Mˡˡᵉ).
La Femme biblique, sa vie morale et sociale. 2ᵉ édit. 1 v. in-12. . . . 5 fr. 50

BABOU
Les Amoureux de Mᵐᵉ de Sévigné, etc. 2ᵉ édition. 1 vol. in-12. . . 3 fr. 50

BAILLON (COMTE DE)
Lord Walpole à la cour de France. 1723-1730. 1 vol. in-12. . . . 5 fr. 50

BARET
Les Troubadours, et leur influence sur la littérature du midi de l'Europe, 5ᵉ édition, 1 vol. in-12. . . . . 5 fr. 50

BARANTE
Histoire des ducs de Bourgogne de la maison de Valois. Nouv. édit., illustrée de vignettes. 8 vol. in-12. . . . . 24 fr.
Tableau littéraire du xviiiᵉ siècle. Nouv. édit. 1 vol. in-12. . . . . . 3 fr. 50
Royer-Collard. — Ses discours et ses écrits. Nouv. édit. 2 vol. in-12. . 7 fr.
Études historiques et biographiques. Nouv. édit. 2 vol. in-12. . . . . 7 fr.
Études littéraires et historiques. Nouv. édit. 2 vol. in-12. . . . . . . 7 fr.
Histoire de Jeanne d'Arc. *Édition populaire.* 1 vol. in-12. . . . . . . 1 fr. 25

H. BAUDRILLART
Publicistes modernes. *Young, de Maistre, M. de Biran, Ad. Smith, L. Blanc, Proudhon, Rossi, Stuart-Mill,* etc. 2ᵉ édition. 1 vol. in-12. . . . . 3 fr. 50

BAUTAIN (L'ABBÉ)
Philosophie des lois au point de vue chrétien. 5ᵉ édit. 1 vol. in-12. . . 3 fr. 50
La Conscience, ou la Règle des actions humaines. 2ᵉ édit. 1 vol. in-12. 3 fr. 50

BENOIT
Chateaubriand, sa vie, ses œuvres. Etude littéraire et morale. (*Ouv. cour. par l'Académie française.*) 1 vol. in-12. . . . . 3 fr.

BERSOT (ERN.)
Essais de philosophie et de morale. 2ᵉ édit. 2 vol. in-12. . . . . . . 7 fr.

BERTAULD
La Liberté civile. Nouvelles études sur les publicistes. 2ᵉ éd. 1 v. in-12. 3 fr. 50

BEULÉ
Causeries sur l'art. 2ᵉ édit. 1 vol. in-12. . . . . 5 fr. 50

BLANCHECOTTE (Mᵐᵉ)
Impressions d'une femme, pensées, méditations, portraits, 1 vol. in-12. 3 fr.

BOILLOT

L'Astronomie au XIX° siècle. Tableau des progrès de cette science depuis l'antiquité jusqu'à nos jours. 1 vol. in-12. . . . . 3 fr. 50
Le Mouvement scientifique pendant l'année 1864, par MÉNAULT et BOILLOT. 1 fort vol. in-12. . . . . 4 fr.
Le Mouvement scientifique pendant l'année 1865. 1 fort vol. in-12. 4 fr.

BONHOMME (H.)

Madame de Maintenon et sa famille. Lettres et documents inédits, avec notes, etc. 1 vol. in-12. . . . . 3 fr.

BROGLIE (ALB. DE)

L'Église et l'Empire romain au IV° siècle. 5 part. en 6 vol. in-12. . . 10 fr.

CHASLES (PHILARÈTE)

Voyages d'un critique à travers la vie et les livres. Orient. 2° édit. 1 vol. in-12 . . . . 3 fr. 50

CHASLES (ÉMILE)

Michel de Cervantes. Sa Vie, son temps etc., 2° édit. 1 vol. in-12. . . 3 fr. 50

CHASSANG

Apollonius de Tyane. Sa vie, ses voyages, ses prodiges par Philostrate et ses lettres, trad. du grec, avec notes, etc. 2° édit. 1 vol. in-12. . . . . . 3 fr. 50
Histoire du Roman dans l'antiquité grecque et latine. (*Ouvrage couronné par l'Académie des inscriptions.*) Nouv. édit. 1 vol. in-12. . . . . . . 3 fr. 50

CHESNEAU (ERNEST)

Les Chefs d'école. — La Peinture au XIX° siècle. 1 vol. . . . . 3 fr. 50
L'Art et les Artistes modernes en France et en Angleterre. 1 v. in-12. 3 fr. 50

CLÉMENT (PIERRE)

L'Italie en 1671. Relation du marquis de Seignelay, précédée d'une Étude historique. 1 vol. in-12. . . . . 3 fr. »
La Police sous Louis XIV. 2° édition. 1 vol. in-12. . . . . 3 fr. 50
Jacques Cœur et Charles VII. Étude historique. etc. (*Ouv. couronné par l'Acad. française.*) Nouv. édit. 1 fort vol. in-12. . . . . 4 fr. »
Portraits historiques. 2° édit. 1 vol. in-12. . . . . 3 fr. 50
Enguerrand de Marigny, *Beaune de Semblançay, le Chevalier de Rohan.* Épisodes de l'histoire de France. 2° édit. 1 vol. in-12. . . . . 3 fr. 50

CLÉMENT DE RIS

Critiques d'art et de littérature. 1 vol. in-12. . . . . 3 fr. »

COSSOLLES (H. DE)

Du Doute. 1 vol. in-12. . . . . 3 fr. 50

COUSIN (V.)

La Société française au XVII° siècle, d'après le *Grand Cyrus* de Mlle Scudéry. Nouv. édit, 2 vol. in-12. . . . . 7 fr. »
Madame de Sablé. 3° édit. 1 vol. in-12. . . . . 3 fr. 50
La Jeunesse de madame de Longueville. 5° édition. 1 vol. in-12. 3 fr. 50
Madame de Longueville pendant la Fronde. 3° édit. 1 vol. in-12. . 3 fr. 50
Jacqueline Pascal. Premières études, etc. 5° édit. 1 vol. in-12. . . . 3 fr. 50
Madame de Chevreuse. 4° édition. 1 vol. in-12. . . . . 3 fr. 50
Madame de Hautefort, 5° édit. 1 vol. in-12. . . . . 3 fr. 50
Premiers essais de philosophie. (Cours de 1815.) Nouv. édit. 1 v. in-12. 3 fr. 50
Philosophie sensualiste du XVIII° siècle. Nouv. édit. 1 vol. in-12. 3 fr. 50
Introduction à l'histoire de la Philosophie. (Cours de 1828.) 1 v. in-12. 3 fr. 50
Histoire générale de la Philosophie, depuis les temps les plus anciens jusqu'au XIX° siècle. Nouvelle édition, 1 vol. in-12. . . . . 4 fr. »
Philosophie de Locke. (Cours de 1830.) Nouv. édit. 1 vol. in-12. . . 3 fr. 50
Du Vrai, du Beau et du Bien, 12° édition. 1 vol. in-12. . . . . . . 3 fr. 50
Des Principes de la Révolution française et *du Gouvernement représentatif* suivis des *Discours politiques.* Nouv. édit. 1 vol. in-12. . . . . 3 fr. 50

CRAVEN (Mme AUG.)

Récit d'une sœur, souvenirs de famille. (*Ouv. couronné par l'Académie française.*) 16° édit. 2 vol. in-12. . . . . 8 fr. »

DANTIER

Les Monastères bénédictins d'Italie. Souvenirs, etc. (*Ouv. couronné par l'Académie française.*) 2° édition. 2 vol. in-12. . . . . 8 fr. »

DAREMBERG

La Médecine. — *Histoire et doctrines.* (*Ouv. couronné par l'Académie française.*)
2ᵉ édit. 1 vol. in-12.. . . . . 3 fr. 50

DELAVIGNE (CASIMIR)

Œuvres complètes : *Théâtre et poésies.* 4 vol. in-12. . . . . 14 fr.

DELÉCLUZE (E. J.)

Louis David. Son école et son temps. Souvenirs. Nouv. éd. 1 vol. in-12. 3 fr. 50

DESJARDINS (ARTHUR)

Les Devoirs. — Essai sur la morale de Cicéron. (*Ouvrage couronné par l'Institut.*)
1 vol. in-12. . . . . 3 fr.

DESJARDINS (ERNEST)

Le Grand Corneille historien. Nouv. édit. 1 vol. in-12. . . . . . . 3 fr. »

ERNOUF (BARON)

Le général Kléber. Mayence, Vendée, Allemagne, Égypte. 1 vol. . . . 3 fr. 50

FALLOUX (Cᵗᵉ DE)

Correspondance du R. P. Lacordaire et de Mᵐᵉ Swetchine. 4ᵉ édition.
1 vol. in-12. . . . . 4 fr. »
Madame Swetchine. *Méditations et prières,* 2ᵉ édition. 1 vol. in-12. . 3 fr. 50
Madame Swetchine. *Sa vie et ses œuvres,* nouv. édit. 2 vol. in-12. . 7 fr. »
Madame Swetchine. *Lettres inédites,* 2ᵉ édit. 1 vol. in-12.. . . . . 3 fr. 50
Histoire de saint Pie V, pape. 5ᵉ édit. 2 vol. in-12. . . . . 7 fr. »
Louis XVI, 4ᵉ édit. 1 vol. in-12. . . . . 5 fr. 50

FÉNELON

Aventures de Télémaque et d'Aristonoüs, précédées d'une Étude par M. VILLE-
MAIN. Nouv. édit., ornée de 24 vignettes. 1 vol. in-12. . . . . 3 fr. »

FEUGÈRE (LÉON)

Caractères et Portraits littéraires du XVIᵉ siècle. 2 vol. in-12. . . 7 fr. »
Les Femmes poètes du XVIᵉ siècle, étude suivie de notices sur mademoiselle
de Gournay, d'Urfé, Montluc, etc. 1 vol. in-12. . . . . 3 fr. 50

FLAMMARION

Dieu dans la nature. Philosophie des sciences et réfutation du matérialisme.
3ᵉ édit. 1 fort vol. avec portrait. 4 fr.
La Pluralité des mondes habités, au point de vue de l'astronomie, de la physiologie et de la philosophie naturelle. Nouv. édit. 1 fort vol. in-12, fig. 3 fr. 50
Les Mondes imaginaires et les Mondes réels. Voyage astronomique pittoresque et Revue critique des théories humaines sur les habitants des astres. 4ᵉ édit.
1 vol. in-12. . . . . 3 fr. 50

FLEURY (ED.)

Saint-Just et la Terreur. Étude sur la Révolution. 2 vol. in-12. . . 6 fr. »

FOURNEL (VICTOR)

La Littérature indépendante et les Écrivains oubliés. Essais de critique et
d'érudition sur le xviiᵉ siècle. 1 vol. in-12. . . . . 3 fr. 50

FRARIÈRE

Influences maternelles pendant la gestation sur les prédispositions morales et
intellectuelles des enfants. Nouv. édit. revue et augmentée. 1 v. in-12. 3 fr. »

GALITZIN (LE PRINCE AUG.)

La Russie au XVIIIᵉ siècle. Mémoires inédits sur Pierre le Grand, Catherine Iʳᵉ
et Pierre III. 2ᵉ édition. 1 vol. in-12. . . . . 3 fr. 50

GARCIN (EUG.)

Les Français du Nord et du Midi. 1 vol. in-12. . . . . 3 fr. 50

GEFFROY

Gustave III et la Cour de France (*Ouvrage couronné par l'Académie française*).
2ᵉ édit. 2 vol. in-12, ornés de portraits et fac-simile. . . . . 8 fr.

GERMOND DE LAVIGNE

Le Don Quichotte de F. Avellaneda. Trad. avec notes. 1 vol. in-12. 3 fr. »

GÉRUZEZ

Histoire de la Littérature française depuis ses origines jusqu'à la Révolution
(*Ouv. cour. par l'Académie française, 1ᵉʳ prix Gobert.*) Nouv. éd. 2 vol. in-12. 7 fr.

SAINT-MARC GIRARDIN

La Syrie en 1861. Condition des Chrétiens en Orient. 1 vol. in-12. . 3 fr. 50
Tableau de la littérature française au XVI° siècle. 2° édit. 1 vol. in-12. . . . . 3 fr. 50

GOBINEAU (C¹° DE).

Les Religions et les Philosophies dans l'Asie centrale. 2° édition. 1 vol. in-12. . . . . 4 fr. »

GONCOURT (E. ET J. DE)

Histoire de la société française pendant la Révolution et pendant le Directoire. Nouvelle édition. 2 vol. in-12. . . . . 7 fr. »

GRUN

Pensées des divers âges de la vie. Nouv. édit. 1 vol. in-12 . . . .

GUADET

Les Girondins. Leur vie privée, leur vie publique, leur proscription et leur mort 2° édit. 2 vol. in-12. . . . . 7 fr. .

GUIZOT

Histoire de la Révolution d'Angleterre, depuis l'avénement de Charles I°ʳ jusqu'au rétablissement des Stuarts (1625-1660). 6 vol. in-12, en trois parties. 21 fr.
— **Histoire de Charles I°ʳ,** depuis son avénement jusqu'à sa mort (1625-1649), précédée d'un *Discours sur la Révolution d'Angleterre.* 7° édit. 2 vol. in-12. 7 fr.
— **Histoire de la République d'Angleterre et de Cromwell** (1649-1658). Nouvelle édition. 2 vol. in-12. . . . . 7 fr.
— **Histoire du protectorat de Richard Cromwell** et du **rétablissement des Stuarts** (1659-1660). 3° édition. 2 vol. in-12. . . . . 7 fr.
Monk. Chute de la République, etc. Étude historique. 1 vol. in-12. 3 fr. 50
Portraits politiques des hommes des divers partis : *Parlementaires, Cavaliers, Républicains, Niveleurs;* études historiques. 1 vol. in-12. . . . . . 3 fr. 50
Sir Robert Peel. Étude d'histoire contemporaine, augmentée de documents inédits. 1 vol. in-12. . . . . 3 fr. 50
Essais sur l'Histoire de France, etc. Nouv. édit. 1 vol. in-12. . . 3 fr. 50
Histoire de la civilisation en Europe et en France, depuis la chute de l'Empire romain, etc. 7° édit. 5 vol. in-12. . . . . 17 fr. 50
Histoire des origines du Gouvernement représentatif *et des Institutions politiques de l'Europe.* Nouvelle édit. 2 vol. in-12. . . . . 7 fr.
Corneille et son temps. Étude littéraire suivie d'un *Essai sur Chapelain, Rotrou et Scarron,* etc. Nouv. édit. 1 vol. in-12. . . . . 3 fr. 50
Méditations et Études morales. Nouv. édit. 1 vol. in-12. . . . . . 3 fr. 50
Études sur les Beaux-Arts en général. Nouv. édit. 1 vol. in-12. . . 3 fr.
Discours académiques, suivis des *Discours prononcés au Concours général de l'Université et devant diverses Sociétés religieuses,* etc. 1 vol. in-12. . 3 fr. 50
Abailard et Héloïse. Essai historique par M. et M°° GUIZOT, suivi des *Lettres d'Abailard et d'Héloïse,* trad. par M. Oddoul. Nouv. édit. 1 vol. in-12.. 3 fr. 50
Histoire de Washington, par M. C. DE WITT, avec une Introduction par M. GUIZOT. Nouv. édit. 1 vol. in-12, avec carte.. . . . . 3 fr. 50
Grégoire de Tours et Frédégaire. — HISTOIRE DES FRANCS ET CHRONIQUE, trad. Nouv. édit. revue et augmentée de la *Géographie de Grégoire de Tours et de Frédégaire,* par M. ALFRED JACOBS. 2 vol. in-12. . . . . 7 fr.
Cet ouvrage est autorisé pour les Écoles publiques par décision de Son Exc. le ministre de l'Instruction publique.
Shakspeare. Œuvres complètes. 8 vol. in-12, à. . . . . 3 fr. 50

GUIZOT (GUILLAUME)

Ménandre. Étude historique et littéraire sur la Comédie et la Société grecques. (*Ouvrage couronné par l'Académie française.*) 1 vol. in-12 avec portrait.. 3 fr. 50

EUGÉNIE DE GUÉRIN

Journal et Fragments, publiés par TRÉBUTIEN. (*Ouvrage couronné par l'Académie française.*) 20° édition. 1 vol. in-12. . . . . 3 fr. 50
Lettres d'Eugénie de Guérin. 11° édit. 1 vol. in-12.. . . . . 3 fr. 50
Étude sur Eugénie de Guérin par AUG. NICOLAS. Broch. in-12. . . . . 50 c.

MAURICE DE GUÉRIN

Journal, Lettres et Fragments publiés par TREBUTIEN, avec une Étude par M. SAINTE-BEUVE. 11ᵉ édition. 1 vol. in-12 . . . . 5 fr. 50

HOUSSAYE (ARSÈNE)

Les Charmettes. — *J. J. Rousseau et Madame de Warens.* Nouvelle édition. 1 vol. in-12, portrait . . . . 3 fr. 50

HOUSSAYE (HENRY.)

Histoire d'Apelles. Etudes sur l'art grec. 2ᵉ édit. 1 vol. in-12 avec fig. 5 fr. 50

JACQUINET

Tableau du Monde physique. Excursions à travers la science. 1 vol. in-12. 3 fr.

JACOBS (ALFRED)

L'Afrique nouvelle. — Récents voyages.— État moral, intellectuel et social dans le continent noir. 1 vol. in-12 avec Carte . . . . 3 fr. 50

J. JANIN

La Poésie et l'Éloquence à Rome au temps des Césars. Nouvelle édition. 1 vol. in-12 . . . . 3 fr. 50

JOUBERT

Pensées, précédées de sa Correspondance, d'une notice par M. P. DE RAYNAL, et de jugements littéraires par MM. SAINTE-BEUVE, SAINT-MARC GIRARDIN, DE SACY, GÉRUSEZ et POITOU. Nouv. édit. 2 vol. in-12 . . . . 7 fr.

JOULIN (Dr)

Les Causeries du Docteur. 1 vol. in-12 . . . . 5 fr.

JOUSSERANDOT

La Civilisation moderne. 2ᵉ édit. 1 vol. in-12 . . . . 5 fr. 50

JULIEN (STANISLAS)

Yu-kiao-li. — *Les Deux cousines,* — roman chinois. 2 vol. in-12 . . . . . 7 fr.
Les Deux jeunes filles lettrées. Roman traduit du chinois. 2 vol. in-12. 7 fr.

LAGRANGE (Mᵐᵉ DE)

Laurette de Malboissière. Correspondance d'une jeune fille du temps de Louis XIV. 1 vol. in-12 . . . . 3 fr. 50

LAGRANGE (J.)

Joseph Vernet et la Peinture au XVIIIᵉ siècle. 2ᵉ édit. 1 vol. in-12. . . 5 fr. 50

LAMENNAIS

Dante. *La Divine Comédie.* Trad. avec une introd. et des notes. Nouvelle édition. 2 vol. in-12 . . . . 7 fr.
Correspondance inédite de Lamennais, publiée par M. Forgues. Nouvelle édition. 2 vol. in-12 . . . . 7 fr.

LA MORVONNAIS

La Thébaïde des Grèves. — *Reflets de Bretagne.* — Suivis de poésies posthumes. Nouvelle édition. 1 vol. in-12 . . . . 3 fr. 50

LANNAU-ROLLAND

Michel-Ange et Vittoria Colonna. Étude suivie de la traduct. complète des poésies de Michel-Ange. Nouv. édit. 1 vol. in-12 . . . . 3 fr.

LA PILORGERIE (J. DE)

Campagne et Bulletins de la grande armée d'Italie commandée par Charles VIII, d'après des documents rares ou inédits. 1 vol. in-12 . . . . . 3 fr. 50

LAPRADE (VICTOR DE)

Le Sentiment de la nature avant le christianisme. 2ᵉ édit. 1 vol. in-12. 3 fr. 50
Questions d'Art et Morale. Nouv. édit. 1 vol. in-12. . . . . 5 fr. 50

LEBRUN (PIERRE)

Œuvres poétiques et dramatiques. Nouv. édit. 4 vol. in-12 . . . . . 14 fr.

LEGOUVÉ

Histoire morale des Femmes. 4ᵉ édit. revue et augm. 1 vol. in-12. 3 fr. 50

LÉLUT
Physiologie de la pensée. Recherche critique des rapports du corps à l'esprit. Nouv. édit. 2 vol. in-12. . . . .•. . . . 7 fr.

LEMOINE (ALBERT)
L'Ame et le Corps. Études de philosophie morale et natur. 1 vol. in-12. 3 fr. 50
L'Aliéné devant la philosophie, la morale et la société. 2ᵉ édit. 1 vol. in-12. 3 fr. 50

LENORMANT (Mᵐᵉ)
Quatre Femmes au temps de la Révolution. (*Ouvrage couronné par l'Académie française.*) 1 vol. in-12. . . . . 3 fr. 50

LENORMANT (FR.)
Turcs et Monténégrins. 1 vol. in-12. . . . . 3 fr. 50

LÉPINOIS (L. DE)
Le Gouvernement des papes et les révolutions dans les États de l'Église, 2ᵉ édit. 1 vol. in-12. . . . . 3 fr. 50

J. LEVALLOIS
Critique militante. Études de philosophie littéraire. 1 vol. in-12. . . 3 fr. 50

LIVET (CH. L.)
Précieux et Précieuses. Caractères et mœurs du xviiᵉ siècle. 2ᵉ édition. 1 vol. in-12. . . . . 3 fr. 50

LUCAS
Le Procès du matérialisme. Étude philosophique. 1 vol. in-12. . . 3 fr. »

MARGERIE (A. DE)
Théodicée. Études sur Dieu, la Providence, la Création. 2ᵉ édit. 2 vol. in-12. 7 fr. »

MARMIER (XAV.)
Souvenirs d'un voyageur. 1 vol. in-12. . . . . 3 fr. 50

MARTIN (TH. HENRY)
La Foudre, l'Électricité et le Magnétisme chez les anciens. 1 v. in-12. 3 50

MARY *** (Dʳ)
Le Christianisme et le Libre Examen. Discussion critique des arguments apologétiques. 2ᵉ édition. 2 vol. in-12. . . . . 7 fr. »

MATTER
Le Mysticisme au temps de Fénelon. 2ᵉ édit. 1 vol. in-12. . . . . 3 fr. 50
Saint-Martin, le Philosophe inconnu, etc. 2ᵉ édition. 1 vol. in-12. . . 3 fr. 50
Swedenborg, sa vie, sa doctrine, etc. 2ᵉ édition. 1 vol. in-12. . . . . 3 fr. 50

MATHIEU
Histoire des Miraculés et des Convulsionnaires de St-Médard, avec Notices sur le diacre Pâris, Carré de Montgeron et le Jansénisme. 1 v. in-12. 3 fr. 50

MAURY (ALFRED)
Les Académies d'autrefois. 2 vol. in-12.
  — *L'ancienne Académie des sciences.* 2ᵉ édition. 1 vol. in-12. . . . . 3 fr. 50
  — *L'ancienne Académie des inscriptions et belles-lettres.* 1 v. in-12. 3 fr. 50
Croyances et légendes de l'antiquité. 2ᵉ édition 1 vol. in-12. . . . 3 fr. 50
La Magie et l'Astrologie dans l'antiquité et au moyen âge. 3ᵉ édition. 1 vol in-12. . . . . 3 fr. 50
Le Sommeil et les Rêves. 3ᵉ édit. revue et augm. 1 vol. in-12. 3 fr. 50

MENARD
Tableau historique des Beaux-Arts, depuis la Renaissance. 2ᵉ édit. 1 vol. in-12. . . . . 3 fr. 50.
Hermès Trismégiste, traduction et étude. 2ᵉ édit. 1 vol. in-12. . . . 3 fr. 50

MENNESSIER-NODIER (Mᵐᵉ)
Charles Nodier. Épisodes et souvenirs de sa vie. 1 vol. in-12. . . . . 3 fr. 50

MERCIER DE LACOMBE (CH.)
Henri IV et sa politique (*Ouvrage couronné par l'Académie française, 2ᵉ prix Gobert*). Nouv. édit. 1 vol. in-12. . . . . 3 fr. 50

MERLET (G.)
Causeries sur les femmes et les livres. 1 vol. in-12. . . . . 3 fr. 50
Portraits d'hier et d'aujourd'hui. 1 vol. in-12. . . . . 3 fr. 50
Les Réalistes et les Fantaisistes dans la littérature. 1 vol. in-12. 3 fr. 50

MICHAUD (L'ABBÉ)
Guillaume de Champeaux et les [écoles de Paris au xii° siècle. 2° édit. 1 vol.
in-12. . . . . 3 fr. 50

MIGNET
Éloges historiques, faisant suite aux *Portraits et Notices.* Nouvelle édition. 1 vol.
in-12. . . . . 3 fr. 50
Charles-Quint, SON ABDICATION, SON SÉJOUR ET SA MORT AU MONASTÈRE DE YUSTE.
7° édit. 1 vol. in-12. . . . . 3 fr. 50
Histoire de la Révolution française depuis 1789 jusqu'à 1814. 9° édit. 2 vol.
in-12. . . . . 7 fr. »

MOLAND (LOUIS)
Molière et la comédie italienne. 2° édition. 1 joli vol. illustré de 20 types du
théâtre italien. . . . . 4 fr. »
Origines littéraires de la France. — Légende. — Roman. — Prédication. —
Théâtre, etc. 2° édit. 1 vol. in-12. . . . . 3 fr. 50

MONTALEMBERT
De l'Avenir politique de l'Angleterre. 6° édit. augmentée. 1 v. in-12. 3 fr. 50

MOUY (CH. DE)
Don Carlos et Philippe II *(ouvrage couronné par l'Académie française).* 1 vol.
in-12. . . . . 3 fr. 50

NIGHTINGALE (MISS)
Des Soins à donner aux malades, etc. Traduit de l'anglais et précédé d'une
lettre de M. GUIZOT et d'une Introduction par le D' DAREMBERG. 1 vol. in-12. 3 fr.

NOURRISSON (F.)
Tableau des progrès de la pensée humaine depuis Thalès jusqu'à Hegel.
4° édit. augm., 1 vol. in-12. . . . . 4 fr. »
Philosophie de saint Augustin *(ouvrage couronné par l'Institut).* 2° édition.
2 vol. in-12. . . . . 7 fr. »
La Politique de Bossuet. 1 vol. in-12. . . . . 3 fr. »
Spinosa et le Naturalisme contemporain. 1 vol. in-12. . . . . 3 fr. »
Portraits et Études. Histoire et Philosophie. Nouv. édit. 1 vol. in-12. . 3 fr. 50
Le Cardinal de Bérulle. Sa vie, son temps, ses écrits. 1 vol. in-12. . 3 fr. »

D'ORTIGUE (J.)
La Musique à l'église. Philosophie, littérat., critique music. 1 v. in 12. 3 fr. 50

PAGANEL
Histoire de Scanderbeg ou *Turks et Chrétiens au xv° siècle.* Nouv. édit. 1 vol.
in-12. . . . . 3 fr. 50

PELLISSIER
La Langue française depuis son origine jusqu'à nos jours; tableau historique
de sa formation et de ses progrès. 1 vol. in-12. . . . . 3 fr. »

PENQUER (M⁻⁰)
Les Chants du foyer. Poésies. 2° édition. 1 vol. in-12. . . . . 3 fr. 50
Révélations poétiques. 2° édit. 1 vol. in-12. . . . . 3 fr. 50

PEZZANI (A.)
La Pluralité des existences de l'âme conforme à la doctrine de la pluralité des
Mondes, opinions des philosophes anciens et modernes. 4° édit. 1 v. in-12. 3 fr. 50
Les Bardes druidiques. Synthèse philosophique du xix° siècle. 1 v. in-12. 1 fr. 50

PIERRON (ALEXIS)
Voltaire et ses Maîtres. Épisode de l'histoire des humanités en France. 1 volume in-12. . . . . 3 fr. »

POIRSON (AUG.)
Histoire du règne de Henri IV. Nouv. édit. 4 vol. in-12. . . . . 16 fr. »

PRELLER

es **Dieux de l'ancienne Rome.** — **Mythologie romaine,** traduction par L. Dietz, avec préface de M. Alf. Maury. 2ᵉ édition. 1 fort vol. in-12. . . 4 fr. »

PUYMAIGRE (TH. DE)

es **vieux Auteurs castillans.** 2 vol. in-12. . . . . 7 fr. »
ants **populaires** recueillis dans le pays messin, mis en ordre et annotés. 1 fort vol. in-12. . . . . 5 fr. »

RAYNAUD (M.)

s **Médecins au temps de Molière.** — Mœurs. — Institutions. — Doctrines Nouv. édition. 1 vol. in-12. . . . . 3 fr. 50

RÉMUSAT (CH. DE)

acon. Sa vie, son temps et sa philosophie. 1 vol. in-12. . . . . 3 fr. 50
'**Angleterre au XVIIIᵉ siècle.** Études et Portraits pour servir à l'histoire politique de l'Angleterre. 2 vol. in-12. . . . . 7 fr. »
ritiques et **Études littéraires.** Nouv. édition. 2 vol. in-12. . . . . . 7 fr. »

★ ★ ★

anning. Sa vie et ses œuvres, préface de M. de Rémusat. 1 vol. in-12. 3 fr. 50
a **Vie de village en Angleterre,** ou Souvenirs d'un exilé. 1 v. in-12. 3 fr. 50

RONDELET (ANT.)

Lendemain du mariage. 1 vol. in-12. . . . . 3 fr. 50
Morale de la richesse. 1 vol. in-12. . . . . 3 fr. 50
u **Spiritualisme en économie politique.** (*Ouvrage couronné par l'Académie des sciences morales.*) 2ᵉ édit. 1 vol. in-12. . . . . 3 fr. 50
émoires d'**Antoine,** ou notions populaires de morale et d'économie politique. (*Ouvrage couronné par l'Académie française.*) Nouvelle édition. 1 vol. in-12. 2 fr.

ROSELLY DE LORGUES

ristophe **Colomb.** Hist. de sa vie et de ses voyages. 2ᵉ édit. 2 vol. in-12. 7 fr.

ROUSSET (C.)

toire de Louvois et de son administration, etc. (*Ouvrage couronné par l'Académie française,* 1ᵉʳ *prix Gobert.*) Nouvelle édition. 4 vol. in-12. . 14 fr.

SAISSET

cartes, ses **Précurseurs, ses Disciples.** 2ᵉ édition. 1 vol. in-12. 3 fr. 50
Scepticisme. Ænésidème, Pascal, Kant, etc. 2ᵉ édit. 1 vol. in-12. 3 fr. 50

SACY (S. DE)

'étés **littéraires,** morales et historiques. Nouv. édit. 2 vol. in-12. . . 7 fr.

SAINTE-AULAIRE (Mᵐᵉ DE)

Chanson d'Antioche, composée par Richard le Pèlerin, etc. trad. 1 vol. -12. . . . . 3 fr. 50

SAINT-HILAIRE (BARTH.)

Bouddha et sa religion. 3ᵉ édit. revue et corrigée. 1 vol. in-12. . 3 fr. 50
omet et le **Coran,** précédé d'une Introduction sur les devoirs mutuels de la ligion et de la philosophie. 2ᵉ édit. 1 vol. in-12. . . . . 3 fr. 50

SALVANDY

Alonso, ou l'Espagne. Histoire contemporaine. Nouv. édit. 2 vol. in-12. 7 fr.

SCHILLER

es **dramatiques complètes.** Traduction de M. de Barante, revue par . de Suckau. 3 vol. in-12. . . . . 10 fr.

SCHNITZLER

Russie en 1812. — *Rostoptchine et Kutusof.* Nouv. édit. 1 vol. in-12. 3 fr. 50

SÉGUR

Histoire universelle. Ouv. adopté par l'Université. 8ᵉ édit. 6 vol. in-12.   18 f
— **Histoire ancienne** Nouv. édit. 2 vol. in-12. . . . .   6 f
— **Histoire romaine.** Nouv. édit. 2 vol. in-12. . . . .   6 f
— **Histoire du Bas-Empire.** Nouv. édit. 2 vol. in-12. . . . .   6 f
Galerie morale, avec une notice par M. SAINTE-BEUVE. 1 vol. in-12. . . .   3

SHAKSPEARE

Œuvres complètes. Traduction de M. GUIZOT. 8 vol. in-12 à. . . . . .   5 fr.

ALEX. SOREL

Le Couvent des Carmes et le Séminaire Saint-Sulpice pendant la Terreu
2ᵉ édit. 1 vol. in-12 avec figures. . . . .   3 fr.

THURET (Mᵐᵉ)

Mademoiselle de Sassenay. Histoire d'une grande famille sous Louis XV
2 vol. in-12. . . . .   7 fr.
Belle mère et belle fille, roman moral. 1 vol. in-12. . . . .   4 fr.

THIERRY (AMÉDÉE)

Histoire d'Attila et de ses successeurs en Europe. 3ᵉ édit. 2 vol. in-12.   7 f
Tableau de l'Empire romain, depuis la fondation de Rome, etc. Nouv. édi
1 vol. in-12. . . . .   3 fr.
Récits de l'Histoire romaine au Vᵉ siècle. Derniers temps de l'empire d'Occ
dent. Nouv. édit. 1 vol. in-12. . . . .   3 fr.
Histoire des Gaulois depuis les temps les plus reculés jusqu'à l'entière domin
tion romaine. Nouv. édit. 2 vol. in-12. . . . .   7 f

VILLEMAIN

La République de Cicéron, traduite et accompagnée d'une Introduction et d
Suppléments historiques. 1 vol. in-12. . . . .   3 fr.
Choix d'Études SUR LA LITTÉRATURE CONTEMPORAINE : *Rapports académiques. Étud
sur Chateaubriand, A. de Broglie, Nettement,* etc. 1 vol. in-12. . . . . .   3 fr.
Cours de Littérature française, comprenant : le *Tableau de la Littérature a
XVIIIᵉ siècle* et le *Tableau de la Littérature au moyen âge.* Nouvelle édition. 6 vo
in-12. . . . .   21 f
— **Tableau de la Littérature au XVIIIᵉ siècle.** 4 vol. in-12. . . . .   14 f
— **Tableau de la Littérature au moyen âge.** 2 vol. in-12. . . . . . .   7 f
Tableau de l'Éloquence chrétienne au IVᵉ siècle, etc. Nouvelle édition. 1 fo
vol. in-12. . . . .   3 fr.
Discours et Mélanges littéraires : *Éloges de Montaigne et de Montesquieu.
Notices sur Fénelon et sur Pascal. — Discours sur la critique. — Rapports et Di
cours académiques.* Nouv. édit. 1 vol. in-12. . . . .   3 fr.
Études de Littérature ancienne et étrangère : *Sur Hérodote. — Études sur L
crèce, Lucain, Cicéron,* etc. — *De la corruption des lettres romaines. — Essai s
les romans grecs. — Shakspeare, Milton; Byron,* etc. Nouvelle édition. 1 v
in-12. . . . .   3 fr.
Études d'Histoire moderne : *Discours sur l'état de l'Europe au XVᵉ siècle.
Lascaris. — Essai historique sur les Grecs. — Vie de L'Hôpital.* Nouv. édit. 1 v
in-12. . . . .   5 fr.
Souvenirs contemporains d'Histoire et de Littérature. 2 vol. in-12. .   7 fr.
— **Première partie : M. de Narbonne,** etc. Nouv. édit. 1 vol. in-12. .   3 fr.
— Deuxième partie : **Les Cent-Jours.** Nouv. édit. 1 vol. in-12. . . . .   3 fr.

VILLEMARQUÉ (H. DE LA)

Barzaz Breiz. Chants populaires de la Bretagne, recueillis et annot
7ᵉ édit. (*Ouvrage couronné par l'Académie française*). 1 vol. in-12 avec m
sique.   5
Le Grand Mystère de Jésus, drame breton du moyen âge, avec une Étude s
le théâtre celtique. 2ᵉ édit. 1 vol. in-12 . . . .   3 fr.
La Légende celtique et la Poésie des Cloîtres bretons. Nouvelle édition. 1 v
in-12. . . . .   3 fr.
L'Enchanteur Merlin (Myrdhinn). Son histoire, ses œuvres, son influen
Nouv. édit. 1 vol. in-12. . . . .   3 fr.

WHYTE MELVILLE

Les Gladiateurs. Rome et Judée. Roman antique trad. par Bernard DEROSNE, avec préface de TH. GAUTIER. 2ᵉ édit. 2 vol. in-12. . . . . 7 fr.

WITT (C. DE)

Études sur l'histoire des États-Unis d'Amérique. 2 vol. in-12.. . . 7 fr.

— **Histoire de Washington** *et de la fondation de la République des États-Unis*, par M. CORNÉLIS DE WITT, avec une Etude par M. GUIZOT. Nouv. édit. 1 vol. in-12 avec carte. . . . . 3 fr. 50

— **Thomas Jefferson.** *Étude sur la démocratie américaine.* Nouvelle édition. 1 vol. in-12. . . . . 3 fr. 50

ZELLER

Les Empereurs romains. Caractères et portraits historiques. 2ᵉ édition, 1 vol. in-12. . . . . 3 fr. 50

Entretiens sur l'histoire. — Antiquité et moyen âge. 1 vol. in-12. . 5 fr. 50

Entretiens sur l'histoire. — Moyen âge. 1 vol. in-12. . . . . 5 fr. 50

Conférences littéraires de la salle Barthélemy, au profit des blessés polonais. *Première série,* par MM. SAINT-MARC GIRARDIN, LEGOUVÉ, LABOULAYE, HENRI MARTIN, WOLOWSKI, FOUCHER DE CAREIL, F. DE LESSEPS, LACHAMBEAUDIE. 1 volume in-12. . . . . 2 fr. 50

—— *Deuxième série,* par MM. ALBERT GIGOT, HENRI MARTIN, VIENNET, LEGOUVÉ, LEFÈVRE-PONTALIS, YUNG, JULES SIMON, A. BARBIER, ODILON BARROT. 1 volume in-12. . . . . 2 fr. 50

OUVRAGES DE M. ALLAN KARDEC

Qu'est-ce que le Spiritisme? Introduction à la connaissance du monde invisible ou des Esprits. 3ᵉ édition, augmentée. 1 vol. in-12. . . . . 1 fr.

Le Spiritisme à sa plus simple expression. Exposé sommaire de l'Enseignement des Esprits et de leurs manifestations. In-12. . . . . 15 c.

Le Livre des Esprits, contenant : les principes de la doctrine spirite sur l'immortalité de l'âme, la nature des Esprits et leurs rapports avec les hommes; les lois morales; la vie présente, la vie future et l'avenir de l'humanité, selon l'enseignement donné par les Esprits. 12ᵉ édition. 1 fort vol. in-12. . . . . 3 fr. 50

Le Livre des Médiums, ou GUIDE DES MÉDIUMS ET DES ÉVOCATEURS, contenant l'enseignement spécial des Esprits sur la théorie de tous les genres de manifestations, les moyens de communiquer avec le monde invisible, etc. 8ᵉ édition. 1 fort vol. in-12.. . . . . 3 fr. 50

Ciel et l'Enfer, ou LA JUSTICE DIVINE SELON LE SPIRITISME. 1 vol. in-12. 3 fr. 50

Évangile selon le spiritisme : PARTIE MORALE. 3ᵉ édit. 1 vol. in-12. 3 fr. 50

Révélations du monde des esprits, par J. ROZE, médium. 3 vol. in-12. 4 fr. 50

Phénomènes des frères Davenport. Trad. du Dʳ NICHOLS. 1 v. in-12.. 2 fr. 50

Les forces naturelles inconnues, à propos des phénomènes produits par les frères Davenport et par les médiums en général. Etude critique par HERMÈS. In-12. . . . . 1 fr.

Histoire de Jeanne d'Arc, dictée par elle-même à Ermance DUFAUX. 2 édit. 1 vol. in-12. . . . . 3 fr.

Les Bardes druidiques. Synthèse philosophique du XIXᵉ siècle par M. A. PEZZANI. 1 vol. in-12. . . . . 1 fr. 50

BIBLIOTHÈQUE D'ÉDUCATION MORALE

Première série à 3 fr. le vol. broché

Mᵐᵉ LA PRINCESSE DE BROGLIE

Les Vertus chrétiennes. — Les Vertus théologales et les Commandements de Dieu. Ouvrage approuvé par Mgr l'Archevêque de Paris. 2 vol. in-12, illustré de lithographies et de vignettes.

Mᵐᵉ DE WITT, NÉE GUIZOT

Scènes d'histoire et de famille, 1 vol. in-12.

Une Famille à Paris. Scènes de la Vie des jeunes filles. 1 vol. in-12, orné de lithographies et vignettes.

Promenades d'une Mère, ou les douze Mois. 1 vol. in-12, orné de lithographies et de vignettes.

Les Petits Enfants, contes. 1 vol. in-12, orné de lithographies et de vignettes.

Contes d'une Mère à ses Enfants. 1 vol. in-12, orné de lithographies et de vignettes.

Une Famille à la campagne. 1 vol. in-12, orné de lithographies et de vignettes.

Hélène et ses Amies, histoire pour les jeunes filles ; traduit de l'anglais. 1 vol. in-12, orné de lithographies.

DE GERANDO ET Bⁱᵉ DELESSERT

Les Bons exemples, nouvelle morale en action. — *Charité et Dévouement.* 1 vol. in-12, illustré de jolies vignettes de J. DAVID.

—— 2ᵉ série : *Courage et Humanité.* 1 vol. in-12, illustré de jolies vignettes de J. DAVID.

Mˡˡᵉ ULLIAC-TRÈMADEURE

André, ou LA PIERRE DE TOUCHE. (*Ouvrage couronné.*) Nouv. édit. 1 joli vol. in-12, illustré de lithographies.

Contes de ma mère l'Oie. Nouv. édit. 1 joli vol. in-12, illustré de lithographies.

MICHEL MASSON

Les Enfants célèbres, histoire des enfants qui se sont immortalisés par le malheur, la piété, le courage, le génie, etc. Nouvelle édition. 1 vol. in-12, orné de lithographies et vignettes.

Les Lectures en famille. Simples récits du foyer domestique. 1 vol.

Mᵐᵉ GUILLON-VIARDOT

Cinq Années de la Vie des Jeunes Filles. (*L'Entrée dans le monde.*) 1 joli vol. in-12.

Mᵐᵉ A. TASTU

Lettres choisies de madame de Sévigné, avec son Éloge. (*Couronné par l'Académie française.*) 1 vol. in-12.

Deuxième série à 2 fr. le vol. broché.

Mᵐᵉ GUIZOT

L'Écolier, ou RAOUL ET VICTOR. (*Ouvrage couronné par l'Académie française.*) 12ᵉ édition. 2 vol. in-12, 8 vignettes.

Une Famille, par Mᵐᵉ GUIZOT, ouvrage continué par Mᵐᵉ A. TASTU. 7ᵉ édition. 2 vol. in-12, 8 vignettes.

Les Enfants. Contes pour la jeunesse. 10ᵉ édition. 2 vol. in-12, 8 vignettes.

Nouveaux Contes pour la jeunesse. 9ᵉ édition. 2 vol. in-12, 8 vignettes.

Récréations morales. Contes pour la jeunesse. 10ᵉ édit. 1 vol. in-12, 4 vign.

Lettres de Famille sur l'éducation. (*Ouvrage couronné par l'Académie française.*) 5ᵉ édition. 2 vol. in-12. . . . . 6 fr

M⁻ F. RICHOMME

Julien et Alphonse, ou le Nouveau Mentor. *(Ouvrage couronné par l'Académie française.)* 1 vol. in-12, 6 lithographies.

ERNEST FOUINET

Souvenirs de Voyage en Suisse, en Grèce, en Espagne, etc., ou Récits du Capitaine Kernoel, destinés à la jeunesse. 1 vol. in-12 avec 6 lithographies.

Mⁱⁱᵉ C. DELEYRE

Contes pour les enfants de 5 à 7 ans. Nouv. édit. revue par M⁻ F. Richomme. 1 vol. in-12, avec jolies lithographies.

Contes pour les enfants de 7 à 10 ans. Nouv. édit. revue par M⁻ F. Richomme. 1 vol. in-12, avec jolies lithographies.

Mⁱⁱᵉ ULLIAC-TRÉMADEURE

Les Jeunes Naturalistes. Entretiens familiers sur les *animaux,* les *végétaux* et les *minéraux.* 5ᵉ édition. 2 vol. in-12, ornés de 32 vignettes.

Mⁱⁱᵉ ULLIAC-TRÉMADEURE *(suite)*

Claude, ou le Gagne-Petit. *(Ouv. cour. par l'Acad. fr.)* 2ᵉ édit. 1 v. in-12, 4 vig.

Étienne et Valentin, ou Mensonge et Probité. *(Ouvrage couronné.)* 3ᵉ édition. 1 vol. in-12. 4 vignettes.

Les Jeunes Artistes. Contes sur les beaux-arts. Nouv. édit. 1 vol. in-12. 4 vig.

Contes aux jeunes Naturalistes sur les animaux domestiques. 5ᵉ édition. 1 vol. in-12, 4 vignettes.

Émilie, ou la jeune Fille auteur. 1 vol. in-12. 4 vignettes.

M⁻ A. TASTU

Les Récits du Maître d'école imités de César Cantu. 1 vol. in-12. 4 vignettes.

Les Enfants de la vallée d'Andlau, notions familières sur la religion, les merveilles de la nature, etc., par M⁻ Voïart et A. Tastu. 2 vol. in-12, 8 vignettes.

Lectures pour les Jeunes Filles. Modèles de littérature en *prose* et en *vers,* extraits des Écrivains modernes. 2 vol. in-12, 8 portraits.

Album poétique des jeunes Personnes, ou Choix de poésies, extrait des meilleurs auteurs. 1 vol. in-12, 4 portraits.

M⁻ DELAFAYE-BRÉHIER

Les Petits Béarnais. Leçons de morale. 12ᵉ édition. 2 vol. in-12, 8 vignettes.

Les Enfants de la Providence, ou Aventures de trois Orphelins. 6ᵉ édition, revue par M⁻ F. Richomme. 2 vol. in-12, 8 vignettes.

Le Collège incendié, ou les Écoliers en voyage. 6ᵉ édit. 1 vol. in-12, 4 vign.

M⁻ L. BERNARD

Les Mythologies racontées à la jeunesse. 5ᵉ édition. 1 vol. in-12, orné de gravures d'après l'antique.

BERQUIN

L'Ami des Enfants. Édition complète. 2 vol. in-12, 32 figures.

M⁻ ÉL. MOREAU-GAGNE

Voyages et aventures d'un jeune Missionnaire en Océanie, etc. 1 vol. in-12 4 lithographies.

FERTIAULT

Les Voix amies. Enfance, jeunesse, raison. Poésies. 1 vol. in-12.

OUVRAGES ILLUSTRÉS GRAND IN-8

M⁻ TASTU

Éducation maternelle. *Simples leçons d'une mère à ses enfants,* sur la lecture, l'écriture, l'arithmétique, la grammaire, la mémoire, la géographie, l'histoire sainte, etc. Nouvelle édition, imprimée avec luxe, illustrée de 500 jolies vignettes et cartes coloriées. 1 vol. grand in-8, papier jésus glacé. *(Sous presse.)*

Le premier Livre de l'Enfance, lecture et écriture Extrait de l'*Education maternelle.* 1 vol. de 80 pages, grand in-8, illustré de plus de 100 vignettes, papier vélin glacé, cartonné avec la couverture. . . . . 2 fr.

FÉNELON

Les Aventures de Télémaque et **les Aventures d'Aristonoüs.** Édition illustrée par Tony Johannot, Baron, C. Nanteuil, etc., accompagnée d'Etudes, par MM. Villemain, S. de Sacy, de l'Académie française, et J. Janin, et suivie d'un *Vocabulaire historique et géographique.* 1 beau vol. grand in-8, illustré de plus de 200 belles vignettes. . . . . 9 fr.

MICHEL MASSON

Les Enfants célèbres. Histoire des enfants qui se sont immortalisés par le malheur, la piété, le courage, le génie et les talents. Nouvelle édition. 1 beau vol. grand in-8, illustré de très-jolies lithographies et de vignettes sur bois. 8 fr.

M⁻ GUIZOT

L'Amie des Enfants. Petit Cours de morale en action, comprenant tous les Contes de M⁻ Guizot. Nouvelle édition, enrichie de *Moralités* en vers, par M⁻ Elise Moreau. 1 fort vol. grand in-8, illustré de belles gravures. . . . 18 fr.

L'Écolier, ou Raoul et Victor. *(Ouvrage couronné par l'Académie française.)* Nouvelle édition. 1 joli vol. grand in-8, illustré de belles lithographies.. 8 fr.

PITRE-CHEVALIER

La Bretagne ancienne depuis son origine jusqu'à sa réunion à la France. Nouvelle édition. 1 beau vol. grand in-8, illustré par MM. A. Leleux, Penguilly et T. Johannot, de plus de 200 belles vignettes sur bois, gravures sur acier, types et cartes coloriés. . . . . 15 fr.

La Bretagne moderne depuis sa réunion à la France jusqu'à nos jours. *Histoire des États et des Parlements, de la Révolution dans l'Ouest, des guerres de la Vendée,* etc., illustrée par MM. Leleux, Penguilly et T. Johannot. 1 beau vol. grand in-8, orné de plus de 200 vignettes sur bois, gravures sur acier, types et cartes coloriés.. . . . . 15 fr.

La Suisse illustrée. Description et histoire de ses vingt-deux cantons, par MM. de Chateauvieux, Dubochet, Francini, Monnard, Meyer de Knonau, de Ruttimann, Schnell, Strohmeier, de Tscharner, Henry Zschokke, etc.; *illustrée* de 32 jolies vues gravées sur acier et carte. 1 vol. gr. in-8 jésus. Nouvelle édit. 10 fr.

— Le même ouvrage, en 2 vol. grand in-8, *illustrés* de 90 jolies vues gravées sur acier, costumes coloriés et cartes. . . . . 20 fr.

BUFFON

Le Petit Buffon illustré. Histoire naturelle des *Quadrupèdes,* des *Oiseaux,* des *Insectes* et des *Poissons;* extraite de Buffon, Lacépède, Olivier, etc., par le bibliophile Jacob. 4 vol. gr. in-32, ornés de 325 figures gravées sur acier. 6 fr.

— Le même, avec les 325 figures coloriées avec soin. . . . . 10 fr.

BERQUIN

Œuvres complètes de Berquin, renfermant l'*Ami des Enfants et des Adolescents,* le *Livre de famille, Sandford et Merton,* etc. 4 vol. in-8, format anglais, illustrés de 200 vignettes. . . . . 10 fr.

— **L'Ami des Enfants et des Adolescents.** 2 vol. in-8, avec 100 fig. . 6 fr.

— **Le Livre de Famille.** 1 vol. in-8 avec 50 vignettes. . . . . 3 fr.

— **Sandford et Merton.** 1 vol. in-8, avec 50 vignettes. . . . . 3 fr.

L'Ami des Enfants. Nouvelle édition complète. 1 vol. grand in-8, illustré de jolies lithographies et de vignettes. . . . . 7 fr. 50

HERBIER DES DEMOISELLES

Traité de la Botanique présentée sous une forme nouvelle et spéciale, contenant la description des plantes et les classifications, l'exposé des plantes les plus utiles; leur usage dans les arts et l'économie domestique et les souvenirs historiques qui y sont attachés; les règles pour herboriser; la disposition d'un herbier; etc., etc., par ED. AUDOUIT, édit. revue par le Dr HOEFER. 1 v. in-8, *illustré* de 355 jolies vignettes coloriées. . . . . 10 fr.

— LE MÊME OUVRAGE. 1 vol. in-12, avec les grav. noires. . . . . 5 fr.
  — — — — grav. coloriées. . . . . . . 7 fr. 5

Atlas de l'Herbier des Demoiselles, dessiné par BELAIFE, gravé et colorié avec soin. Joli album in-4 (*Nouvelle édition sous presse*).

DICTIONNAIRE DE MÉDECINE USUELLE

A l'usage des gens du monde, des chefs de famille et des grands établissements, des administrateurs, des magistrats, des officiers de police judiciaire, et enfin de tous ceux qui se dévouent au soulagement des malades.

Par une société de Membres de l'Institut, de l'Académie de médecine, de Professeurs, de Médecins, d'Avocats, d'Administrateurs et de Chirurgiens des hôpitaux dont les noms suivent : ANDRIEUX, ANDRY, BLACHE, BLANDIN, BOUCHARDAT, BOURGERY, CAFFE, CAPITAINE, CARRON DU VILLARDS, CHEVALIER, CLOQUET (J.), COLOMBAT, COTTEREAU, COUVERCHEL, CULLERIER (A.), DELEAU, DEVERGIE, DONNÉ, FALRET, FIARD, FURNARI, GERDY, GILET DE GRAMMONT, GRAS (ALBIN), GUERSENT, HARDY, LARREY (H.), LAGASQUIE, LANDOUZY, LÉLUT, LEROY D'ETIOLLES, LESUEUR, MAGENDIE, MARC, MARCHESSEAUX, MARTINS, MIQUEL, OLIVIER (D'ANGERS), ORFILA, PAILLARD DE VILLENEUVE, PARISET, PLISSON, POISEUILLE, SANSON (A.), ROYER-COLLARD, TRÉBUCHET, TOIRAC, VELPEAU, VÉE, etc. Publié sous la direction du docteur BEAUDE, médecin inspecteur des eaux minérales, membre du Conseil de salubrité. 2 forts vol. in-4. . . . . 24 fr.
En demi-reliure dos de chagrin. . . . . 30 fr.

ŒUVRE DE DAVID (D'ANGERS)

Collection de 125 portraits contemporains gravés par les procédés de M. ACH. COLLAS, d'après les médaillons du célèbre artiste. Chaque portrait séparément. . . . . 75 c.

Portraits de Washington, de Napoléon Ier, de Louis-Philippe, gravés d'après les procédés de M. ACH. COLLAS. In-folio, chacun. . . . . 3 fr.

Bas-reliefs du Parthénon et du temple de Phigalie, disposés suivant l'ordre de la composition originale et gravés d'après les procédés de M. ACH. COLLAS. 1 joli album in-4 oblong, contenant 20 planches et un texte de 40 pages, par M. CH. LENORMANT, de l'Institut, cartonné élégamment à l'anglaise. . . . 16 fr.

OUVRAGES DE NAPOLÉON LANDAIS

ET DE SES COLLABORATEURS

Grand Dictionnaire général des Dictionnaires français, résumé de tous les dictionnaires, par N. LANDAIS, 14ᵉ édition, revue et augmentée d'un *Complément* de 1,200 pages. 3 vol. réunis en 2 vol. grand in-4 de 3000 pages.. . . . . 40 fr
Ce dictionnaire contient la nomenclature exacte des mots *usuels et académiques, archaïques et néologiques, artistiques, géographiques, historiques, industriels, scientifiques, etc., la conjugaison de tous les verbes irréguliers, la prononciation figurée des mots, les étymologies savantes, la solution de toutes les questions grammaticales, etc.*

Complément du Grand Dictionnaire de Napoléon Landais, pour les onze premières éditions, par une société de savants sous la direction de MM. D. CHÉSUROLLES et L. BARRÉ. 1 fort vol. in-4 de près de 1200 pages à 3 colonnes.. . 15 fr.

Grammaire générale des Grammaires françaises, présentant la solution de toutes les questions grammaticales, par N. LANDAIS. 6ᵉ édit. 1 vol. in-4. . 9 fr.

Petit Dictionnaire des Dictionnaires français, par N. LANDAIS. Ouvrage *entièrement refondu*, et offrant, sur un nouveau plan, la nomenclature complète, la prononciation nécessaire, la définition claire et précise et l'*étymologie* vraie de tous les mots du vocabulaire usuel et littéraire, et de tous les termes scientifiques, artistiques et industriels de la langue française, par M. CHÉSUROLLES. 1 très-joli in-32 de 600 pages.. . . . . 1 fr. 50

Dictionnaire des Rimes françaises, disposé dans un ordre nouveau d'après la distinction des rimes en *suffisantes, riches* et *surabondantes*, etc., précédé d'un *Traité de Versification*, etc., par N. LANDAIS et L. BARRÉ. 1 vol. in-32. 1 fr. 50

Petit Dictionnaire biographique des personnages célèbres de tous les temps et de tous les pays, *extrait du Dictionnaire de Napoléon Landais*, par M. D. CHÉSUROLLES. 1 fort vol. grand in-32 de 600 pages. . . . . 1 fr. 50

DICTIONNAIRE DE TOUS LES VERBES

De la langue française tant *réguliers qu'irréguliers*, entièrement conjugués, sous forme synoptique, précédé d'une théorie des verbes et d'un traité des participes, etc. d'après l'ACADÉMIE, LAVEAUX, TRÉVOUX, BOISTE, NAPOLÉON LANDAIS et nos grands écrivains; par MM. VERLAC et LITAIS DE GAUX, professeur, membre de la Société grammaticale de Paris, etc. 1 beau vol. in-4. Nouv. édit.. . . . 10 fr.

VERGANI

Grammaire italienne en 20 leçons, revue par MORRETTI et augmentée par BRUNETTI. Nouvelle édition. 1 vol. in-12.. . . . . 1 fr.

LE CORPS DE L'HOMME

Traité complet d'anatomie et de physiologie humaine, suivi d'un *Précis des Systèmes de* LAVATER *et de* GALL; à l'usage des gens du monde, des médecins et des élèves, par le docteur GALET. 4 vol. in-4, *illustré* de plus de 400 figures dessinées d'après nature et lithographiées. . . . . 90 fr.

— LE MÊME OUVRAGE, avec les 400 figures coloriées avec le plus grand soin. 140 fr.

LLE COLLECTION DES MÉMOIRES RELATIFS A L'HISTOIRE DE FRANCE
Par MM. Michaud et Poujoulat,
Avec la collaboration de MM. Champollion, Basin, Moreau, etc.

34 volumes grand in-8 jésus à 2 col., illustrés de plus de 100 portraits sur acier. Prix: 300 fr.

TRÉSOR
DE NUMISMATIQUE
ET DE GLYPTIQUE

OU

Recueil général des Médailles, Monnaies, Pierres gravées, Bas-Reliefs, Ornements, etc.

TANT ANCIENS QUE MODERNES

LES PLUS INTÉRESSANTS SOUS LE RAPPORT DE L'ART ET DE L'HISTOIRE

GRAVÉ PAR LES PROCÉDÉS DE M. ACHILLE COLLAS

SOUS LA DIRECTION DE

M. PAUL DELAROCHE, peintre; M. HENRIQUEL DUPONT, graveur,
M. CHARLES LENORMANT, conservateur de la Bibliothèque, membre de l'Institut, etc.

20 parties ou volumes in-folio, comprenant plus de 1,000 planches
accompagnées d'un texte historique et descriptif.

PRIX : **1260** FR.

DIVISION DES VINGT PARTIES

JOURNAL DES SAVANTS

COMPOSITION DU BUREAU :

M. LE MINISTRE DE L'INSTRUCTION PUBLIQUE, *Président.*

Assistants

M. LEBRUN, de l'Académie française.
M. GIRAUD, de l'Acad. des sciences morales.
M. NAUDET, de l'Académie des inscriptions et des sciences morales.
M. MÉRIMÉE, de l'Acad. fr. et des inscript.

Auteurs

M. VILLEMAIN, de l'Acad. fr. et des inscrip.

M. CHEVREUL, de l'Académie des sciences.
M. PATIN, de l'Académie française.
M. MIGNET, de l'Acad. fr. et des sc. morales.
M. L. VITET, de l'Acad. fr. et des inscript.
M. B. SAINT-HILAIRE, de l'Ac. des sc. mor.
M. LITTRÉ, de l'Académie des inscriptions.
M. FRANCK, de l'Acad. des sciences morales.
M. BEULÉ, de l'Acad. des beaux-arts.
M. J. BERTRAND, de l'Acad. des sciences.
M. SAINTE BEUVE, de l'Acad. française.

CONDITIONS DE L'ABONNEMENT

Le *Journal des Savants* paraît chaque mois par cahiers de 8 feuilles in-4. Le prix de l'abonnement est de 36 fr. par an pour Paris, et de 40 fr. pour les départements.

Chaque année forme 1 volume. Il reste encore quelques exemplaires de la collection en 49 vol. au prix de 755 fr. On peut avoir ensemble ou séparément les années depuis 1830 jusqu'en 1865 au prix de 25 fr.

REVUE ARCHÉOLOGIQUE

OU

RECUEIL DE DOCUMENTS ET DE MÉMOIRES RELATIFS A L'ÉTUDE DES MONUMENTS A LA NUMISMATIQUE ET A LA PHILOLOGIE

DE L'ANTIQUITÉ ET DU MOYEN AGE

PUBLIÉS PAR

MM. le vicomte de Rougé, de Longpérier, F. de Saulcy, Alfred Maury, le duc de Luynes, Renier, Brunet de Presle, Miller, Egger, Beulé,
Membres de l'Institut;

Viollet-le-Duc, Architecte du Gouvernement;

le général Creuly, A. Bertrand, Chabouillet, de la Société des Ant. de France.

A. Mariette, Deveria, Conservateurs du Musée du Louvre;

Vallet de Viriville, Professeur à l'École des chartes; **Perrot, Heuzey,** de l'École d'Athènes, etc.

ET LES PRINCIPAUX ARCHÉOLOGUES FRANÇAIS ET ÉTRANGERS

MODE ET CONDITIONS DE L'ABONNEMENT

La *Revue archéologique* paraît chaque mois par cahiers de 64 à 80 pages grand in-8, qui forment, à la fin de chaque année, deux volumes ornés de planches gravées sur acier et de gravures sur bois intercalées dans le texte.

Prix : Paris : Un an, 25 fr. — Départements : Un an, 27 fr.

Les années 1860 à 1867, formant les 16 premiers volumes de la nouvelle série, coûtent chacune 25 fr. (Le souscripteur à l'année 1868 peut acquérir cette Collection pour 160 fr. au lieu de 200.)

PARIS. — IMP. SIMON RAÇON ET COMP., RUE D'ERFURTH, 1.

DU MÊME AUTEUR :

Mademoiselle de Sassenay, histoire d'une grande famille sous Louis XVI, 2 vol. in-12.

Belle-Mère et Belle-Fille, 2e édit., 1 vol. in-12.

Versailles. — Imprimerie de E. AUBERT, 6, avenue de Sceaux.